藥丸奧斯卡

第五部
男女之間

VOLUME V

OSCAR PILL

ELI ANDERSON

LES DEUX ROYAUMES

a novel

艾力・安德森——著
陳太乙——譯

春天出版
Spring Publishing

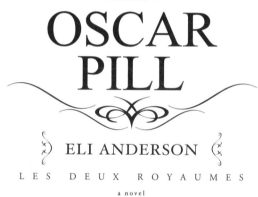

雕像之眼

帕薇瑟拉．德薩伊調整好她那件桃紅金橘色的紗麗服❶，撐開娃娃車讓孩子好睡。儘管在里約嘉年華慶典期，街道上到處熱鬧滾滾，孩子仍累得睡著了。

她彎下腰，把小男孩放進娃娃車裡，蓋上一條薄薄的毯子。一陣風灌入通往舊科斯美車站的小街，她深深吸了一口氣，開始爬上緩坡。

抵達月台後，她找了一個空位坐下，把娃娃車拉到身邊，火車也開動了。小火車在科科瓦多❷山頂停下。她下車，爬上階梯，直達救世基督像。

隨著目的地逐漸接近，雕像顯得愈發巨大，雄偉。她推著娃娃車繞了一圈，讚嘆眼前壯觀的風景：里約的海灣，糖麵包山，一望無際的碧藍大海。幾百名遊客擠上平台，她被迫折返。剛走下第一階，一個男人撞了她一下，悲劇發生了：娃娃車搖晃不穩，少婦來不及抓好，搖籃歪斜倒下，包裹在薄毯裡的孩子滾落階梯。帕薇瑟拉發出淒厲的尖叫，急忙跑去把他抱入懷中。她轉過身，驚慌失措，嚎啕大哭。

「我的兒子！您撞倒了我的兒子！」

❶ 紗麗服：印度傳統服裝。
❷ 科科瓦多山：該山因救世基督像而聞名，此雕像是慶祝巴西獨立一百周年而建。

「我的天！抱歉！」男人也嚇得不知道該怎麼辦，「我沒注意到你們……」

她緊緊抱著孩子，掀開毯子看他的臉。

「薩帝！薩帝！噢！他連哭都沒哭，是不是昏過去了？！」

人群聚集到他們身邊。兩個女人挺身而出，上前安慰她。

「把他帶到陰涼的地方。」其中一人說。

「還有您！」另一個喊住撞倒帕薇瑟拉的巴西人，「別呆在那裡什麼也不做！快叫救護車！」

警衛過來插手。

「發生了什麼事？」

「我的孩子滾下來了。」帕薇瑟拉說，滿面愁容，不肯鬆開小男孩，也不讓任何人碰他。

「我很抱歉。」男人又說，「我真是太笨手笨腳了……但願他安然無恙。來吧，請您到小教堂裡稍候，等救護車上來……」

「不可能的。」警衛反駁，「教堂沒開。」

「但是您能開門啊！」少婦哀求，「我的寶貝受傷了！」

人群聚集過來湊熱鬧，幾位母親開始砲轟警衛，逼得他別無選擇。

「好吧！只能讓您進來喔！」

「我留下來陪您。」巴西男子堅持，「說不定您需要幫忙……」

警衛拖著慢吞吞的步伐，終於打開供奉著顯靈聖母的教堂。與其說他讓這一男一女兩個大人和娃娃車進去，不如說是匆匆把他們推進去之後，立即關上了門。

「救護車來了我就叫你們！」

帕薇瑟拉只點點頭。淚水暈花了她大眼睛上的炭黑眼影。

警衛一離開，她就把孩子放進娃娃車，優雅地轉身面對肇事者。

「我想，所有人的身體突然都好多了，親愛的塞巴斯蒂安。」

男子對她露出燦爛的笑臉，伸手摸著自己極短的黑髮，行了個禮。

「真是奇蹟……是耶穌保佑了這個孩子，還是我推妳的時候不夠用力呢？親愛的帕薇瑟拉？」

她微微一笑，比了個噤聲的手勢。警衛或許還沒走遠。

「來吧！」塞巴斯蒂安提議。

她制止他的衝動。

「萬一救護車剛好來了怎麼辦？」

「他們還有很多事要忙。」男人請她放心，「隊長是我的表哥……我們有的是時間。」

少婦把娃娃車推到教堂盡頭，挽起烏黑的長辮至肩，輕盈地跳到祭壇上。然後從紗麗的摺襬裡翻出一個金光閃閃的東西，一時之間，連浸淫在漆黑之中的暗處也被照亮。她接近聖母像，把她的鍊墜──一個框在圓圈內的M字──貼在聖母的王冠上。塞巴斯蒂安剛上來與她會合，祭壇就浮到空中，天花板開啟，讓他們通過。

醫族支柱

他們從祭壇下來後，這座講台立即消失，地面也恢復原狀，彷彿什麼也沒發生過。塞巴斯蒂安拉著帕薇瑟拉往狹小的空間盡頭去。祭壇升降梯把他們帶到了耶穌像的頭部，從基督眼睛窗口望出去，壯觀的風景盡收眼底。

帕薇瑟拉轉過頭來：她面前站著一個非常高大，肩膀寬闊的男人，他烏黑的頭髮往後梳，下巴的線條方正剛毅。她對他綻放自己最美麗的笑容。

「溫斯頓！真是天大的驚喜！」

「對我來說也是。」溫斯頓．布拉佛親吻了她伸出的手，「當然，我本來希望這個驚喜是在別種場合出現。」

印度少婦緊張地撫摸了一下鑽石鼻環，神采頓時黯淡了些。

「您或許有點擔心過度了。」

醫族大長老認為不回應這個問題較好。最近，他之所以任命帕薇瑟拉．德薩伊為印度大陸的首長，主要是看中她的天賦才華和細膩的能力，但也因為她活潑熱忱，個性堅強，永遠正面樂觀的態度。他並不想打擊她的士氣。

他們的注意力被一個低沉、深遠，但異常療癒的聲音吸引。布拉佛先生預先回答了少婦必然會問的問題：

「您是否曾有機會認識格桑，也就是中國、西藏和尼泊爾地區的醫族長老？」

「沒有。」帕薇瑟拉坦承，同時這才發現她身旁有一個人盤腿而坐，身上裹著一件橙橘和酒紅色的長巾，與紗麗的穿法有點類似。

僧侶抬起圓潤光滑的臉，對她展現燦爛的笑容。

「日安，帕薇瑟拉．德薩伊。我常聽人提起您——當然，都是讚美之詞。」帕薇瑟拉點頭答謝。格桑會出現，想必跟她來到這裡的原因一樣。溫斯頓．布拉佛果然極為謹慎——或者應該說，非常擔憂，才會將世界各處的長老召集來此。

醫族大長老不再賣關子。

「很高興各位能放下一切，與我齊聚一堂。」

「話別說得太早。」塞巴斯蒂安糾正他的說法，「我深深相信，上個星期，在巴伊亞州的薩爾瓦多，支柱已經不見了。我非常焦急地等著這一次會面。」

溫斯頓．布拉佛轉過身，彷彿受到一只頂端綴有M字的高腳盃所發出的光芒召喚。他走向油綠色的桌板，俯身湊近那顯赫的聖物，大名鼎鼎，歷史悠久的金蛇盃。盃座周圍，一條活蛇緩慢而柔軟地移動，盤繞了不知幾圈。他用手指沿著M字的輪廓輕輕撫摸，擦亮刻在桌面的箴言：決斷在我。一直以來，醫族聖盃每每幫助大長老做出最重要的決定。但是今天，他並不需要它，他很清楚重要的事情只有一件：把所有支柱藏在最安全的地方，並時時更動位置，欺瞞垂涎它們的敵人。

「我會卸下你們的重擔。」溫斯頓．布拉佛回應，「我知道，請你們保管支柱聖物，等於陷你們於險境。但是，你們也知道，萬一它們落入史卡斯達爾的手中，各位和整個族群的未來將遭遇怎樣的變化。」

「我一點也沒有責備您的意思。」巴西男子改口解釋，「我執行了任務，也很驕傲，如果有需要，我很願意再接下這個擔子。」

「我知道。」

「山頂，溫斯頓。」僧侶用他那平靜的語氣說。

所有人都吃了一驚，轉頭看他。

「您這話是什麼意思，格桑？」

「他們登上了薩迦瑪塔，抵達世界屋脊，宇宙之母，為了奪取您託付給我的支柱聖物。」

「他們爬上了……埃佛勒斯峰？」帕薇瑟拉深感訝異，「但是，他們是怎麼知道的？」

「現在，到處都有他們的耳目。」塞巴斯蒂安回答。

「而且勢如破竹，銳不可擋。」布拉佛沉重地說。

「當然可擋。」格桑糾正他，「我和我的僧侶們，有我們在。」

和尚打開貼身揹在胸前的一個包袱，把一項包裹在綠寶石色毛皮的方形物品放在地上。他拿出一把刀柄上刻有M字的匕首劃了一下，一條皮繩隨即斷掉。包裹升起，毛皮在空中解開，消失無蹤。而在西藏醫族長老飄浮起來的披風上，出現一個亮面黑盒，隱隱閃耀墨綠光芒。

「黑魔君想拿到它，先殺了我再說。」格桑補上一句。

溫斯頓．布拉佛拿起醫族的知識聖殿，小心翼翼地擺在大理石桌上，放在蛇盃旁邊。帕薇瑟拉則俯身將搖籃中的孩子抱在懷中。她精準地對著洋娃娃額頭上的某個地方吻了一記……只聽喀啦一聲，玩偶裂成兩半，一個綠色信號燈在一隻眼睛裡閃爍不停。

「透過我嘴唇上的細胞採樣才能完成的基因辨識系統。」她說，「這項珍貴的科技小成就來自印度。」她十分驕傲，「由我的表親們，克莉絲蒂、沙帝西、山多士等人研發而成。」

「如果未經您的寶寶辨識，試圖打開的話會怎麼樣？」塞巴斯蒂安好奇地問。

「立即爆炸，把你炸得面目全非，再也難以辨識——不過，當然不會傷到裡面的東西。」

她伸手探入塑膠娃娃中，謹慎地取出一只圍繞著淺綠光暈的精緻鍊墜，比其他人的鍊墜都大一些。她把原字母M交給溫斯頓．布拉佛。幾個世紀以前，這只鍊墜曾是第一屆醫族大長老隨身佩戴之物。

布拉佛把它放在另外兩項支柱聖物旁邊。這麼一來，賜予醫族能力與存在價值的三項珍貴聖物都到齊了。大理石桌面上，另外兩則箴言以金色字母顯現：知識在我；力量在我。

「謝謝各位好友。」大長老說，「這些支柱該託付給其他人了。」

「這一次，它們會到哪些地方去呢？」帕薇瑟拉問。

「為了您的安全著想，您還是不要知道比較好。」

「有智慧的決定。」僧人評論。

印度少婦重新調整好紗麗，向同伴們致意。塞巴斯蒂安再度發言，打斷她的衝動。

「溫斯頓，桌面上，在三項支柱聖物旁邊，還剩下第四個空位。」巴西代表試探性地問。

溫斯頓．布拉佛皺起眉頭。塞巴斯蒂安知道這個問題出其不意——即使它已在每個人的腦袋裡盤旋許久。大長老明快地斷絕所有假設。

「第四項聖物早已消失，您是知道的。在藥丸戰勝史卡斯達爾，把他關進黑山監獄之前，就已經被黑魔君摧毀。」

「萬一史卡斯達爾還保留部分殘骸呢？萬一在被囚禁之前，他已先把殘餘的部分藏在某個安全的地方了呢？他會不會因而重獲力量，反而用來對付我們？」

「什麼也沒剩下。」布拉佛回答，「這一點，我們很確定。否則，相信我，我會用盡一切努力，搶回一小塊也好。但是，什麼也沒剩下來。」他再次強調，「正因為這個原因，剩下來的三項聖物珍貴非凡。現在，請你們離開吧！要不然會引起警衛注意。」他藉此結束這次的會面，以及關於已毀聖物的敏感話題。

等到所有人都離開教堂後，他才拿出自己的鍊墜。字母斷斷續續地閃著光。他把鍊墜湊近一塊鑲在牆上的玻璃板，魏特斯夫人的臉孔在透明材質上顯現。

「溫斯頓？」

「請說，貝妮絲。」

「一切是否順利？您拿回了所有支柱嗎？」

「是的，全都在這裡，正準備重新出發。不過，國外的消息並不樂觀。」

「溫斯頓，戰利品行事曆開口了。」她刻意用令人放心的語氣說，「相信不久之後，就可以召喚我們醫族新血了。」

大長老露出微笑。

「總算有個好消息。他們愈早完成訓練，我們就有愈多幫手共同奮鬥。」

「您大可仰賴他們……尤其是他們之中的某一位。」

溫斯頓．布拉佛不必再聽下去，就猜到她說的那名醫族是誰。

「我了解您對那個男孩有多麼信任，貝妮絲。」

他轉身看金蛇盃。十四年前，他和其他最高議會的長老們決定將一位英雄的戰利品全放進這座蛇盃裡。不久後，在眾人眼中，那位英雄卻變成一名叛徒，幾乎每個人都如此認為。無論如何，那是他非常欣賞的一個人。那個人的兒子是否也會這麼特殊傑出？他繼承了多少東西？會不會連背叛也得到真傳？

「此外，知道您是否判斷錯誤的時候也到了。」

魏特斯夫人微微一笑，對他的挑釁感到好笑。

「您一定是想說，承認我判斷正確的時候到了。從一開始就正確無誤。」

「就由您的弟子證明給我看吧！很快就有機會了。」

「您在打什麼主意？」老夫人突然擔心起來。

「抱歉，有人在等我。稍後見，貝妮絲。」

影像消失，玻璃恢復絕對的透明。

溫斯頓．布拉佛走向一道暗門，將鍊墜字母貼在門上。門扉開啟。

一個高大嚴肅的男人彎腰走出，彷彿到了狹小的空間後才舒展開來。他的臉上塗著染料，頸子上掛著幾串粗長的項鍊，拄著一根長矛而立。一位女子跟在他身後出來：一雙丹鳳眼，秀髮烏黑亮麗，無視里約二月份的高溫，裹著一件獸皮，頭戴獸毛滾邊斗篷帽。最後進來的是一名澳洲土著，走到因紐特女子身邊。

溫斯頓．布拉佛熱情地用合乎他們國家禮儀的方式一一招呼。

「現在，輪到各位來接下這個重擔了。當然了，現在想改變心意還來得及。」馬賽族戰士率先朝大理石桌向前一步。他轉頭看布拉佛一眼，然後將目光停駐在原字母鍊墜上。等大長老點頭，他便拿起鍊子，戴在脖子上，將M字混入其他項鍊中。

「有時候，東西藏在最簡單的地方反而最安全。」他輕描淡寫地說。

他向後退，將位置讓給因紐特族女子。她打開背袋，攤開一塊防水蠟布，小心謹慎地將知識聖殿包裹起來。大理石桌面上，知識在我的字樣隨即消失。最後，輪到澳洲土著：他拿起蛇盃，藏入一個貼身斜揹的大袋子裡。

「吉力馬札羅山的白雪和乾旱的塞倫蓋提無法阻止我們保護原字母M的決心。」馬賽勇士宣稱。

「想染指聖殿，必先破除北極圈內所有冰原。」女子補充。

「在他們還來不及想到要奪取之前，聖盃已消融於艾爾斯岩的紅土之中。」澳洲土著毅然決然地表示，「要有信心，溫斯頓．布拉佛，拿出信心。」

競賽

從下午三點之後，巴比倫中學裡沒有任何教師指望還能好好上一點課，有些老師甚至提早放學，以免教室裡發生暴動。

一切都從一個月前開始，事情發生在操場上。

當時，奧斯卡正在跟艾登・史賓瑟、歐馬利兄弟和姊姊薇歐蕾說話。他的姊姊十五歲，是一個想像力天馬行空的女孩。

「嘿，奧斯卡，那項競賽的事你聽說了嗎？」傑瑞米・歐馬利問。這個男孩長相瘦弱，留著小平頭，點子比誰都多。

「什麼競賽？」奧斯卡嘴裡問道，腦子裡卻只想著自己的心事。

「假如你有辦法爬上那一群疊擠在樓牆旁的學生，就是那裡——布告欄前面，就能知道是什麼競賽了。」

「我不知道怎麼做才能贏得比賽，」薇歐蕾坦白地說，「不過我超愛攀爬，現在就走吧！」

巴特・歐馬利，跟瘦弱的弟弟相反，人高馬大，體格強健，回答薇歐蕾的語氣卻出奇的溫柔，其實，他每次對她說話時都是這樣。

「妳想去的話，我可以陪妳去，甚至可以幫妳把布告撕下來……」

圍在布告前方的人群令奧斯卡感到好奇，終於決定一探究竟。他盡可能地邊擠邊靠近，讀到告示內容：

「菁英大競賽：

每十年，與世界上大部分的國家一樣，美國政府抽籤選出一座城市，從中選拔最優秀的青少年。

他們將各自代表以下十項優點：主動積極、決斷力、認真確實、聰明、文化素養、藝術品味、慈悲心、力量、勇氣、記憶力高強。

所有脫穎而出的代表將可獲得一次絕讚的旅行機會，參與世界大會，歡慶這一切優點，傳遞未來的希望。」

「我感覺你有幾千個問題想問。」傑瑞米搶先預料，「那麼，猜猜，在我們的國家，哪個城市中選了？」

「歡樂谷將代表美國去參加世界大會！」艾登附和，雙眼發亮，「你能想像嗎？好吧！當然，我並不認為這件事跟我有關。」他謙卑地說，「不過，我們的小城令我非常驕傲。」

奧斯卡把告示重讀了一次，若有所思。十個青少年，來自世界各國的菁英，所有人聚集在一起，共度一段絕讚時光……他想起已逝的父親。假如他能獲選為代表之一，爸爸應該會跟媽媽一樣，對兒子感到十分驕傲……奧斯卡很快地掃除這個念頭。他自認不比艾登強，沒有資格跟歡樂谷眾多優秀的初高中生相提並論。即使……

「呃……世界大會將在哪裡舉行？」他問。

所有人都聳聳肩。

「完全沒概念。」傑瑞米坦承，「目前，沒有人知道旅行的目的地，必須等一個月。」幾個星期過去，奧斯卡並未再去想這件事；但城裡所有中學已展開各種投機行為。當他們來到操場上時，只記得五月的這個早晨。

喧鬧嘈雜的叫嚷聲中，身兼老師和校長的企鵝先生，叫自己的秘書張貼告示；她被擠在告示牆邊，試圖貼上下星期的相關訊息。在新的公共運輸時刻表，食堂用餐規則修訂事項之間，有一則將引爆操場騷動的訊息。

傑瑞米推開所有人，擠到第一排。

「借過！」青少年扯開喉嚨大喊，他的哥哥走在他前面，用肌肉發達的手臂開出一條路，「我被派來發布消息，所以，快閃開！混蛋！」

企鵝先生一眼就讓他閉嘴，並要求在場所有人安靜。他費了好大一番努力才如願。

「下午四點，全體集合，就在這裡，操場頂棚下。」他說，「是關於競賽的事。在那之前，立刻排好隊，不准拖拉！除非你們想再等一個星期。」校長提出威脅。

得等到放學才能得知更進一步的消息，人群感到掃興一哄而散。

到了三點四十五分，就連身材嬌小卻愛戴超大高帽子，用無人不知無人不曉的竹鞭恐嚇學生的阿特伍德女士，東奔西跑，長竿亂揮，也起不了多大的效用。正當她剛得到片刻寧靜時，芭比——這是蕊絲．葛拉瑟的綽號，頂著她那一頭閃亮金髮和各種複雜精緻的髮飾——突然尖叫一聲，毫無困難地蓋過教室裡的嘈雜，就連街上，甚或整座城裡的其他噪音都聽不見了。阿特伍德女士走到她面前：

「真是的，妳這又怎麼啦？我猜，有一根指甲斷裂了，是不是？」

「企……企……」

「只說一個字，別人真的很難懂。」

「企鵝先生……」

阿特伍德女士朝天翻了個白眼。

「對，我們大家都知道企鵝校長是誰，蕊絲。看在老天的份上，請一口氣把話說完！」

「企鵝先生……在操場，站上了司令台！」

世界最美之城

芭比蕊絲這句話的威力比一顆原子彈還大一些。學生們彷彿被接上電線，忽然插上插頭通了高壓電。所有人都驚跳起來，黏成分不清你我的一大團，擠出教室，衝進樓梯，湧入操場。幾乎所有教室的門都同時打開，一波又一波的學生聚集在為了這次公布而臨時搭建在空地中央的司令台前方。

奧斯卡、艾登、歐馬利兄弟和薇歐蕾鑽過人群，擠到第一排，什麼也不肯錯過。不久後，古里諾家的孩子和嘉莉．摩斯也來了。摩斯家的小妹才十二歲，脫離班上的隊伍，而其他同學都被指定排在操場最後面。潑辣的棕髮小女孩湊近奧斯卡。看見她，男孩嚇了一跳。女孩搬出阿特伍德老師那一大套，故意尖起嗓子說：

「『你們還太年輕了，太小了，會被高年級的孩子踩死……』這一切都跟我沒關係，哼！」她聳聳肩，「你不相信，對吧？有時候，我真的受夠了只有十二歲！」

她的哥哥，羅南——她毫不畏懼地反抗他——帶著他的狐群狗黨爬到一堆水泥柱上，站在高處觀看，以便掌控整座操場的情勢。奧斯卡很高興能遠離那群小混混。自從他們進了同一所學校，當了同班同學以來，那幫人就成了他最難纏的敵人。

相反地，他的目光在人群中搜尋，希望能找他想找的那個人：蒂拉，迷人的蒂拉，就在距離他幾公尺的地方，閃耀著金色光芒的大眼睛緊盯著校長。男孩注視她，露出微笑；但很顯然地，企鵝先生所宣布的事項比任何事更吸引她：簡直忘了幾乎全校男生的眼睛都盯著她不放，彷彿周圍一個人也沒有。

巴特俯身對薇歐蕾：

「妳看得清楚嗎？」青少年問；而其實他已經把她前面的地方做了一番整頓，肆無忌憚地推開了所有人。

「人家什麼也看不見。」一個女孩突然插嘴，擋在他眼前，忸怩不安，花痴亂笑。

一到巴特面前，影子就完全沒轍；而在男孩眼中，她卻跟操場邊的長椅沒兩樣。蕊絲芭比之外，她是蒂拉另一個叫人受不了的姊妹淘。她苦苦模仿漂亮寶貝，但充其量只成為她的影子，所以被冠上這樣一個不討喜的綽號。這一次也一樣，巴特沒給她絲毫希望。

「那妳最好去操場後面，爬到樓梯上。」巴特背過身去不理她。

影子惱羞成怒，臉色慘白，擺出一張臭臉。她繞過巴特，走到薇歐蕾正前方，從頭到腳輕蔑地打量她。

「要是能投票選拔的話，」她怨毒地說，「我一定投妳一票。」

「投給我嗎？影子，妳人真好！」

聽見自己可笑的綽號，影子朝天翻了個白眼。

「假如有『全校最神經的女孩』這項票選，我一定毫不猶豫地投給妳！」

她掉頭轉身，離開人群。巴特怒氣沖沖，薇歐蕾卻反過來安撫他，一秒鐘也未曾懷疑影子有意傷害她。

「『全校最神經的女孩』？」奧斯卡的姊姊重複唸著這個名目，真心歡喜，「噢！巴特，要是能成為全世界最神經的女孩，我會高興得要命！」

巴特訝異地望著她。

「當然嘍！」薇歐蕾嚷起來，「據說，瘋子比平常人快樂得多！喔！對了，要是有這一個票選項目，你會投給我嗎？」

「我當然會投給妳。」巴特一口答應，不想破壞她的好興致。

奧斯卡微笑起來。他總把姊姊當成小女孩來保護，但他發現，她其實比想像中還要堅強得多，即使她時常做出古怪行徑，和那無可救藥的白日夢。

企鵝先生堅持等現場稍微收斂出一點秩序才肯開口說話。戴著高帽子也只比司令台高出一點點的阿特伍德女士俯身湊近。

「親愛的校長，」她悄聲說，「您很喜歡冒險。要是您再不開始，我擔心恐怕性命難保。」

校長把麥克風挪到面前，測試了一下，清清喉嚨。

「各位老師，各位小姐先生，你們知道我為什麼要召集大家。」他特別加重語氣，「現在時候到了，我要宣布這項競賽的最後幾項重點。」

企鵝先生扶正金屬框眼鏡，把完美無瑕的全套西裝拉得更挺拔，一手摸摸光溜溜的禿頭，不再拖延，繼續往下說：

「第一，十位代表由誰來指派？很簡單，既然我們的城市歡樂谷被抽中了，就由城裡各校的校長先生和校長女士們來決定。凡年滿十二歲以上的學生都有資格『當選』。」

人群中處處響起竊竊私語，聽到年齡門檻的標準，學生失望的嘆息和歡呼此起彼落。嘉莉嘆了口氣，安心了。

「只差幾個月，我就只能替代表團準備三明治，其他什麼也做不了！還好，要不然，我想我會氣得殺人！」

「我們會用什麼方式來評價選拔呢？」校長更進一步說明，「關於這一點也一樣，再合理也不過：針對每一個項目，以你們的行為表現以及整學年的成績為基準。每位校長推薦兩份人選資料，六月的時候，我們再一起評選出看起來最有希望奪標的代表。」

「沒問題。」傑瑞米評論，「從我出生以來，一直保持無懈可擊。所以，你們可以想像，去年，我的才能已經達到巔峰！」

聽他這麼一說，人群中又爆出一陣喧鬧，校長必須全力大吼，才讓場面恢復安靜。

「報告到此，我還有一項可能是最引人關注的訊息要向你們宣布：世界大會的地點。」

所有人都停下動作，一顆心懸在企鵝校長的嘴唇上。就連教師們也屏氣凝神：依據他們的能力和對此計畫投入的程度，其中有幾位或許有機會被指派帶隊。

「我再提醒一次：獲選代表我們的男女同學將出發去這個絕讚的地方，駐留一段時間，當然，與其他代表團一樣，一切免費。經過政府最高層的密集討論和磋商之後，」企鵝先生特別強調，「世界一百九十三個代表團將聚集在一個文化與多元性無處可比的大陸：歐洲。而再一次，同樣地，遴選接待國與城市是一件十分不容易的決定。」

他拿出一個已經拆開的信封——很顯然地，校長本人已經得知大會地點，但他依然像個掌門官一樣，面無表情——小心翼翼地攤開信紙。

奧斯卡轉身看蒂拉。美少女笑容滿面，彷彿對入選這件事毫不懷疑，只等人家揭曉她下次旅行的目的地。

「親愛的年輕朋友們，假期一開始，展現我國活力的代表團便將起飛，整整五天，造訪史上最華美、最迷人、最豐富，想必也是世界最美的都市……」

全場鴉雀無聲，恐怕連一隻蒼蠅飛過都聽得見。企鵝先生總算不再賣關子：

「……我已經開始嫉妒了：巴黎等著你們。法國萬歲！」

唇上之吻

所有學生都還留在操場上，只聽奧斯卡身後響起一個聲音。

「你們待在這裡做什麼？還真的以為自己有機會獲選呀？」

奧斯卡和同伴們一時沒注意到羅南·摩斯和他三個黨羽已經站在他們後面，雙臂交叉，眼神挑釁。

「如果其他人都和你差不多，」傑瑞米不甘示弱地回敬，「我們應該有十足的勝算。」

「是啊，歐馬利，你盡量耍嘴皮子嘛！」

摩斯其實很想一把揪住他的衣領，當眾教訓他一頓；但是巴特氣勢逼人，挺起胸膛。歐馬利家的大哥體型壯碩，身手矯健，在校園裡，是少數幾個他不輕易招惹的人物。沒人知道兩人之中誰勝誰負……就連他自己也不確定。

「這項競賽有獎品可拿對不對？」摩斯又說，「你們這些愛爾蘭人都小氣巴拉的，不是嗎？我爸認識一些愛爾蘭人，很不喜歡跟他們做生意……」

傑瑞米氣得臉色發白，但還是攔住已經握緊拳頭的哥哥。

「你知道嗎？我們呢，我們最討厭接待粗魯的傢伙。所以，滾遠一點。」

摩斯微微一笑，對這次出擊頗為得意。他並非單槍匹馬，所以，一旦雙方人馬打起來，歐馬利大哥能靠的幫手只有藥丸一人。史賓瑟和小歐馬利根本不具分量——那個瘋瘋癲癲的姊姊就更別提了。因此，他更加傲慢自大起來。

「對了，歐馬利，錢這個玩意兒，往藥丸家去找是不對的。他們家比你們還窮！」

那一幫小混混爆笑起來。

「夠了，摩斯。」奧斯卡回嗆，「快回你家的黃金游泳池去打滾，把錢拿去別的地方花，你在這裡會弄髒了操場。」

摩斯輕蔑地打量他。

「你說得對，比起留在這個骯髒的貧民區，我有很多其他事情可做。女孩們，妳們也一起來嗎？」

奧斯卡先前沒注意到一頭淺色金髮的蕊絲和綽號影子的艾蓮諾也在場。這時，有兩隻手推開那兩個庸俗花瓶，蒂拉．夏普像個電影明星似地現身：絲絨般的長髮撥攏在一邊，謎樣的笑容，銳利的眼神。她向前走，彷彿周遭除了她沒有別人——在這方面，她是高手——在奧斯卡面前不到一公尺的地方停下。男孩的臉一陣紅一陣白，不知所措。女孩離他這麼近，他注視她的眼睛：那雙杏眸的虹彩上金光舞動，彷彿萬花筒一般。被愛慕的眼神盯著欣賞時，就是蒂拉感到最自在的時候；而此時此刻，除非眼睛瞎了，否則不可能不知道現在正是這樣的處境。

「日安，奧斯卡。」她用絲絨般聲音打招呼。

她垂下目光，迅速將少年從頭到腳打量了一番——那速度剛好顯得不怎麼感興趣，卻又能讓男孩尷尬不已。她的目光在他的嘴唇上滯留了一秒，注意到他幾乎難以察覺地顫抖著，於是微微揚起嘴角。

傑瑞米搖搖頭，翻了個大白眼。

「好了嗎？」他問女孩，「妳照鏡子照夠了沒？妳看的根本不是奧斯卡，只是透過他的雙眼看妳自己，夏普。」

傑瑞米超愛在表現輕蔑或不信任時喊女孩子的姓氏。就現在的狀況而言，對蒂拉，他這兩種感覺都很強烈。她聳聳肩，始終保持微笑。

「嘿！是傑瑞米．歐馬利這隻小老鼠……總在人家不想看到他的地方出現。」

她再次轉身對奧斯卡：

「借一步說話，你覺得……有沒有可能？還是說，有女孩喜歡你，你怕對她不好意思？」

「呃，那就是我啦！」薇歐蕾笑容滿面地插嘴，「我是女孩，也喜歡他，因為他是我弟弟。」

蒂拉一時不知該如何回應，最後只好嘆了口氣，去找她的兩個好友。摩斯那票男孩已經走到操場另一端。走了幾步之後，她不顧其他少男少女在場，突然又掉頭回來，直接走向奧斯卡。

她仰起頭，甩開臉上幾綹深金黃色的髮絲，然後俯身摩挲奧斯卡的臉頰，就這麼靜靜待了一會兒，最後，往他的臉頰親吻下去。就在同一個時刻，男孩別過頭去，而兩人的嘴唇卻剛好觸碰在一起。奧斯卡閉上眼睛。

「再見，奧斯卡。」她呵氣悄聲說，「等你下定決心……」

少男屏住呼吸，用指尖輕輕撫摸自己的嘴唇。他做了個動作想拉住蒂拉，但她突然後退，睜大眼睛觀察他，彷彿對一隻白老鼠做完實驗後，檢視那任人擺布的小動物。

「這……你從來沒做過？」她驚呼叫嚷。

奧斯卡花了幾秒鐘才從美夢中清醒過來。

「什麼？……妳說的是什麼？」

蒂拉失控爆笑，落得魅力盡失。

「親吻女生啊！」女孩回答。

奧斯卡全身僵直。

「當然有！」他沒什麼說服力地狡辯，只希望沒被別人聽見。

他甚至不敢抬頭看看周圍：大家都在旁邊，聽他這麼一說，又看蒂拉冷嘲熱諷，紛紛停下動作。

「奧斯卡，我的意思是：唇吻，真正的接吻。」

她大笑不止，兩次爆笑之間，還再次宣告判決意見，彷彿沒見過比這個更荒謬的事情：

「當然沒有，你從來沒有吻過一個女孩！」

像撫摸溫柔可愛的小孩似地，她伸出手指輕劃奧斯卡的臉頰。這一次，他變了張臉，整個頭轉開。

「都十四歲了，」女孩又說，「你從來沒有……」

「閉嘴。」他咬緊嘴唇，輕聲說。

蒂拉嘆氣。

「想當然耳：假如唯一對你有興趣的女孩是你的姊姊，或者……那個，」她指著莎莉・邦克。奧斯卡的醫族朋友剛過來找他們。

莎莉住在金冠區。她的父親是一名肉販，把她當成生錯性別的男孩扶養：一頭短髮，一身冒險家的裝備，總讓人以為她要出發參加沙漠賽車。她雙臂抱胸，瞪著蒂拉。

「嘿！現在這位世界小姐是想怎樣？叫她找個地方去把頭梳一梳，別來煩我們。」

蒂拉準備結束閱兵。

「啊！艾登也在。氣氛一定好得不得了……」

「你就這樣隨便她說？」莎莉責怪艾登。

「我不在乎。」男孩回應，臉一路漲紅到髮根。

「我就把你交給你的朋友們嘍！奧斯卡。」蒂拉結語，「你會玩得很開心。」

她轉身離開，不過，最後又回頭望了奧斯卡一眼。那神奇的目光只對他施展，讓少男無法討厭她，不管她說了或做了些什麼。影子和蕊絲兩個花痴依然捧腹大笑，蒂拉的笑容卻已經消失。奧斯卡轉身背向她。他受盡了侮辱，得到了教訓。

大家都左顧右盼，尷尬得不知所措。結果是艾登把奧斯卡從這個困境中拉了出來。他突然抓住少男的手臂，一言不發，既擔心又激動不已。

「你是怎麼了？」奧斯卡納悶。

好友唯一的回答是伸手按住胸膛，把T恤壓在一個圈環上。透過衣衫，圈環的形狀清晰可辨。衣服下方，中央鑲著M字母的鍊墜環光芒萬丈。

召集令

奧斯卡也感到一股熱流充斥他自己脖子上的鍊墜。他垂下目光：襯衫下，他的金字母閃閃發亮。兩個男孩互相交換了默契的眼神。

前一天晚上，奧斯卡的金色M字已經散發出一種奇異的光澤，而現已裝滿兩項戰利品的功勳腰帶也在房間裡舞動了起來。那時，他把鍊墜伸向飄浮在空中的腰帶，第三個囊袋正上方出現一個閃亮的小M字。奧斯卡明白這其中的含義。他曉得他的腰帶也具備戰績行事曆的功能，指示醫族少年何時可以進入下一個人體小宇宙旅行。自上次奧斯卡帶回第二國度的第二項戰利品至今，已過了九個月，即使這一次，在過渡期間，他仍保有特異能力，但他仍迫不及待地想往前進展。顯然，通過跨界通道的時間到了。從第二世界前往第三世界，也就是安布里耶胚胎國：關於性與生殖的迷人國度。

「那是信號！」奧斯卡喜形於色，「終於來了！」

莎莉的手也抓著T恤，對他們露出有志一同的笑容。艾登轉頭看操場另一端：摩斯和他那群夥伴聚集在那裡。摩斯皺了皺眉頭，離開同伴走到一旁，手伸入夾克摸索。

「你認為他是不是也……」艾登問。

「我不是認為，我很確定！他也有權利。仔細想想，我想，我寧願他跟我們一起，這樣比較容易監視他。」

艾登聳聳肩。

「既然你這麼說……」

事實上，奧斯卡並不比艾登更相信自己所說的話——但是，除了抱持這種希望以外，能怎麼辦呢？就目前而言，重要的是把注意力集中在他等了好一陣子的約見上。

「你們先來我家，我們可以把單車借你們。」傑瑞米提議，「莎莉在旁邊跑就行了，她應該超愛這個點子。」

為了爭取時間，他們穿越巴比倫莊園的公園，而莎莉則邁步飛奔去找她自己的單車。

「薇歐蕾，妳幫我跟媽媽說一聲好嗎？今天我會很晚才回家。」

薇歐蕾點點頭，卻沒有真的聽進去，魂不守舍地想著自己的事情。巴特讓奧斯卡放心：

「我會告訴她的，別擔心。」

奧斯卡以微笑答謝，和艾登分別跨上兩兄弟的越野車。

兩人都氣喘吁吁，同時看錶：他們只花了十七分鐘就越過整座城——這可是賽莉亞・藥丸的大慘敗。她深知兒子有多麼莽撞，更了解他對所有規範是多麼叛逆。的確，奧斯卡，甚至連比他守規矩多了的乖寶寶艾登也是，一路大闖紅燈，逆向騎行，打破紀錄，衝到裝飾著金圈M字的美麗鑄鐵雕花欄杆大門前。同一時間，莎莉也在街角出現。

奧斯卡拿出鍊墜。他們愈接近醫族大長老的豪宅，鍊墜的亮度就愈發不斷增強，現在簡直像一顆小太陽似地散發光和熱。奧斯卡把鍊墜貼在鑲在欄杆渦狀裝飾上的字母刻模上，鐵門立即轉開。

他們踩亂平整的碎石路，登上短短幾級迎賓階。還沒踏上最後一階，庫密德斯會的大門已經開啟：面色陰沉的彭思，也就是布拉佛先生的管家，現身門口。彭思微微彎腰行禮，光溜溜的禿頭露在春天微弱的日光下。他側身讓孩子們通過。

不給他們一秒鐘時間喘氣，他預先回答了他們心中的問題：

「你們有幾位同伴已經在藏書室集合。」他的語氣拖拉且單調，「而且，一如以往地，等候著您。」管家刻意補上一句，奧斯卡急忙忽視他話中那一點點嘲諷的意味。

莎莉穿過玄關大廳，粗重的軍鞋踩在墨綠和淺白相間的大理石磚上，嘎吱作響；同時，大梯裡傳來如萬馬奔騰的腳步聲。瓦倫緹娜率先衝出，勞倫斯緊跟在後。

「本來以為你會早點到的！」女孩嚷著。

「學校裡有事耽擱了。」奧斯卡解釋。

「我們去花園怎麼樣？」勞倫斯使了個眼神建議。

莎莉已經不見了，彭思像尊雕像似地一動也不動，半瞇著的眼睛監控著他們，彷彿隱藏在一棵枯樹裡的攝影鏡頭。奧斯卡、艾登和他們兩位已在庫密德斯會住了兩年的體內世界朋友匆匆走進廚房，打算從那裡溜進花園。

一陣鍋碗瓢盆乒乓碰撞，雪莉嚇了一跳。

「老天，你們嚇壞我了！」布拉佛先生家手藝蹩腳但為人可愛的廚娘驚呼，「我還以為是那些恐怖的病族攻進來了！」

「抱歉，」奧斯卡對她展現最迷人的笑容，「我們只是路過。」

「但是……坐下吧！我幫你們準備點心！」

「不！」四個孩子齊聲回應，聽起來都很擔憂。

「午餐已經很豐盛了，謝謝，雪莉！」勞倫斯打圓場。

奧斯卡正準備出去，又改變心意回頭。

「不過，雪莉，我猜摩斯餓得要命。您該替他做一份拿手菜：沙丁魚與榛果巧克力雙抹醬麵包船。他人在藏書室……」

「摩斯？」廚娘嚷起來，不高興地癟了癟嘴。「那個傢伙，我才不想填飽他的肚子咧！」

瓦倫緹娜失望地嘆了口氣。

「真可惜。」她低聲說，「不過，幹得好，奧斯卡！」

他們離開豪宅建築，鑽入樹叢中，看似有點盲目地亂走。

這座花園和花園裡的植物是來訪小客人盡忠職守的警衛，這裡那裡處處蔓延，在其他地方又退散開來，竄改小徑的路線，監控他們的路況，確保他們不會迷失在這座遼闊的園子裡。這是布拉佛先生要求花園確實做到的待客之道，對年輕的醫族新血尤其不能馬虎。

「我有一個超級好消息要告訴大家。」瓦倫緹娜宣布，「你們終於可以無憂無慮地在人體世界旅行了。」

「喔？怎麼說？」奧斯卡打趣問道，「難道妳剛才掃掃妳的紅髮馬尾，把黑魔君打趴了？」

「還更厲害。」她鬼笑著糾正他，「一旦出發前往第三個體內小宇宙的時間確定，人家就能跟你們去！」

「『人家』是誰？」奧斯卡問，不敢相信這個好消息。

勞倫斯搶在她前面答話：

「我們兩個！」他笑容滿面地說，「布拉佛先生准許我們陪同一起去！」

「小心，這種說法很微妙。」瓦倫緹娜抓住勞倫斯的手臂，提出糾正，「布拉佛先生准許我陪他們去，然後我又請他讓我們兩人一起陪同。」

勞倫斯嘆了口氣，翻個大白眼。

「誰在乎啊？重要的是結果！」

「反正，」她把玩著馬尾巴髮梢，眨著眼睛，「他怎麼可能不在乎我，他瘋狂地愛上我了。」

「這個女孩瘋了！」勞倫斯氣沖沖地大喊，「奧斯卡、艾登，想辦法把她關起來，我一個人陪你們去，這樣對你們比較好。」

「忘恩負義的傢伙！」瓦倫緹娜嚷起來，「你竟然拒絕承認事實，或許這意味著你在吃醋？你也是，瘋狂地愛著我。」

勞倫斯搖搖頭，招架不住。

「妳讓我抓狂，這倒是真的。」他同意。

「總而言之，」奧斯卡開心極了，「下次旅行我們就能一起去了！」

「會不會今天就出發？」艾登問。

「不確定。」女孩有點失望地說，「魏特斯夫人在藏書室等你們。不過，沒找我們兩個。」

艾登慌亂起來。

「魏特斯夫人在等我們？妳不能一開始就說嗎？她說不定要說明有關下一次體內入侵的重要資訊！」

瓦倫緹娜拍拍他的肩。

「不過，現在既然有我在，你就不必擔心了。」

「當然，當然，不過……我建議還是回庫密德斯會比較好。」

奧斯卡覺得不大對勁，四面八方轉了一圈，沒認出自己身在何處。

「我想，我們沒好好走在花園的路徑上。」他提醒。

「我的說法比較貼切。」勞倫斯補上一句，「我們迷路了。我從來沒到過這裡。」

禁忌之湖

他們腳下的草皮早已到處亂長，牽絆他們的腳步，把他們帶往碎石路；但是他們沒特別留意，繼續往前。艾登走到奧斯卡身邊。

「我們在哪裡？」

「我不知道。」奧斯卡坦承，「我也從來沒闖過花園這個角落。」

他的話還沒說完，不知從哪裡冒出來的灌木蔓延纏繞，逐漸形成一道圍牆。瓦倫缇娜想跨步越過——終究遲了一步：灌木叢的生長速度驚人，不到一會兒，她就被拱到又寬又密的樹籬頂端，真可是被一道草木城牆困住了。

「誰能好心幫我下來嗎？」女孩詢問。

一株巨大的橡樹，彷彿就在附近守護他們似的，發出細碎的聲響，輕輕挪移過來，垂下一根枝幹。瓦倫缇娜爬上去，樹枝載著她降落到地面。

「謝謝，吉祖。」她放心地喘了口氣。

「牆的另一邊有什麼？」奧斯卡好奇地問。

「什麼也沒有。這些樹叢有一大堆朋友，跟它們一樣高大，像光速那麼快地繁殖。」

奧斯卡趁著吉祖的枝椏還在低處，在它站直之前，倏地爬了上去。男孩踮起腳尖。

「一座迷宮！」他在樹梢大喊，「荊棘叢形成了一座迷宮！」

「這個我超愛！」瓦倫緹娜歡呼，「用來鍛鍊記憶力非常好！我去嘍！」

她鑽進入口，一下子就消失在灌木叢後。

「等一下！」勞倫斯高聲喊她，「萬一在裡面迷失了，妳要怎麼找到回來的路？」

「你等著瞧，我可是迷宮女王。幾秒鐘之後，我就會從另一面跟你打招呼！」

幾秒鐘變成幾分鐘，對三個男孩來說，簡直漫無止境。瓦倫緹娜終於走完……但卻是從剛才的入口鑽了出來，一臉驚訝。

「怎麼會……我明明往反方向走的啊？！」她百思不解。

勞倫斯哈哈大笑。

「對啊，太棒了，繞圈圈女王！結果妳回到了出發點……」

「吉祖，你可以把我抬得更高一點嗎？」奧斯卡請求，「我想看看牆後面到底有什麼。」

吉祖非但沒有照做，反而張開枝葉，形成一道密不透光的屏障。

「不，吉祖，你做什麼啦？！我什麼都看不見了！」

枝幹已經開始往下降：大橡樹想必接到了十分精確的指示。它之所以跟隨在側，其實是為了監視他們，阻止他們闖進更遠的地方。奧斯卡趁著高度還在灌木迷宮上方，奮力一跳，躍入濃密的葉叢中，撥開枝椏，剛好來得及瞥見地上一片閃閃發亮的反光，彷彿是陽光反射在一面鏡子上。

吉祖溫和但態度堅決地把他輕輕放在草坪上。樹籬上長出荊棘，高高聳起，在空中狠狠地鞭抽。一行好友紛紛後退。

「我想，它們不喜歡我們繼續待在這裡。」勞倫斯理出頭緒，「奧斯卡，牆的那邊，你看到了什麼？」

「我不太清楚……玻璃……或者是水。」

「水？」勞倫斯反問，沉思起來，「說不定，是一座湖泊。」

「很有可能。」瓦倫緹娜附和，「庫密德斯會的花園那麼大，我們還有好多地方還沒探索……」

艾登環顧四周，不太放心。

「加上這些不斷改變位置的花草樹木，感覺上什麼都認不出來了。」

「這是庫密德斯會的最佳防護設施。」勞倫斯解釋。

艾登差一點沒躲開一根如蛇鞭一般落在面前的荊棘。

「不管怎麼說，這個點子太瘋狂了！進入植物的組織中，徹底改變它們，甚至賦予它們移動的能力！崙皮尼夫人一定是個怪胎。」

「根據魏特斯夫人的說法，」奧斯卡偷偷告訴他們，「除了布拉佛先生以外，女爵是唯一擁有這項特異能力的人。她真的跟傳說中一樣強大……」

「那就別再讓她等太久了。」

這個聲音在他們身後響起。他們轉過頭，只見彭思瞪著他們，手背在背後，立定不動，微微駝背。管家擔憂地瞄了迷宮一眼。

「這裡不是你們該來的地方。」他擋在樹籬前方，隔開孩子們，又加了一句。

很奇怪地，荊棘藤蔓掠過，卻絕對不打中他；這些植物似乎認識他。奧斯卡問彭思：

「樹籬後面是什麼？好像有一座湖？為什麼要設下這座迷宮？」

這些問題似乎惹惱了管家。

「為了避免一些好奇心旺盛的小鬼過度管閒事。」

他把他們推往碎石小徑。

「正式聲明：你們禁止回到這裡來，聽懂了嗎？正式禁止。否則，我只好向大長老報告。」

彭思很少用這麼直接的方式威脅。他多半提出警告防範，沒有明說的規矩由他說了算。但這一次，沒有任何模糊地帶。命令必定來自高層。奧斯卡垂眼看自己的鍊墜，墜子閃耀著不尋常的綠寶石光芒。那種亮光來自大長老的鍊墜：兩年前，那個墜子曾與這名醫族少年的字母連結……

他最後一次回頭張望，留下那座神秘的湖泊。真是奇怪，那座湖竟然喚醒了鍊墜之中的布拉佛先生。

「來吧！」艾登對他說，「依照我的看法，至少，等著我們的未來也一樣神秘。」

浩瀚汪洋

艾登說得沒錯。剛才，在花園裡，魏特斯夫人也跟他們將面臨的考驗一樣神秘，無論是他或其他搭上這艘船的醫族少年都不曾想像過。

他們才剛離開花園，踏入庫密德斯會的大廳，彭思就請瓦倫緹娜和勞倫斯先回房間，艾登和奧斯卡則推開了藏書室的門。

魏特斯夫人踏著機警的小碎步，朝他們迎來。

「你們兩個最慢，孩子們。」

「摩斯已經到了？」奧斯卡訝異地問。

「不，當然還沒——不過誰會擔心摩斯遲不遲到呢？總之我不會。」她坦率地說。

藏書室裡，莎莉雙臂抱胸，岔開腿站，彷彿逛牲畜市集似的，注視著一幅幅不朽之身的畫像。伊莉絲則不耐煩地跺腳。

「你們到底在搞什麼？」少女氣呼呼地叫嚷，深藍色的豆豆鞋底敲響地板，「你們非給我一個答案不可！」

從去年以來，大家都已習慣伊莉絲・弗洛克哈特的種種要求，同時也習慣充耳不聞。伊莉絲跟其他人一樣，在此接受成為合格醫族的入門訓練，是個個性很可怕的女孩：不斷指責周遭的人，命令東命令西，才十四歲，簡直已經是最糟糕的女暴君。她不能忍受任何反對意見，甚至連她的親生父母也屈從她的心意。但是，一旦習慣了之後，她的存在和時時發作的無名火反倒成了有趣的戲碼。到頭來，其他人幾乎都上了癮，奧斯卡甚至有點壞心眼，特別喜歡招惹她。

「我們才不只是故意想晚一點到，」奧斯卡低聲回應她，「妳聽了一定會很生氣：趁妳不在的時候，我們發現了一個秘密地點，而且是一個無比重要的地方。」

她像隻鷺鷥似地霍然站起，俯身對他說：

「奧斯卡・藥丸，你知道違抗我的人會有什麼下場。」

「是。」他暗暗微笑，假裝對豪華藏書室中的某本書感興趣，「妳會去跟大長老告狀，讓我永遠被逐出醫族。」

她翻了個大白眼，忍無可忍。

「既然知道，為什麼還這樣跟我唱反調？我已經不知道該拿你和你無禮的行為怎麼辦了。好吧！」她讓步，「只要你立刻告訴我你們剛才在哪裡，看見了什麼，我可以原諒你！」

「妳對我太好了，伊莉絲・弗洛克哈特。」

圖書室的門一下子大開，彭思還來不及阻止，摩斯便闖了進來，一如以往地，既陰沉又傲慢。

「該走了嗎？」他用這句話當作招呼。

這時，安娜瑪莉亞・崙皮尼，古怪另類的女爵，也是醫族最高長老會的成員，也跟在摩斯身後進來。她身穿一件奧地利提洛伊地區的傳統裙裝，裹著一件酒紅色皮草，叫人大開眼界。她洋洋得意：她之前進入了一隻水貂體內，改變牠的基因，將牠變大，染上幾種「顏色」（這麼說算客氣了！），然後讓牠像蝴蝶破蛹一般，蛻下毛皮。一天早晨，可憐的小動物變得像隻蠕蟲似的，光溜著身子；然後既驚愕又放心地發現：一副新皮毛很快地長了出來，同樣令人嘆為觀止。「為了自己取暖而讓這些小動物受苦，我可於心不忍！」女爵裹著貂皮大衣，興高采烈地叫嚷，她很快地跟大家打了個招呼，隨即匆匆走到雙扉門邊。

「既然大家都在，正好可以請志願接待你們下次旅行的可人兒出來，她已經等不及了呢！不瞞你們說，我也是！」

說做就做，那位宿主——真是沒想到！——進入圖書室，看起來十分不安。魏特斯夫人在他身邊坐下。

「別擔心，」她對他說，「我會一直陪著您，絕不會發生任何事情的。」

……於是，這一小群人全都擠進了他體內的第二個小宇宙。

「不准有人在那裡面吵架！我在外面已經有一堆事情要忙，所以，請保持內部的秩序，這一點，大家都同意吧？！」

「一言為定！」奧斯卡笑容滿面地大喊，其他夥伴也照樣答應，並將鍊墜往前伸，衝向鼻孔。

安娜瑪莉亞．崙皮尼殿後，所有人都在一望無際的幫浦海灘降落。在他們後方，大峽谷的山壁高聳而光滑，絲毫沒有菸草的痕跡，也看不出任何缺損，跟性格暴躁又不乖乖聽話的雷歐尼體內有如天壤之別。雷歐尼去年曾經「接待」他們進入體內，當時，他們拿回了氣息國和幫浦國所組成的兩國世界的戰利品。

他們不多猶豫，跳入等著接引的船隻。安娜瑪莉亞．崙皮尼拉起長裙、襯裙、蕾絲和琳瑯滿目的皮毛之後上船，動作驚人地敏捷。

「多麼美好的一天啊！」她心情大好，「還有什麼更好的方式能慶祝各位首次進入安布里耶旅行呢？」

然後船隻在女爵興高采烈，活力十足的笑聲中出發。

但是，很快地，情勢整個變得不對勁。

船隻在大海中央停下，崙皮尼夫人催促五名少男少女前往船首。一名水手已經架設好一個只有三階的小樓梯，直達……海水裡。

水手轉過身來。奧斯卡從他身上的背心上認出反向交叉的兩面旗幟——那是氣息國的標誌。所有孩子都嚇了一跳，面面相覷。

「好了，你們還在等什麼？快通過這個關卡啊！」女爵等得不耐煩了。

奧斯卡從甲板探出頭去。紅色浪潮中，海面浮現一塊橢圓水晶板。散發寶石光澤的板面上顯現一個圈在金環中的M字。他轉身看同伴，聳聳肩，爬下階梯，小心翼翼地踏上水晶板：平板穩當地浮在水上。他深深吸了一口氣，另一隻腳踏在變得璀璨奪目的M字上。兩腳的鞋子都動不了，他完全無法抬起腳來：鞋底被吸在基座上。一陣狂風吹來，他險些站不穩，連忙蹲下保持平衡。

船隻駛開，把少男少女一個個放在他們各自的基座板上，在海面上圍成一圈。崙皮尼女爵優雅地踏上第六座平台：面積最大，位於中央。接駁船遠離，女爵露出微笑：考驗終於可以展開。

「親愛的年輕朋友們，各位來到這裡，是為了通過一個影響你們醫族生涯的關鍵階段：關卡考驗。你們知道，如果順利過關，就獲准進入安布里耶，第三個小宇宙，體內世界的脊柱。一旦踏入那個領域，你們就不一樣了——很簡單，從此之後，你們將變成大人。」

女爵是一位古怪的女性，彷彿那許多童話和故事書裡的奇妙人物，但她非常真性情。奧斯卡情緒激動難耐。他迅速地瞄了艾登和莎莉一眼，立刻就知道他們對這番話也各有感受。就連伊莉絲也暫時卸下老氣橫秋女管家的表情。只有摩斯依舊冷酷，在水晶基座上顯得很不自在，不安的目光在波濤蕩漾的海面上游移搜尋。

「永遠不要忘記，」安娜瑪莉亞．崙皮尼又說，「安布里耶賦予生命。生命。你們即將發現一個充滿創造力的世界……同時，也是你們不欲人知的私密世界。我先說到這裡就好：把發現驚喜的樂趣保留給你們。」

風勢似乎愈來愈強，同時將氣溫冷卻下來。女爵抬頭望了望天空：

「提神的好風，平靜的海面，五名天資聰穎的人選……可以預料，這場考驗一定非常引人入勝！該我們上場了！各位小姐先生，請拿出鍊墜。」

所有人都照她的指示去做。就在這個時候，平台升高，距離蕩漾的海面至少一公尺。伊莉絲鬆了一口氣。

「總算做了件好事！鹽水潑在皮革上，」她仔細檢查靴子，「會留下痕跡的。那我可會非常生氣。」

「別高興得太早，孩子。」女爵神秘兮兮地建議，「請你們將鍊墜緊緊握在掌心，高舉手臂過頭。」她下令，渾厚的聲音蓋過狂風呼嘯。

他們遵照指示，朝天空伸出手臂，雙手緊握自己的魔法字母。每一個鍊墜旁都顯現一圈金色光暈，光輝從他們的指縫流瀉出來。遠遠望去，彷彿每位醫族新生頭上都有一顆小太陽。

「你們每個人都會被輪流問一個問題。第一道題目提問之後，所有人的水晶平台都會開始同時往水面下降。如果答對，下降中止，你們可以進入安布里耶。如果答錯，下降的速度就會加快……」

「您的意思是，如果我前面那個人答錯了，我也要跟著一起倒楣？」伊莉絲大喊。

「你們必須學習建立責任感——包含對影響他人的行為負責。要知道，一旦犯錯，所有醫族都可能受到牽連。」

「這正是我時常提醒他們的事。」伊莉絲激動地附議，「他們所做的一切壞事都可能害我出錯。請您試著跟他們解釋清楚，我說的話，他們從來都不肯聽！」

她一面說，一面擔心地望了大海一眼：彷彿故意似的，波濤變得洶湧起來。現實就在眼前。

「其實，我很同意您的說法，」她接著說，「但是……但是今天，我一點也不想被他們拖累！要是您不覺得有何不妥，我要比大家都先作答！」

她凶巴巴地瞪視其他夥伴。

「他們都同意了！我要求比其他人先接受挑戰，崙皮尼夫人！」

女爵彷彿什麼也沒聽見似的逕自微笑。

「順序由關主來決定，出現在誰面前就由誰答題。」

她在中央平台上轉來轉去，平台上出現一個身材魁梧的大鬍子男，濃密的鬍鬚往上翹。所有人都認出守在小宇宙連結道上的關主：當初從第一個小宇宙黑帕托利亞通往兩國世界的關卡挑戰，就是由他執行的。

男子高舉手中的綠色大理石平板，一個接著一個，指向環繞在他周圍的五名挑戰者。輪到艾登時，石板終於發亮，顯現少年的容貌，以及幾行金色文字。

「艾登．史賓瑟，蕾貝卡和喬登．史賓瑟之子，你被大理石板選為第一位挑戰者。準備好了嗎？」

艾登勇敢地挺起胸膛，點點頭，心跳加速。所有人的目光都聚集在他身上。同時，他捧在頭頂的鍊墜散發一道道金色光芒，光束宛如水網，籠罩他全身，落在水晶基座平台，形成一個籠子，將他囚禁。

「仔細凝聽安布里耶的聲音。」關主的聲音宏亮如雷，「它出題之後，所有平台都將開始下降，請盡快作答……但是也別太快：萬一答錯了，下降的速度反而會加快。」

奧斯卡和莎莉用眼神替好友打氣。艾登閉上眼睛，試著放空，忘記周圍的海洋、聚集在大橋上的幾千名埃俄羅斯人、關主——尤其是摩斯嘲諷的目光。他必須聚精會神。

　　這時，金光網中出現一陣雲霧，像條蟒蛇似的纏繞醫族少年。艾登感到一股巨大的能量把他定在原地，他真的變成基座上的一尊雕像。

開戰

他停下划船動作，拭去前額的汗水。汗水淋漓，流到他高挺的鼻梁，沿著方正的下巴滴落，最後滑至粗壯的頸背，在T恤領口留下暗色汗漬。在這個二號小宇宙裡，一個鬼影也沒有。狂風強勁地來回吹拂，每一陣風都吹皺平靜的幫浦海面。

氣溫還算涼爽，但奧里克．魯斯托可夫卻一身是汗，一定是辛苦划船的緣故，不過，跟他過一會兒之後，在這裡即將面臨的情況也有關。他的細長眼睛在海面搜尋，很快就找到目標物：一根彎曲的金屬管，末端連著一個鏡頭，淺淺地浮出水面。他一秒鐘也不猶豫，立即繼續往前划。

這時，一個長型大物從海底浮現，在距離水面五十公分之處停止不動。一艘船艙從波浪中冒出，漆黑的外殼上設有一扇門。只聽一陣鏗鏘解鎖的聲音，艙門開啟，隱約顯露一個紅色的空間。魯斯托可夫從搖搖晃晃的小船上站起來，頗為敏捷地跳入狹窄的座艙。艙門闔起，潛艇下沉，消失在鮮紅的海水中。

他沿著一道長廊走，上半身往前傾，以免撞到天花板，終於來到一座昏暗的廳室。廳內有根支柱散發詭異的紅光。

「有人在嗎？」

他所得到唯一的回應，只有海底的寂靜。於是，他下定決心，走了進去，在廳中站定了一會兒，等到虹膜習慣黑暗。這裡不受大峽谷和逆風草原的狂風侵擾，他能好好專注應用身上最發達的感官：聽覺。只聽一聲脆響，然後，一陣窸窣——那是衣衫摩挲移動的聲音。他整個人僵直，張開雙手，準備撲躍。

幾條人影逐漸出現在他面前。左前方，一名長髮披肩的男子，雙腿強健，下盤堅固，胸肌發達，上半身呈三角形，尖尖的下巴往上翹。奧里克認出巴特斯的特徵。他轉頭看右邊：一團矮壯畸形的黑影，肩膀不斷抖動，他一眼就確定那是史湯普，孔武有力，心腸狠毒。

奧里克尋找將他們聚集在此的那一位。

一個男人發聲了，回音立即響徹整個空間。

「為什麼？為什麼每次都要等您……我已經等了這麼多年，感覺上卻都沒有這次來得久……」

魯斯托可夫的目光在幽暗中搜索，總算辨識出剛剛站起身的高大身形。而一個女性的身影緊靠在他身邊，曲線玲瓏，秀髮如波浪般流瀉。但她被粗魯地推開。

「很好，總算都到齊了。」男人吁了一口氣，「現在，張開手掌。」

所有人都伸出右手，掌心中的P字開始閃爍紅光。首領站在中央，手中的字母最為明亮耀眼，彷彿燒了起來，從中竄出火舌，撲捲地面。熊熊烈火憑空生出，詭異地持續在一只空盃上方燃燒。一條條豔紅色的火舌照亮這幾張面孔，在牆上投射出駭人的魅影。只有這五人之約的召集人的臉，彷彿厭惡亮光似的，仍被暗影包圍。

這個男人就是要這樣，從此以後，他只要人家喊他三個字：黑魔君。

安東．巴特斯率先垂下手，伸入烏黑的長髮中，將髮絲往後撥攏。他的臉部呈倒三角形，顴骨飽滿，既俊美又陽剛，在光影的襯托之下，更加立體鮮明。他鼓起胸膛，作勢挑戰。

「為什麼要在這個女人體內的第二世界集合？我認識她，她是布拉佛和那些可惡醫族小鬼的朋友。這真是個壞主意。」

這番話卻沒說完。魯斯托可夫訝異地轉頭看巴特斯，當下瞭然：病族魔君快如閃電，朝巴特斯的胸膛伸出右掌。一道血紅光芒射出，化為五條火舌，擊中他的胸膛。黑魔君並未接近獵物一步，只闔起了手掌。五道火苗宛如熾熱的利刃，插入衣料、肋骨之間，直取心臟。巴特斯誇張地張大了嘴，卻發不出一點聲音，半點氣息，凸出的眼珠子似乎苦苦求饒。於是，黑魔君鬆開手腕，巴特斯倒退一步，深深吸了一口氣，手摀著胸口——奇怪，也很奇蹟地，竟沒有絲毫傷痕。縱然光線昏暗，艙室中央烈火燃燒，他卻面無血色。

黑魔君嘆了一口氣。

「現在，不如告訴我你找到了什麼。」

巴特斯直起身，驚魂甫定——但慶幸自己還活著。

「我……我到處都找過了。」他結結巴巴地說。

「這表示，你沒找到。」他的首領回嗆，「我剛才應該殺掉你，那也沒有什麼損失，或許正好相反。」

他坐回一張黑色皮沙發，位在廳室最深處，一隻指頭撫摸著扶手的紅色滾邊。女人又來偎著他。這一次，他沒把她推開，伸手環上她的蜂腰。她對他嫵媚一笑，眨著烏溜溜的大眼睛。

「拉茲洛，親愛的，我一接到你的命令，就陪巴特斯去找了。不過，為時已晚（她輕蔑地抬眼望向巴特斯）。他已經害我們處於劣勢。要是他早點讓我去處理那個女人，那個印度女人……」

巴特斯狠狠地瞪了她一眼，不甘示弱。

「線索早已建立，根本不需要這個……」

這個臭婆娘，巴特斯咬牙切齒地在心裡暗想。他謹慎地沒說出口：史湯普，首領的得力助手，已經繃緊神經，只要主人一聲令下，隨時撲到他身上。拉薇妮亞．席古埃是魔君的公開女伴，冒犯侮辱她就等於立刻找死。

「……不需要她。」他只惱恨地這麼說，「經由德國、希臘、土耳其，最後去了印度，從四面八方攻擊，圍堵那個女人……」

「結果一場空。」黑魔君一語中的，「你不過是在那些地方散播了奇怪少見的傳染病罷了，太好了！你不僅空手而回，還讓我們受到注目。但是時候未到，總之，現在還不是時候。」

他站起身，一面繞著火盆，一面瞪視那三個男人。魯斯托可夫則小心不多嘴，十分慶幸被怒火打中的是身邊的同黨。為了尋找魔君想得到的東西，他自己也參與了好幾次遠征，卻也一無所獲。

黑魔君在他面前停下，彷彿能讀透他的心思似的。

「你也是，空手而回。」

連問都沒問，直接認定。

他深深倒吸了口氣。

「布拉佛！我說了幾千次：把注意力集中在布拉佛身上！」

魯斯托可夫斗膽回應：

「他絕不可能把那三個支柱帶在身邊的……」

「他是守護人，如果那些支柱寶物要由其他人帶走，也是由他來託付。這些事，為什麼需要我一再提醒？」

「我們有派人監視他，他走到哪裡就跟蹤到哪裡，不過，他應該也起疑了。」來自俄羅斯的魯斯托可夫又說，「他到處旅行，行蹤非常神秘。他的管家，那個彭思，簡直像墳墓一樣安靜、像鰻魚那麼滑溜，從他嘴裡一句話也套不出來。」

「他的司機。」史湯普插話。

巴特斯和魯斯托可夫轉身看他，吃了一驚：兩人只顧專注聽從首領指令，而史湯普又鮮少開口，他們一直以為他是啞巴。

「他的口風也很緊。」拉薇妮亞不甘被冷落在角落裡，也介入附議，「這是一定的：你們老是在體內世界發動沒用的攻擊，布拉佛早就警覺了，也命令僕人要小心提防。」

她笑咪咪地坐下；得意自己稍稍貶低了另外兩人。史卡斯達爾大手一揮，不理這些小事。

「任何秘密都抵擋不住金錢誘惑——也擋不住暴力，這是最後的殺手鐗，當然。」他再次握緊雙拳。

魯斯托可夫不敢多嘴。

「而你們，」魔君繼續說，「你們一開始就使用暴力，而且用力過度！」

「勝負還不知道。」拉薇妮亞補上一句，同時環住史卡斯達爾的頸子。

他斜眼睨視她。

「說吧！」他不悅地讓步。

「我在當地有個消息來源，」拉薇妮亞開始報告，「就在庫密德斯會，取得正確資訊方便極了……再說，還不是多虧有我，否則我們怎麼會曉得要來這裡呢？」

她笑起來，閉嘴不往下說，似乎故意吊聽眾的胃口。黑魔君的手沿著女人的手臂往下滑，猛然抓住她的手腕。她痛叫一聲，用力掙脫。

「所以呢？」他冷冰冰地問，「時間緊迫。」

「歐洲。」她衝口而出，揉著關節，眼眶泛淚，「不久後，他應該會去那裡。」

「歐洲的哪裡？去誰家？什麼時候出發？」

「我只知道這麼多，還沒打聽到……」

「那麼，趕快去問妳的消息來源！」

他轉身面向其他人。

「你們在澳洲沒追上他，以為他在東京，其實他人在約翰尼斯堡；而當你們在秘魯苦苦等待時……」

「當時我們有很好的理由相信他在的的喀喀湖❸湖底的一座醫族秘密基地……」

❸的的喀喀湖：南美洲最大的淡水湖泊。

「……結果他在安地斯山脈的最高峰頂。你們真是廢物一群！」黑魔君狠批，「下一次，你們不會再讓他給跑了，對吧？」

那不是一個問題，應該說是死亡威脅，他們都知道。拉薇妮亞想挨近情人，消解他的怒氣，潛艇卻遭到一陣駭人的晃動。他們緊靠壁面，避免跌倒。

巴特斯和魯斯托可夫敏捷地站起身，衝到L形艙室的最深處：那裡有一大片玻璃牆，可看見深海中的景象。兩人貼在玻璃窗上，目光朝上方幾十公尺的海面望去。他們發現似乎有六座平台浮在波浪上，天幕之下，還有綠色披風飄揚。

「是醫族！」俄國人驚呼，「有好幾個……有人出賣了我們！」他握緊拳頭，咬牙切齒地說。

「上面那個女人，」巴特斯目光緊盯敵人，擔心起來，「我知道她……」首領推開他們，冷靜地往前，嘴角掛著一絲微笑。

「沒有人出賣我們。」他說，「我在等他們。」

他稍微更貼近玻璃帷幕一些，也抬眼朝上看。他看見五個身影揮舞鍊墜。中央的平台上顯現一個寬廣的輪廓：一個短脖子的胖女人穿著鄉村服飾，直立風中。

巴特斯的面孔被光線照亮。

「她是醫族長老會的成員。」

「安娜瑪莉亞．崙皮尼。」黑魔君更進一步指出。那幾個名聲響亮的卓越醫族，不需要任何人替他介紹，「非常強大，非常厲害的安娜瑪莉亞．崙皮尼。竟然是她，我倒沒想到……不過，正合我意！」

他往後退，躲進暗處，高瘦的身軀大笑亂顫。

「歡迎來到我們的小派對，女爵，誠摯歡迎！」

問答大挑戰

海面上，深沉低啞的安布里耶之聲終於響起，回聲隨風消散在薄霧中。

淺白與鮮紅，
海與風，
智慧與狂熱，
血緣相同。

艾登睜開眼睛，慌張失措。這指的是什麼？關主不是說要回答問題嗎？他感到基座開始移動，於是低頭看：跟其他人一樣，他正往下降，逐漸接近海面。他接觸到其他挑戰者的目光：伊莉絲大吼大叫，似乎正在責怪他；摩斯暴跳如雷，莎莉揮舞拳頭，彷彿全力替一匹賽馬加油。奧斯卡則對他微笑，支持打氣。看樣子，大家都聽得見他說話，但他卻聽不見他們：除了安布里耶之聲以外，他什麼都聽不見。

他重新閉上眼睛，忽然想起關卡挑戰的基本原則：回答一個與前一個小宇宙相關的謎題，以獲取進入下一個世界的權利。就現在的狀況而言，他剛離開二號小宇宙，也就是兩國世界，「淺白與鮮紅」：如埃俄羅斯城邦一般淺白，如幫浦國一般鮮紅。一個建立於風中，另一個位於海底。而在這兩個國度裡，什麼東西能代表「智慧與狂熱」呢？或者該說……誰能代表？或許，要找出兩個人物……而且是兩個「血緣相同」的人……兩個兄弟！或者一個哥哥，一個妹妹！艾登睜開眼睛，一聲歡呼。

「埃俄羅斯和密特拉！」他大聲喊出，「氣息國的君主，埃俄羅斯風神國王，以及他的妹妹，幫浦國的密特拉女王！」

他周圍的雲霧消散，更清楚地看見其他醫族的臉部表情。

手臂尚未垂下，鍊墜仍在掌中；他屏氣凝神，與其他人一樣，靜候判決。他轉頭望向闕主和崙皮尼夫人，深怕萬一答錯。幾秒鐘過去，對可憐的艾登來說，彷彿幾個世紀那麼久……平台終於靜止。他大大鬆了一口氣：安布里耶之聲出的謎題，他解出來了。他轉頭看夥伴們：奧斯卡和莎莉顯得十分為他高興，伊莉絲則交叉雙臂，抱在胸前。

「要是你少花一點時間，基座就可以早點停止下降，不過好吧……表現還不賴。」

她隱隱露出微笑。艾登不由得爽朗地笑出來，不過，沒有時間回應：從他手中落下的金色光線開始如波浪般擺動，然後圍繞著他旋轉。很快地，男孩被一團火球包圍，最後，火團噴炸開來。當其他學員呆若木雞地睜開眼睛時，平台上已經空無一人：艾登消失了。

他們轉頭看崙皮尼夫人，女爵顯得欣喜萬分；而闕主則已經開始揮舞手中的大理石板。

這一次，石板在伊莉絲面前亮起。

「伊莉絲．弗洛克哈特，薇嘉和史坦尼斯拉斯．弗洛克哈特之女——」

「對啦，對啦！沒錯，全部都正確。」伊莉絲不耐煩地打斷他，「直接來吧！」她說，並抬起頭望著自己緊握在頭頂的雙手。

話才說完，金絲光線立刻從她的指縫間流瀉，一直落到她腳邊，將她禁錮在內，白色雲霧也把她團團包圍。這一次，安布里耶之聲如雷鳴大作，位在金繭中的伊莉絲也嚇了一大跳。

妳在那裡克服藏匿於夥伴的危險，
深入虎穴龍潭，
不畏反覆來回之力，
劈裂摧毀，直搗核心。

伊莉絲大笑起來，充滿自信。

「深入，來回，心……我當然知道：是大海！幫浦國之海！」

幾秒鐘滴答滴答地過去，伊莉絲等著基座停止下降，雲霧消散，自己在金色閃電中直達第三個小宇宙。事情卻未如願發生，平台反而以更快的速度朝洶湧的海面下沉，所有人都驚駭不已。

她錯愕地抬眼望向女爵和關主，兩人都以嚴厲的眼神瞪著她。

「可是……我不可能有錯！這是不可能的！你們聽見了嗎？」她怒不可抑地大喊。

她注視其他三名醫族學員。天色驚人地瞬間轉暗，巨浪湧起，平台距離浪花只剩五十公分左右。伊莉絲聽不見他們說話，但能猜想他們有多麼焦急，同時讀出他們唇上透露的訊息：快，快找別的答案！

她拿出非比尋常的努力，忘卻憤怒與屈辱，「深入虎穴龍潭，反覆來回」……她試圖記起謎題的最後一項提示：劈裂，「劈裂摧毀，直搗核心」……她細細回想在二號小宇宙所發生的每件事。一道裂縫……在岩石上？峽谷？反覆來回的水波……但或許是風！龍潭虎穴……藏匿於夥伴的危險：摩斯拋出岩石，差一點殺死她的回憶浮現腦海。她一秒也不敢遲疑。

「逆風草原上的大峽谷！」

話一說完，基座平台立即靜止不動。就連安娜瑪莉亞・崙皮尼也鬆了一口氣。伊莉絲轉頭對夥伴們說：

「當然，我早就知道了！不過，你們一直胡亂比手畫腳，害我不能專心！我很生氣！非常非常生……」

最後一個字被爆炸巨響淹沒。碎片散去後，幾座平台上，只剩莎莉、摩斯和奧斯卡。

大理石板在女孩面前亮起。

奧斯卡與摩斯對望了一眼。其實，他也不知道自己究竟覺得哪樣比較好：頭幾個過關，但像伊莉絲那樣，有可能答錯，造成其他人的麻煩；而承擔前面夥伴的錯誤苦果，愈後面答題可能愈危險。有件事情是確定的：他祈禱自己不要是最後一個——不要排在摩斯後面……

平台又開始毫不留情地移動起來，緩緩朝海面下降。奧斯卡垂頭看：他們周圍已湧現小浪，撲打在他們的腳邊。莎莉即將接受挑戰，如果她不盡快找出正確解答，水很快就要淹到他們的膝蓋。他注視好友，對她有信心。莎莉衝勁十足，不愛拖泥帶水猶豫不決。但願伊莉絲給了她前車之鑑，不要急著回答！

安布里耶之聲迴盪在包圍著莎莉的雲霧中，女孩專心傾聽。

伸長脖子張大嘴，
我讓新生娃娃放聲哭，
我在岸邊喘息，
吞下有害的黑影，唉！
唯有死亡能擊敗我的努力。

莎莉握緊拳頭，複誦這幾句話。她緊張兮兮地搜尋記憶，努力解謎：怎樣讓一個新生兒放聲大哭呢？思考，莎莉．邦克，好好思考！她在心裡鼓舞自己：妳沒有失誤的權利，為自己想想，也為排在妳後面的夥伴想想，「伸長脖子」，「我在岸邊喘息」……「有害的黑影」……幾個畫面從她腦中閃過。一陣棕色並帶著焦臭的烏雲瀰漫整座草原，然後是大峽谷後方的海灘。她的記憶焦點轉往畫面的右方，燈火閃爍的巨塔聳立在她面前，一面吸氣，一面吐氣。雷歐尼的菸草，新生兒的呼吸，死者的最後一口氣。對女孩來說，謎底再明顯也不過。

「高塔！」莎莉高聲大喊，「是西風塔！」

安娜瑪莉亞．崙皮尼還來不及恭喜她，醫族少女已經在一道金色閃電伴隨之下，從動盪的海面消失。

摩斯和奧斯卡互看一眼。海水幾乎已經淹至腰部，大海染上了聚集在他們頭頂的烏雲色澤，變成一種沉重逼人的黑灰色。連女爵也抬頭望了一眼，面有憂色。天候怎麼會變得這麼快呢？她轉身望向關主：他已經再次揚起手中的大理石板。

奧斯卡和摩斯皆屏氣凝神。臉色紅潤的關主看看這個又看看那個，有些納悶：石板似乎難以決定要選誰。最後，他終於停下：面板上顯現一張臉和一個名字。

是羅南．摩斯，史黛拉和魯夫斯．摩斯之子，出生於四月四日。

奧斯卡如臨大難似的閉上眼睛。摩斯則高興地輕呼了一口氣——他的目光透露，那是一種殘忍的快意。奧斯卡警戒地站直起身。他清楚直覺到，從現在起，一定要好好緊盯摩斯。

對於四周海水的襲擊，摩斯似乎毫無感覺。淹沒在水中的半個身軀牢牢釘在腳下的平台上。他雙拳緊握鍊墜，手臂高舉在頭頂上，金色光線落在周圍，寬闊的胸膛前方雲霧繚繞。安布里耶之聲響起：

法力在我的紅光裡，
僅有皇家之手可將我移，
聽我命令，地面消失
經我碰觸，心跳恢復。

摩斯微笑，睜開眼睛。連在心裡複誦都不用，謎底已昭然若揭，而他深信自己絕對不會答錯。然而，他緘默不答，而平台持續往海面下沉。

奧斯卡錯愕地瞪著他，用眼神詢問安娜瑪莉亞・崙皮尼。

「真是的，」女爵總算察覺不對，「這個男孩怎麼什麼也不說？水都已經淹到肩膀下了，試試看又何妨？！」

海水都已經拍打到下巴了，奧斯卡隱約看到摩斯瞪視自己的眼神和那副笑容，當下恍然大悟。

「快回答！」奧斯卡大吼，他的腳被釘死在基座平台上，苦鹹的波浪已舔上他的臉龐。那傢伙是故意的！

這一年來，奧斯卡長高了不少，但還是趕不上比全班高出一個頭的摩斯。摩斯凝視這場好戲：每一波浪潮打來，奧斯卡就消失在水下，而他自己的腦袋還浮在水面上。直到浪花搔撓下巴，他才終於下定決心。

「密特拉權杖！」他大喊。

奧斯卡沒聽見摩斯的答案：他再次被巨浪吞沒，掙扎著將頭伸出水面，呼吸空氣。他本能地想用披風把自己包裹起來，但兩隻手都被佔用，緊緊捧住鍊墜，舉向天空。

摩斯則剛在一陣爆炸中消失。關主猶豫了一下，終於還是把石板指向奧斯卡。男孩的面孔和用金色字母打出的身分都顯示在綠寶石色的大理石板上。金色光線從他還沒被浸濕的手指指縫間流瀉，潛入水中，直抵平台。

奧斯卡盡可能地從被釘住的雙腳上方拉長身子，艱辛地讓臉部浮出水面。摩斯已經不見，現在，洶湧的茫茫大海上，只有他一個人。他不停地咳嗽，嗆出強行灌入口中的海水，安布里耶之聲終於在雲霧中響起：

波之神殿
動之源頭

……

他盡力仔細凝聽，試圖忽略浪濤轟隆。就在這個時候，水位下降，他突然能大口深呼吸。他轉過頭去，立即明白這只是短暫的喘息：在他右方，一面水牆高聳而起，咄咄逼人，掏空部分海水，為了製造更大的浪頭往他撲來。

「四人……」聲音繼續出題。

然而，謎題中斷了：只聽見一聲轟隆巨響，大浪劈落在醫族少年身上，血紅色的水花四濺，男孩已無影無蹤。

提洛伊戰爭

「夠了！」女爵高高地站在自己的平台上，揮動鍊墜，「他快淹死了！必須讓他脫離基座！」

她的M字射出光線，穿越渦流，撞擊圍繞奧斯卡的牢籠。金絲線散發出不尋常的綠寶石光芒，形成一道無法超越的屏障，擋下夫人。

關主轉身看她。

「這……他竟然能抵抗您的鍊墜！」他大吃一驚，「我沒辦法中斷他和我的石板連結！」

「別浪費時間了，老兄。」安娜瑪莉亞·崙皮尼回應，「很顯然地，小藥丸的鍊墜和大長老是相通的。但願他手邊有資源助他脫困，如果他跟他父親一樣聰明，一定能找到辦法……」

「否則？」關主擔心地問。

「否則我會介入，無論用什麼方式都好。」

海面下，奧斯卡的腳被牢牢銬在平台上，身軀卻如水草一般被波浪沖擊得東倒西歪。他冒險睜開眼睛。困在雲霧和金絲光籠裡，空氣大概夠他呼吸幾分鐘，但也只有幾分鐘。究竟是怎麼一回事？為什麼大海突然變得如此兇猛劇烈？

他決定晚一點再去思考這些問題，先試著回想聽見安布里耶之聲說了些什麼，「波之神殿」，「動之源頭」……會是密特拉宮殿嗎？還是用噴吐的力量形成呼吸運動的西風塔？線索不夠，難以直接作答。平台卻毫不留情地繼續往下沉……

就在這個時候，一道紅光劈開大海，豎起一串由巨大泡泡組成的圓柱，掀起大量海水，彷彿將海水煮沸。海面上，一道新的巨浪即將在女爵和關主附近打落。

奧斯卡終於看清楚：有一艘長橢圓形的艦艇停在深海的沙底上，而且艦身的顏色令人擔憂。透過船身最寬之處的厚玻璃，隱約可見一個男人高大的身影：一身黑衣，面貌難辨。不過，奧斯卡認出了他手部的動作：神經質地用手指搔左腦，彷彿想穿透皮膚、骨骼，拔除某種藏在太陽穴後面的疼痛。去年，在密特拉女王的宮殿中心，第一次過招時，男孩已經注意到他這個動作。

奧斯卡確知敵人的身分，沒有半點疑慮。儘管海水溫熱，一股徹寒涼意沿著他的脊椎升起。陷阱，這是一場陷阱，他落入圈套了。

時間卻不允許他多問多想：海水閃著奇怪的光芒，兩艘小潛艇朝他直衝而來，繞著他轉，有如鯊魚在獵物旁邊周旋。奧斯卡驚惶地認出那兩艘小艇的標誌色彩。

一條紅線，像釣線一般銳利，近距離經過他身邊。在第一艘潛艇的座艙中，他隱約看到一個深膚棕髮的女人，長相美麗，但笑容殘忍，又一發射擊射向目標，這一次，打中了奧斯卡周圍的金色光線。金色光籠發出綠寶石的光芒，像一面鏡子似的，將紅色光束反彈回去。第一艘潛艇在千鈞一髮之際閃過，但第二艘潛艇卻替它遭殃。不過，一道金色光幕擋在潛艇和其目標物之間，接著，一股低沉的聲響迴盪開來，彷彿是紅黑相間的艦艇撞上了一道水泥牆。只有一枚醫族鍊墜——而且是一枚非常強大的鍊墜——才能發出如此亮光保護他。奧斯卡並非孤軍奮鬥，這個念頭鼓舞了他。他的目光往被潮水弄混濁的海底搜尋，卻一無所獲。

第二艘潛艇接棒進攻。這一次，醫族少年清楚地看見：一隻戴著手套的手掌上亮著一個P字。另外還有兩條身影——兩個男人。

敵人的指縫間釋出一朵紅雲，瞬間蔓延，包圍男孩。奧斯卡驚駭地看著這團濃霧變成一面石榴紅色的金屬大鐵網，把自己囚禁起來。網眼不斷收縮，厲害無比。金光絲線恐怕難以長久抵擋如此強大的擠壓。然而，儘管抽筋麻痺，他的雙臂仍保持高舉過頭，以免鍊墜掉落。從鍊墜發散出的金色光線和白色雲霧是他唯一的防禦。大潛艇現在靜止在奧斯卡的牢籠前方，駕駛艙內有兩個男人。其中一人，較高大壯碩那個，微笑著握緊拳頭。金屬網同時也縮緊纏繞醫族少年的網眼，壓迫他的肩膀、髖骨及頭顱。

於是，當第一道裂痕出現，奧斯卡看到了一線生機：裂痕從他的雙腳下劃開。壓力不斷增強，將他鎖住的平台炸裂開來。海水從依然籠罩著他的雲霧和金絲光線之間滲入——現在，金光宛如長長的髮絲漂浮四散。奧斯卡一秒也不多遲疑。他吸入僅剩的一點空氣，垂下手臂，用披風裹住自己，默唸魏特斯夫人教他的咒語：

聰明過人的披風，你移動自如，
水中亦是你遨遊的天地，
蕩漾吧！帶我朝水面游去。

披風立即反應：它張成花冠的形狀，托住主人，膨脹，排水，宛如一朵大水母，載著奧斯卡遠離深海。

安娜瑪莉亞．崙皮尼和關主擔憂地偵測海面。又一陣巨浪，比先前的更凶猛，正好落在奧斯卡被淹沒前所站的位置。

「今天，第二個小宇宙應該是晴朗的好天氣才對啊！」關主狐疑擔心，「竟然不到一刻鐘就整個變天……」

一道極為鮮豔亮眼的紅光從陰沉的低空劈入幽暗的波濤中。安娜瑪莉亞．崙皮尼高貴又多彩的臉孔瞬間變色，彷彿戴了一副冰冷的面具。女爵完全不顧自己一身行頭，動動肩膀，卸下毛皮大衣，展開穿在提洛伊傳統服飾上的披風。她抬眼環顧四周，浪潮從四面八方湧來：一艘埃俄羅斯戰艦得到她的信號，朝他們直駛而來。

「等他們到就太遲了。」她說，「我不能再等下去，那個男孩已身陷險境。」

「您打算怎麼做？」

「首先，這個！」

她旋轉起來，鍊墜發出一道閃光，射向岸邊。光束集中打在一座西風塔上——是最高、最有力的那一座。一陣刺耳的機械磨合聲嘎嘎作響，蓋過狂風呼嘯與海潮轟隆。

「這……您癱瘓了宿主一座塔的運作！」滿臉通紅的關主驚愕高嚷，「可憐的女士，您想害她窒息嗎？」

「我沒時間跟您解釋了。站在我後面，別想搗亂，聽見了嗎？」道行高強的醫族女長老一面說，一面朝洶湧的大海揮舞鍊墜，「只要拿好您的大理石板，指著那個男孩就行了！」

她唸出一串咒語，被嘈雜的浪濤聲掩過。她的M字母發出一圈耀眼的白色光暈，將她包圍籠罩。

幾秒鐘之後，平台上只剩闢主一個人。

奧斯卡抬頭仰望。他的披風化身一朵大水母，載著他朝亮光浮游。他吐出幾顆悶在胸口的氣泡，祈禱能盡快抵達水面。他轉頭看那停駐在海底的巨大潛艇。雖然距離遙遠，他卻能確定：他認出的那人一定站在駕駛艙玻璃窗前，緊盯著自己不放。

黑魔君抬起手臂，掌心釋放一股泛著螢光紅的渦流，穿透玻璃而出，翻攪海水，形成一場結實的海底颶風，所經之處，一切皆被掀起：沙土、海水、海洋生物，無一倖免。颶風直撲醫族少年，兩輛小潛艇已像兩條小金魚似的被掃開。奧斯卡抬起頭，驚慌不已。他距離海面還有幾公尺，卻已感到漩渦的致命吸引力。

這時，他的右方發出一陣爆炸閃光。一道沙牆豎起，擋在男孩和颶風之間。撞擊的力道驚人，宛如有一顆原子彈擊中海底似的，矽石顆粒飛迸四射。等噴炸結束消失，奧斯卡看見一顆被壓扁的半透明球體，好不容易才認出那是崙皮尼女爵：她化身為暴怒女戰士，活生生是一位幫浦海底的女武神。魁梧的身材穿戴披風變成的綠寶石盔甲，赤褐色的髮絲圍繞在頭部四周，眼中冒著怒火，安娜瑪莉亞．崙皮尼捨棄了提洛伊服飾上的小花、緞帶，和山野氣息濃厚的各種裝飾。

她手持鍊墜，朝前伸直揮舞，在球體護殼中怒喝：

「卑鄙小人，你們好大的膽子！你們知道這個男孩是誰嗎？知道我是誰嗎？」她的怒吼音量驚人，聲波蔓延，傳進敵人和她保護的弟子耳裡。黑魔君露出了一抹幾乎難以察覺的微笑。

「是，」他低聲說，「我們知道您是誰，女爵。而且，能消滅一位像您這樣強大的醫族，我感到十分榮幸……」

颶風的威力繼續增強，夫人費盡全力，好不容易撐住用鍊墜字母豎起的沙牆。不過，她奮力抵抗，一面在汪洋中搜尋，終於發現醫族少年的身影，其實就在她旁邊。一秒鐘也不能浪費。她接近奧斯卡，應該說，男孩直接被吞進泡泡球內。他大口呼吸裡面的空氣，站起身來。

「崙皮尼夫人，」他上氣不接下氣地說，「我——」

「你晚點再感謝我也不遲，年輕人！」女爵打斷他，專注眼前的行動，「你看，就算我們兩人聯手都不見得抵擋得了。」

奧斯卡轉頭觀看：兩艘小潛艇重回作戰崗位。駕駛艙內，黑魔君的聲音如磨刀般刺耳：

「殺掉他們！」他下令，「殺掉他們！」

小潛艇直接衝向保護著兩名醫族的泡泡球，血紅砲火前仆後繼而來。前幾發攻擊並無大礙，但是，很快地，泡泡球乳白色的外殼上被打穿一些小孔，海水滲透進來。奧斯卡用他的披風去填補，一面努力揮舞鍊墜。他感染了女爵的憤怒，恨透了發動這次攻擊的男人，全神貫注，集中所有力氣。

他的字母發出前所未有的強烈金色光束，穿透潮水，正中由女人駕駛的那艘潛艇。擋風玻璃瞬間炸裂。一條巨大的鮮紅觸手從海底的大潛艇伸出，在混濁的海水中舒展開來，那個女人宛如一粒塵埃，被吸了進去，迷你潛艇則炸個粉碎。

他們沒有時間慶祝這場短暫的勝利：一陣劇烈的撞擊讓他們失去平衡，保護殼宛如蛋殼一般裂成兩半。兇猛的水勢驟然灌入，連身材壯碩的女長老也差一點跌倒。他們轉頭探個究竟：第二艘潛艇，上面載著兩個男人，剛對他們開火。他們繡有P字的手套發射出許多不怕水的火球，不斷膨脹，從四面八方飛來，刺穿泡泡球。

女爵和奧斯卡交換了個眼神。

「我們必須兩人同心協力，回擊火球！」夫人大喊，「再過不了多久，我就沒辦法推擋颶風了！所以，快點上陣，年輕人！」

奧斯卡站定在泡泡球底部，海水從各個角落湧入。女爵垂下鍊墜，沙牆隨之崩塌，為恐怖肆虐的颶風開啟了一條大道。再過幾秒鐘，它就要長驅直入，泡泡球將如稻草一般不堪一擊。安娜瑪莉亞．崙皮尼轉向小潛艇，把自己的字母放在奧斯卡的字母上，一道螺旋綠光如閃電射出，一圈圈纏繞住潛艇。女爵握緊塗著鮮豔指甲油的長手指，螺旋光束緊縮，扭彎了潛艇的鋼殼。

他們看見兩條黑影從中逃出，穿戴笨重的氧氣筒，朝大潛艇游去。他們的首腦在裡面等著。

「喔，不，小羊們，你們別以為能這麼容易逃出我的手掌心……」

女爵的話還沒說完，她和奧斯卡就被一股漩渦拉倒在地：巨大無比的颶風已刮到他們頭頂。她只來得及用披風蓋住奧斯卡，並用鍊墜變出一道屏障。撞擊的力道必然無比劇烈，泡泡球一定會破碎。奧斯卡掀起披風一角，抬頭仰望。

「你在做什麼？！」女爵驚呼，「快躲進披風下！」

「崙皮尼夫人！星星！您看！到處都是星星！」

女爵隨著他的目光望去：水面上，距離他們非常遠的高處，出現了一圈金色光暈，畫出一個非常大的圓，落下數不清的閃爍金環。

「那是什麼？」少年問道。

「是我不敢期待的援助，親愛的孩子。來得正是時候。」

緊急救援

自從醫族少年隊和崙皮尼女爵飛入她身旁這位女士的體內後，魏特斯夫人的微笑和客套就沒停過。

她閃閃發亮的眼睛緊盯著雪莉看，並展開她最拿手的把戲：金蟬脫殼。她的身體自動正常運作，但心思卻飄往他處，考慮別的事情。因此，當雪莉——她人很好，卻是話很多——坐在藏書室裡，天南地北地熱烈開講起來時，魏特斯夫人就用「嗯」、「對，當然」或「真的一點也沒錯」來替她斷句。老夫人像播放CD似的重複這幾句話。她唯一在乎的是讓情緒興奮的廚娘保持冷靜。這是非常特別的狀況：雪莉竟然答應接待奧斯卡一行人進入她的第二體內世界，通過關卡考驗。照理說，雪莉整天忙個不停，跑來跑去，會讓情況變得很複雜，而這完全不符合醫族少年隊的需求。

於是，魏特斯夫人把玩起手帕的蕾絲花邊，點了好幾次頭，好想去花園走走。否則，我可能會閉上眼睛睡著。她在心裡暗想，非常知情達理。

「但是魏特斯夫人，您知道的，我必須回去工作，因為，您猜怎麼著？昨天，我正在為布拉佛先生準備餐點——對了，我有沒有跟您說過布拉佛先生有多麼喜歡我做的奇異果汁煨鱈魚？」

「沒有，親愛的，妳從來沒說過。」老夫人報以她最迷人的微笑，「您一定得把事情的來龍去脈好好說給我聽。來吧！」她一手拉著瘦長的雪莉，一手拿起大衣，「我們去散散步！」

「其實，那是一道很棒的菜，只有我會做——不過，魏特斯夫人，對您，我什麼都可以說，對吧？」

可惜沒錯，老夫人心想。

「別擔心，我會非常嫉妒地守住這個秘密。您可以放心，沒有人搶得走，就算威脅我也沒有用。」她說，隱隱微笑，「所以，那道鱈魚……」

「啊！鱈魚！」雪莉嚷了起來，「剛好讓我想到：昨天，在達拉威先生家，發生了一件可怕的事！您認識那家人嗎？夫人？當然，您當然認識，您一定會想起來，只要跟您說……」

雪莉於是岔開話題，轉而說起布拉佛先生的鄰居，達拉威一家人高潮迭起的精采生活。魏特斯夫人挽起她的手，帶她走向花棚，避開庫密德斯會花園小徑上的涼風。

她遁入飄渺的思緒，忽然被一陣不尋常的靜默驚醒。愣了好幾秒鐘，她才意識到發生了想像不到的狀況：雪莉閉上了嘴。她轉頭查看：廚娘突然又像口烤爐似的張大了嘴。

「雪莉，怎麼了？」魏特斯夫人詢問，並強迫她在一張長椅上坐下，「告訴我，您覺得哪裡不舒服？」

「我……我……我不能呼吸了……我頭好痛……感覺上……好像快爆炸了！」

找人幫忙已經來不及了。

「請平躺下來。」老夫人指示，同時已拿出鍊墜。「我會負責照顧您。」

「不！別……丟下……我……一個人……！」

雪莉的哀求隨著吹過樹籬枝椏間的陣風消逝。魏特斯夫人已不見人影。

當最初一批小金環沉落到海底沙床，奧斯卡立即明白女爵為何鬆了一口氣：每一顆粒子都變成一顆炸彈，掀起一大束沙土。不一會兒，一幕盛大的煙火在他們眼前呈現。飛沙四濺，颶風被淹沒在紅泥水中，威力衰減，最後在距離泡泡球很遠的地方滅跡。女爵站起身，只見浩瀚汪洋中，出現了另一顆一模一樣的泡泡球，沐浴在金色雲霧中，直朝他們而來。

奧斯卡認出球裡的人。

「魏特斯夫人！」他大喊。

球體黏靠在他們的球旁，兩顆球合而為一。老夫人急忙走向被奧地利傳統裙困絆，踉蹌起身的長老好友。

「貝妮絲，親愛的，我還以為您永遠也不會懂我發出的絕望求救訊息！我們得趕快回到海面上，重新啟動可愛雪莉的西風塔。」

「這件事已經辦好了。」魏特斯夫人安慰她，「到底發生了什麼事？」她望著漂浮在海中的潛艇碎片，不解地問。

「這一定是一個圈套！」女爵回答，「看看那邊那輛大潛艇！」

「什麼大潛艇？安娜瑪莉亞？」

女爵長老暫時放下整理她那一頭赤褐棕髮的工作，瞪大眼睛搜尋海底。

「咦……史卡斯達爾！那個惡棍剛才明明在這裡，還帶了幾個爪牙，不過是幾秒鐘前的事啊！而……」

「魏特斯夫人！崙皮尼夫人！他逃跑了！」

兩位夫人只來得及看見一條黑影消失在遠方。

「來不及了。」魏特斯夫人表示，「無論如何，這座幫浦海恐怕已經被他的黨羽滲透。我們最好先離開。」她心照不宣地對安娜瑪莉亞眨眨眼，並宣布：「我們稍後再幫可憐的雪莉解決這些破壞分子。」

「我可以與你們並肩作戰，對抗病族。」奧斯卡眼看著黑魔君再次從他們的手掌心中溜走，不禁插話，「我已經十四歲，不再是個孩子了。」

魏特斯夫人微笑起來，

「我知道，奧斯卡。你很勇敢，這一點沒有人會質疑。」

老夫人的綠色眼眸中閃過一抹遺憾的陰影。她的弟子所經歷的考驗比大人還多，她多麼希望他能安穩地度過青少年期，可惜一切都悲觀地朝反方向發展。

「作戰的時機日後總會到來，親愛的孩子。」崙皮尼夫人堅定地說。她又回到不是那麼勇猛好戰的模樣，「我提議大家都回到海面上去：我的皮草大衣應該已經慘不忍睹。」

奧斯卡似乎並不甘心就此罷休。在海潮和渦流許可的能見範圍內，他的目光仍盡可能地四處搜尋。

「就讓兩國世界的戰艦負責去偵測其他病族吧！我們該回去了，奧斯卡。」這一次，魏特斯夫人的語氣不容商量，「我想，今天的考驗已經夠驚人了。你的朋友們也應該都已經回去了。」

奧斯卡想起摩斯、莎莉、伊莉絲和艾登。

「我們回去，奧斯卡。」魏特斯夫人再次聲明。

堅定不移的目光和無動於衷的笑容說明了一切。這是命令，完畢。他茫然聽著女爵說話：

「年輕人，等一下我會把我的字母貼在壁面上，泡泡球將破一個小洞，然後像氣球那樣洩氣，帶我們一起往上噴射。準備好了嗎？親愛的朋友們？」她揮舞鍊墜問道。

兩人都點點頭。魏特斯夫人調整好娃娃領，雙手交叉擺在裙子上。奧斯卡不動聲色地移到離她稍遠一點的地方，崙皮尼夫人則把鍊墜貼在薄膜內壁上。

一切來得好快：男孩一手抓住自己的鍊墜，一手用披風把自己包起來，同時低聲唸出一段咒語。就連那麼機靈的魏特斯夫人也來不及反應：泡泡球彷彿被刺了一針似的噴洩空氣，奧斯卡趁機從開孔跳入浩瀚汪洋，不讓老夫人抓住他。女爵轉過身來，驚愕不已。

「這……怎麼會這樣……貝妮絲，這個孩子瘋了嗎？我們得回去找他才行。」

「他沒瘋，」魏特斯夫人回應，「只是很頑固，頑固到要用頭去撞海底……而這可說是他最大的優點之一。」老夫人補上一句。同時，泡泡球也衝出了水面。

海面已恢復平靜。她四處尋找中央平台：闞主正朝他們大力揮手。

「快，安娜瑪莉亞！把那些裙子緞帶什麼的都收拾好，假如想抱一線希望，再看到活蹦亂跳的小藥丸的話，我們得用跑的去跟闞主老弟會合。」

奧斯卡小心翼翼地張開披風，不讓僅有的一點空氣外洩。他手中的鍊墜開始旋轉，變成一副螺旋槳。他終於看到一心尋找的目標，於是逆流前進。

M字鍊墜停止旋轉，奧斯卡踏上海底五座平台中的一座。海底壓力大，空氣消耗快速驚人。醫族少年將鍊墜高舉過頭，祈禱關主還在海面，站在他的中央平台上。字母閃耀萬丈光芒，金絲光線從中流瀉，將奧斯卡從頭到腳全身籠罩，同時，白色雲霧宛如絲帶，圍繞著他。

奧斯卡吸入最後幾顆氣泡許久之後，安布里耶之聲終於響起。

波之神殿，
動之源頭，
四人輪替，
兩聲不絕。

他感到一陣耳鳴，視線也模糊起來。不，現在不行，目標就在眼前，不能現在放棄！他這麼告訴自己。然而他的胸腔彷彿著了火。那些字眼在他腦中彈跳迴盪，「波之神殿」、「動」、「四」、「輪」、「不絕」。

他用僅剩的力氣拚搏，一張開嘴，海水就猛灌入口中；但他的吶喊更強而有力：

「搏跳之室！」

剛說完，他眼前一片黑，然後，亮得睜不開眼。

睜開眼睛時，他全身濕淋淋地躺在一片柔軟的平面上，幾張熟悉的面孔俯視著他。其中兩張笑臉盈盈，另一張臉嚴苛地瞪著他，最後一張臉上則透露些許失望。

「我還以為你永遠辦不到了。」伊莉絲用她那刺耳的聲音責備。

「他一定有作弊。」摩斯聳聳肩，下了個結論。

莎莉和艾登把他們推開，擔憂地查看好友的狀況。

「奧斯卡，你還好嗎？聽得見我們說話嗎？」

第五張面孔出現，是張翹鬍子圓臉。

「奧斯卡・藥丸，恭喜您。」關主宣布，「歡迎來到關卡的另一邊，第三小宇宙，安布里耶的世界。」

奧斯卡唯一的回應只有茫然望了望其他四名隊員，然後閉上眼睛，暈厥過去。

這件事別再提了！

關卡挑戰後兩星期，對奧斯卡來說，回庫密德斯會探望瓦倫緹娜和勞倫斯變得很困難：五月的最後一週，所有老師都發神經，在快放學的時候出一大堆作業折磨他們，他幾乎沒有時間恢復元氣。他的體力確實大受考驗，想法上所得到的教訓有如當頭棒喝：現在，他總算能體會布拉佛先生和其他長老們擔憂到什麼地步。此後，他們已無處可藏。

至於他的兩個體內世界的好友，一想到能陪醫族少年隊去三號小宇宙尋找戰利品，他們就心急難耐地想快點出發。然而，他們只像一陣風似的匆匆見了一面。奧斯卡答應，只要狀況允許，一定安排他們去巴比倫莊園度週末。

可是，他實在很難專注在學校課業上。是否能帶回第三座戰利品，他的確忐忑，但這不是唯一讓他心不在焉的原因。他之所以激動，也是因為他即將進入一位女性的腹部旅行，去她最私密的深處，生命能夠成型的地方。男性的宇宙同時也令他好奇——簡而言之，也就是他自己的體內世界。等到那天，就算蒂拉嘲笑他沒有女朋友也無所謂：那時，他會比她更清楚一對男女能用身體做什麼，一定遠比親吻來得多。

鐘聲響起，一個意想不到的身影把他拉回現實：宛如變魔術般地，蒂拉真人出現在他的面前。他嚇了一跳，臉一路紅到髮根。難道欲望有魔法，能變出引發欲望的女孩？

「嗨，奧斯卡！」

難得這一次，教室裡只有他們兩人。她用那麼專注的眼神望著他，讓他一時以為她能讀懂他的心思。他不禁沉醉在她眼中的金色光芒中，過了一會兒才慌忙移開目光。

「嗨。」他開口回應，沒忘記曾遭她羞辱之事。

她湊近他，眉頭緊蹙，彷彿發現他的領子有汙漬，或臉上長了顆大痘痘。

「你這裡有什麼東西？這裡？這裡？」女孩問。

「『這裡』是哪裡？」他反問，無法抑制怦怦作響的心跳。

她緩緩伸出手，食指劃過少男的嘴唇。

「在你嘴上。」她吐氣如蘭，目不轉睛地盯著他的藍眼睛。

她和他從來沒有如此靠近過。而這一次，他卸下了心防。她檢視他的嘴唇，不斷用手指輕撫。

「感覺上……像塑膠。」

她縮回手指，再次深望奧斯卡的眼眸。

「也對，這雙嘴唇從來沒用過，或許你忘了要拆掉保護膜？你知道的，就像手機螢幕上的那玩意兒。」

奧斯卡閉上眼睛。再一次，她就是非要嘲笑他不可。然而，當他重新睜開眼睛時，卻發現她沒走開，也沒爆出那種能把你射穿的清脆笑聲。她甚至留心不大聲說話，沒使出想讓全操場都聽見時的拿手絕活。

「拿掉的時候到了。」她繼續說，並優雅地把頭斜偏到一邊。

她挑起一綹秀髮，輕輕鞭掃奧斯卡的臉，然後不慌不忙地離開。他在原地呆立了一會兒，納悶不解，伸手摸摸自己的嘴唇，確認一下觸感。

「想要我來替你拆掉膠膜嗎？噢，我帥氣的奧斯卡？」

醫族少年連忙轉過身去。傑瑞米出現在門口，睨眼看他，嘴角掛著一絲微笑，雙手插在口袋。艾登在他旁邊，這一次，就假裝什麼也沒聽見。巴特則看著蒂拉離開——並捕捉到她朝奧斯卡發送的臨去秋波。傑瑞米以為男孩情緒激動是難為情的關係，嘆了一口氣。

「我說，假如你堅持用親吻的方式讓女孩閉嘴，我敢說，一定有上百個女生為了這個好處自動送上門來。嘿！貝絲！」他說，一面指著一個路過的班上女同學，「幫我們一個忙好嗎？奧斯卡喜歡……」

「好了啦！傑瑞米！」奧斯卡急得大嚷，臉紅得像燒了起來似的。

貝絲走過來，一臉好奇。貝絲．安斯克是個活潑開朗的女孩，家裡在巴比倫莊園開麵包店，很奇特地，跟她爸爸最好的手藝——布里歐麵包——長得頗像。頂著碗蓋般整齊的髮型，她的頭彷彿直接放在和那種維也納式軟麵包一樣圓滾滾的身體上。

「你喜歡怎樣？」她在奧斯卡面前站定，發問。

「沒怎樣啦！」奧斯卡即時忍住後退一步的衝動。

話雖這麼說，他的表情已經透露了心裡的想法。貝絲假裝沒發現，轉頭望向傑瑞米。傑瑞米還不肯罷休。

「有什麼不可以？而且，我敢說她也從來沒跟誰接吻過。」他愈說愈過火，簡直把可憐的貝絲當空氣或聾子看待。

奧斯卡嚇呆了，傻傻地瞪著他。

「好了，我們走吧？」艾登插話。他替貝絲和奧斯卡感到很不自在，「我必須在十五分鐘內回到家，我媽需要我幫忙。」

大家都知道艾登的母親從小得了一種骨骼方面的殘疾，脊椎受損，生活上需要靠親友幫忙。艾登本人也深受此疾之苦，很早就接受了一連串手術治療，的確免去了坐輪椅之不便，但他從此體質虛弱。不過，這一年半以來，擁有了醫族能力之後，他重拾自信，身體變得結實，也長出了肌肉——儘管站在摩斯或奧斯卡旁邊，他還是顯得瘦小得多。

「我必須帶她去看牙醫。」艾登又說，「所以，傑瑞米，你下次有機會再幫他吧！」他十分堅持地盯著歐馬利小弟看。

傑瑞米聳聳肩，覺得掃興。

「算你們倒楣。」他嘆了口氣，目光望向貝絲和奧斯卡，「本來想幫幫你們的。況且，這是一舉兩得的好事嘛！」

貝絲率先回過神來，恢復笑容，彷彿什麼事也沒發生。

「誰告訴你我沒跟男生接吻過？」她那雙大眼睛瞪著傑瑞米看。

傑瑞米恍然大悟——但為時已晚——貝絲覺得他的玩笑不好玩。

「我……我不知道……」他結結巴巴地說，「我以為……」

艾登、奧斯卡和巴特都微笑起來：很少有人能讓他們的好兄弟陷入窘境，而傑瑞米先前沒能騙過貝絲。

「哈，你以為的錯了。」貝絲回擊，「而且，我的經驗不止一次。」女孩還進一步說，「差別在於，我可沒拿糖果和蛋糕去交換親吻，像某人對愛麗絲．戈蒂內所做的那樣。你知道我在說誰吧？」

這一次，輪到傑瑞米變得滿臉通紅。他從沒料到愛麗絲那個笨蛋竟然把他們的交易說給全校聽。

「呃，我想我們該走了，艾登的母親在等他，對吧，艾登？」

貝絲轉身離去，沒再多說什麼，扳回了一城，看起來很滿意。不過，奧斯卡注意到：她的下巴和胖胖的手都在輕顫，目光亮晶晶的，淚水彷彿已在眼眶裡打轉。醫族少年深深懊悔自己對她露出嫌惡的表情，同時也氣惱傑瑞米害他們陷入這般窘境。

「與其隨便看到一個女孩經過就叫我去吻她，你倒不如教我怎麼跟她們交涉談生意！」他說；對好友的這股怨氣，不吐不快。

「我得把話說清楚：愛麗絲是第一個，那時我也沒有別的辦法。好嘛，我很後悔。」他用一種戲劇化的誇張語氣說，「我向你道歉，向貝絲道歉，向你們四個道歉，向校園裡所有人道歉，向……」

他正打算屈膝跪下，一個美麗的身影經過這群人面前，阻斷他的衝動。

「你是怎麼了，傑瑞米？」

一個高挑的棕髮美女盯著他看，一臉覺得好笑。那頭長長的捲髮，那雙深邃的黑眼睛，外加無懈可擊的睫毛，娜歐蜜吸引到的目光並不少於蒂拉，後者為此而討厭她。兩人一點也不像：娜歐蜜身材誘人，讓已經十四歲卻仍然纖瘦扁平的蒂拉暗中嫉妒不已。最大的不同則在於：大家都知道娜歐蜜為人坦率，擁有療癒的幽默感，而且十分單純，對自己這些優點渾然不覺。

傑瑞米始終保持跪姿，轉身哀求她：

「娜歐蜜，美麗的娜歐蜜，你知道我面前這個人是誰嗎？」

她笑了起來。

「不，沒有人認識奧斯卡．藥丸……尤其是女生。」她說，「他又笨，又膽小，又醜，大家都知道。」

「沒錯！」傑瑞米回答，「我這個人跟他完全相反，妳卻從來沒注意過我。」

娜歐蜜搖搖頭，覺得好笑。

「很正常呀！我的小傑瑞米：我比你高出一個頭，當然看不見你！」

「噢，好棒！再說一次：『我的小傑瑞米』！」

「你想聽的話，我也可以叫你『我的小傑瑞米』。」

少男用跪著的膝蓋撐著，轉了個方向，認出摩斯的小妹嘉莉。這個女孩總是心直口快——或許也因為如此，她才能跟羅南對抗，不像大她兩歲的姊姊蘿娜，總是默默忍受大哥的霸道。

傑瑞米大嘆一口氣。

「嘉莉．摩斯，我十四歲，妳十一歲，妳是要怎麼……」

「十一歲半。馬上就十二歲了。」女孩糾正他，「確切地說，就在一個月之後。」

「好吧，馬上就十二歲了。但這不表示妳可以叫我『我的小傑瑞米』。」

「就算我只有四歲，」嘉莉反駁，「我也不必等你許可我做什麼。」

奧斯卡和艾登笑了起來。

「這倒是真的。」奧斯卡插話，慶幸大家已經忘記他對貝絲的態度，「從妳四歲開始，人家就已經沒辦法叫妳閉嘴了！至少我確定蘿娜辦不到。」他說，並轉頭望向嘉莉的姊姊。

蘿娜一直躲在後面，低著頭，害羞地微笑，胡亂扯著一綹頭髮。她長得不是特別漂亮，不過，反正也沒有人能評斷：因為很少有人會注意到她的存在。

「就連羅南也說不過她。」她非常小聲地說。

「還好是這樣！」嘉莉頂嘴，「要是靠妳去跟他回應，那就……」

她不顧奧斯卡還在場，直接問傑瑞米：

「喂，你要找一個人跟他接吻，是嗎？」

醫族少年翻了個大白眼。看來他是脫不了身了。

「重點整理一下：娜歐蜜已經有一個男朋友，貝絲也已經吻過好幾個男生。既然蘿娜完全沒有牽掛，我提議就讓她來跟奧斯卡接吻。」嘉莉一本正經地宣布。

「我……我？」蘿娜驚呼，簡直像被人脫光衣服扔在操場中央一樣，好想去死。

「難道我還有別的姊姊也叫蘿娜嗎？不是妳還有誰？傻瓜！」

「呃……我們可以表示意見嗎？」奧斯卡鼓起勇氣試問。

「嘿！你到底自以為是什麼人？」嘉莉雙手扠腰責備他，「這已經是第三位人選了，你還挑？還有妳，別再臉紅了，再下去妳都要熱到融化了！」接著，她轉身嘲笑姊姊：「妳根本想得要命，對不對？你們兩個快點接吻，這件事就別再提了！」

「這裡的大家都要一起親吻是嗎？」薇歐蕾不知道從哪個白日夢境冒出來，也跑來湊熱鬧，「太棒了！我喜歡！誰要先開始？」

「我。」本來一直置身事外的巴特忽然猴急地回答。

蘿娜惶恐地暗戀著奧斯卡，但是，要她承認——尤其是當眾承認，她還寧願被活活剝皮死了算了。她無助地尋求解救。結果，看她那副尷尬難為情的模樣，奧斯卡反而輕鬆起來，也跟其他人一起笑了起來。

艾登覺得她很可憐。

「對了，那項超級競賽進行到什麼階段了？」

「獨家消息！」傑瑞米回應，「七天後公布結果。在此之前，各校操場都要變成戰場了……」

鏡中男人

下午接近傍晚之時，在奇達爾街口，奧斯卡和薇歐蕾跟歐馬利兄弟和艾登道別後，繼續趕回家，避免在所有跟他們打招呼的鄰居家逗留，艱難地婉拒了歐法努達奇斯太太的肉桂餅乾。只要遲歸一點點，他們的母親就擔心得要命；而現在，他們已經遲到了。

就在離家幾十公尺的地方，他們停下腳步，互換了一個氣惱的眼神。兩人都認出那輛車：跟主人差不多招搖搶眼的紅色跑車，停在離人行道一公尺的馬路上，不引人側目也難。奧斯卡嘆了口氣，薇歐蕾哼起一首自己發明的歌，逃離現實。他們穿越柵門，簡直就像兩個被押往監獄的少年。

「啊！回來了，妳的兩根小胡蘿蔔！」

奧斯卡決定什麼也不說，試圖對巴瑞．赫希萊那個粗魯的壯漢擠出一個微笑。那傢伙身高一百九十公分，一身肌肉九十公斤，大腦應該只有五公克。自從去年九月和好之後，賽莉亞和巴瑞愈來愈常見面。抗議排斥了幾年，奧斯卡終於明瞭：如果對薇歐蕾和他來說，失去了父親是件哀痛的事，那麼，沒有伴侶的孤獨生活，對賽莉亞來說，也並不容易。

「沒有任何人或任何事物能取代你們的父親。」有一天，她對他們這麼說，「而巴瑞也無法取代任何人。他就是他，很合我的意。你們懂嗎？」

薇歐蕾沒做出任何回應——她到底有沒有聽進去呢？奧斯卡卻正好非常想告訴媽媽巴瑞的真

面目，不過，他終究沒說，對巴瑞也妥協讓步。從那時起，他的母親彷彿又活了過來，臉上恢復笑容，又開始打扮，保養自己。他常天人交戰：看媽媽容光煥發十分欣喜，但又必須忍受那個傻大個兒時時出沒家中。後來，他找到一個折衷的辦法：容忍，但絕不欺騙自己。他永遠無法假裝欣賞巴瑞，不過，他不再跟他硬碰硬，更不再與媽媽作對，妨礙她跟她想要的人一起生活。賽莉亞別無奢求。

巴瑞無精打采地朝他們走來。顯然，人與人之間的感受是互相的。不過，跟賽莉亞的兒子不同的是，他堅持笑臉迎人。

「怎麼，還是一樣整天閒逛啊？你們兩個！嗯？！你們剛去了哪裡？說來聽聽：你們今天做了些什麼呀？」

奧斯卡看到媽媽的眼神，於是配合演出：

「我們剛從學校回來。」他隨口回答，沒多加說明，「不過你應該不知道學校是做什麼的。」少男含糊地低聲嘟噥。

巴瑞誇張地瞅了他一眼，推了他一下，差點把他推倒。

「少來，都長到這麼大了，放學回家之前，一定有別的事可做吧？嗯？」

繞一個大圈子以免碰到你，笨蛋。奧斯卡心想。他選擇沉默不回應。薇歐蕾擁抱了母親，對巴瑞揮揮手，彷彿在跟一面牆打招呼（話說，她偶爾還真的會熱情地跟壁紙上的圖案打招呼），然後上樓。

「算了，對她嘛，」巴瑞嘟噥，「我就不過問了：放學之後，她一定先飛去月亮逛了逛才回來……」

奧斯卡繞過巴瑞那一大堆筋肉，跟在姊姊身後。

「孩子們，其實，今天晚上，巴瑞要帶我去看舞台劇。」

奧斯卡按捺不住訝異：

「舞台劇？他？」

賽莉亞森然瞪他一眼。

「你這話是什麼意思？」巴瑞凶巴巴地質問。

「沒什麼。」奧斯卡改口，「我以為你比較喜歡看棒球，只是這樣而已。」

「晚飯已經準備好了。」賽莉亞接話，「加熱一下就行了。奧斯卡，你注意姊姊，別讓她……」

「……把微波爐跟洗碗機搞混，像上次那樣。好了，我會等她回地球後再上桌。」

巴瑞嘲笑女伴：

「賽莉亞，他們已經夠大了，自有辦法解決的，不是嗎？來吧！穿上我買給妳的那件漂亮外套——你媽有沒有穿我買給她的那件漂亮外套給你們看？真的很漂亮。」

他俯下身來，用說秘密的口吻：

「我根本沒看價錢，嗯？這樣也好，否則，我說不定會改變主意。」

說完，他逕自哈哈大笑起來。奧斯卡則試著理解母親謎樣難解的一面：像她這麼聰明細膩的女人，怎麼會喜歡這麼一個粗魯的傢伙？

賽莉亞觀察兒子的表情：宛如一本敞開的書，一目瞭然。他跟他爸爸一模一樣，她心想，都把想法直接寫在臉上。她套上大衣，拿起手提包，轉身望向樓梯。奧斯卡已經上樓了。巴瑞說得對，她的孩子們長大了，已經可以學習獨立——並讓他們的母親也享有獨立生活。但她能期待獲得他們的祝福嗎？她該告訴自己的，不斷在腦袋裡重複的，是她也已經「長大」，學著自己作主，不需要事事經過孩子同意的時候到了。可惜，今天晚上還不行。

她深呼吸，甩掉沉重的壓迫感，跟隨男伴走出家門。

奧斯卡結束擦拭碗盤的工作，同時用餘光監視心不在焉的姊姊憑著運氣收好鹽罐、糖罐和餐具。

一切都物歸原位之後，他翻閱當地報紙，被一條標題吸引：「怪病流行，醫藥無策」。刊登在角落一個小框框裡，小報編輯對這篇內容並不憂心。然而，文章中報導：同州距離歡樂谷不遠的地方，出現好幾起奇怪的高燒病例，所有治療都宣告無效。有人最後因而被送進醫院，但檢查不出任何病菌感染。於是，只能想盡辦法降低體溫——卻也沒用——然後等待。其中一人沒能撐過。隔了兩個星期之後，跟出現時一樣，怪病沒來由地消失無蹤。

奧斯卡闔上報紙，陷入沉思。是否該把這起神秘事件跟黑魔君扯上關聯？怪病消失是不是醫族努力的成果？他決定下次見到魏特斯夫人時好好問個清楚。

他上樓，等姊姊隱入房間休息，才走進浴室。

他關門後上了兩道鎖，站在鏡子前，開始慢慢脫衣，同時目不轉睛地盯著鏡中的自己。他褪去T恤，然後脫掉牛仔褲。他已好久沒有如此專注地觀察自己的樣貌。現在，他才發現，這一年來，自己的外表有了大幅改變：肩膀變寬了，身上因運動而長出了肌肉，下顎線條變得有力、方正。從開學以來理得很短的平頭變得濃密，顏色也變深了：轉而接近賽莉亞的棕髮，不太顯現紅色光澤。相反地，他覺得自己跟僅有的幾張照片上的父親愈來愈神似。

他舉起手臂：細細長長的腋毛鋪蓋得更加明顯；而自從上次足球比賽結束，被媽媽唸說他聞起來已經不像小孩，反而散發男人的汗臭味，要他最好去沖個澡之後，他就開始使用體香劑。嘴唇上方、臉頰、下巴也紛紛出現短毛。他甚至已經在賽莉亞感動的目光下刮了鬍子；薇歐蕾則擔心不已，以為皮膚也會跟著鬍碴一起被刮掉。胸膛上的胸毛雖然不明顯，但有模有樣，已然成型。

他繼續左看右看，以不同的角度檢視自己，脫掉內褲，腦海裡忽然沒來由地湧現各種影像。貝絲的初吻、傑瑞米和愛麗絲．戈蒂內的初吻、漂亮的娜歐蜜和她的學長男友羅倫佐的初吻。

當然還有蒂拉的。

蒂拉用手指觸摸他的嘴唇，用髮絲輕撫他，然後，是他自己幻想的後續畫面：蒂拉和他正在交換那個期待已久的吻。蒂拉的身體，以及他自己大膽放肆的雙手。

他的目光朝下腹部移動，直到深色濃密的三角地帶下方。他微笑起來。

這時，他想起一段兒時記憶：薇歐蕾六歲，他五歲，在歐法努達奇斯太太家。歐家的老三，尼可斯，才出生沒多久，歐法努達奇斯太太正在幫他換尿布。薇歐蕾和他愕然發現嬰兒的小雞雞勃起，及時閃避了射向天花板的尿尿。薇歐蕾驚魂甫定，覺得應該好好安慰這位母親：

「沒關係的，尼可斯，他應該只是雞雞裡長了根骨頭！」

直到今天，每次想起薇歐蕾的話，歐法努達奇斯太太仍哈哈大笑。奧斯卡也從來沒忘記過，不過，他並不太相信會是那樣。今天，站在鏡子前面，映像所顯現的是一個活力十足的男性軀體。他幻想著安布里耶，掌管生殖的體內世界，他必須從那裡帶回一項戰利品。

倘若在一副跟他現在相同狀態身體的三號小宇宙裡旅行……光想到這裡，他就忍不住哈哈大笑。

暗影之中

一位少婦挽著菜籃，扣上刺繡夾克，對果菜攤販露出迷人的笑容。

「謝謝您，美麗的女士。」攤販老闆說，並遞給她一束牛皮紙捆包的鬱金香，眼神樂陶陶地補上一句：「還有這個，給您家裡的小禮物。很快能再見到您嗎？」

「下個星期二，跟平常一樣，朱利安先生。」少婦眨著眼睛回答，「祝您有個美好的一天！」

她穿越市集擁擠的街道，這裡、那裡，到處跟人打招呼……不過，注意力未曾鬆懈。她左一聲嗨，右一聲哈囉，卻並沒有真的把對方看進眼裡：她的全副精神都用來尋找想找的東西。

怎麼找也找不到。她決定回家。

她在鬧哄哄的人群和貨攤之間鑽來鑽去，終於來到一條安靜的小街。她溫柔的笑容立即消失，換上一副嚇人的冰冷面具。一看見垃圾桶，她就扔掉鬱金香花束，然後加快腳步。

直到來到一幢不起眼的小屋前，她才放慢速度。灰色的牆面，窗前沒種花，也沒有窗簾，鐵門深鎖。她插入鑰匙，假裝轉了幾圈，其實偷偷拿出一張感應卡，插進門鎖下方的縫隙。不拖泥帶水，她迅速進屋，立刻把門關好。

窗扉緊閉，屋內一片寂靜，令人毛骨悚然。裝飾擺設簡陋到了極點，更是雪上加霜：兩張桌子，兩台手提電腦，兩張椅子。四周空空蕩蕩，黑色的牆上什麼也沒有——僅有一條紅色滾邊畫出牆壁與天花板的界線。

她把菜籃往角落一丟，脫下夾克，查看螢幕——離開的這段期間，一封電子郵件也沒有。她拉平十分合身的襯衫，梳理一頭如雲棕髮，在手提包中翻找，拿出一支口紅，快速塗抹，但手法專業。她抿緊雙唇，塗勻唇色——鮮血般的紅——然後對鏡微笑，確認這血紅沒有染到她那口亮白無瑕的牙齒。她歪著頭，細細欣賞鏡中呈現出的模樣，才總算決定走出房間，進入一個小小的廳堂。

她把感應卡插入牆柱上一道暗門的門鎖，往下走幾階，進入無盡的漆黑。

她來到一座陰森潮濕的地窖，鄰近的管道雜響不絕於耳。她走向一扇滿是刺屑的木頭門，輕輕敲了門板一下，等了一會兒之後，戴上一隻手套。掌心的位置繡有一枚鮮紅P字，已開始閃爍紅光。她伸手貼在門上，門自動開啟。

光線從槍眼護欄的縫隙透進來，灑落在積滿灰塵的地面上。藉著光，她辨識出旁邊擺了一張床，床單被子整整齊齊，沒有一絲摺痕。忽然有隻靴子的鞋尖伸出來。她嚇了一大跳，鎮靜之後，投入男人的懷裡。男子一身黑衣，看得出紅色的衣領，卻看不見藏在暗影之中的面孔。

「拉茲洛，親愛的，我好想你！為什麼從昨天晚上開始你就不上來了？」

一陣沉默之後，黑魔君終於受夠了。

「因為我在這裡已經待了一個月，一直在等妳找機會讓我出去，早就不差那一晚了！」

拉薇妮亞立刻聽出他語帶責備，決定用自己認為最佳方式來回應：誘惑。

「只有我們兩人在這裡獨處，你不覺得很幸福嗎？」

對面角落忽然有動靜，她轉過身去，向前伸出手掌，P字閃爍發亮。

「這裡不只我們兩個人，不過妳不需要擔心。」史卡斯達爾告訴她。

他的得力助手史湯普從角落走出來。拉薇妮亞卸下防備，一臉嫌惡地瞪著他：他歪歪扭扭地裹著一件披風，彎腰駝背，油亮的禿頂毛髮稀疏，左肩顫抖個不停，無法抑制。不過，有幾樣東西，史湯普掌控完美，而且出手絕不手軟：那就是他有如海克力士的神力，以及不可思議的敏捷反應，即使他的外表看起來像個皺皮老公公。

「一個月又一個星期。」史湯普用沙啞的嗓音補上一句。

「自從上次我們和魯斯托可夫及巴特斯在海底會面以來，已經過了這麼久了。」黑魔君繼續說，「妳曾經答應我一件事……」

「你說得沒錯，那兩個笨蛋沒用得要命。」她宣稱，想藉此改變話題，「我會好好處置他們。」

「妳可以當面告訴他們。」她的情人說，修長的手指著某個方向。

又有兩個男人從暗影之中走出。奧里克．魯斯托可夫粗壯的雙腿岔開，雙臂抱在一樣強健的胸膛前，瞪視少婦。巴特斯則往前幾步，靠在滲水的壁面上。他跟拉薇妮亞屬於同一種類型：那俊帥的面孔和及肩長髮之下，藏著一頭敏銳兇殘的猛獸。她早就知道，也一直提防。

她轉身望向黑魔君。

「要取得人們的信任，需要一點時間。」她改口說道，「太心急的話，這個月以來的工作心血都會白費。」

「一個月，哄騙敵人根本不需要這麼久！」

史卡斯達爾戴著手套，重擊牆面。石牆上，他手指觸及之處，擦出一圈火焰。拉薇妮亞沒回答。她並不氣惱無法與他兩人獨處。每當她的情人發怒，她就隱遁，讓其他人去引火上身。

魯斯托可夫率先發話：

「我們立即展開了行動：我剛從俄羅斯回來，利用改造過的細菌，在那裡引發了一場瘟疫傳染。細菌大量繁殖，全面入侵各個體內世界，醫院裡根本沒有人想出任何對策……」

「我才不管俄羅斯怎樣，瘟疫又怎樣！」病族大魔頭吠了一聲，「我要的是布拉佛！」

他閉上眼睛，始終不肯露臉，用力倒吸了一口氣。

「他人在這裡，就在歡樂谷，距我僅咫尺之遙，我伸手就能抓到。你們只要告訴我什麼時候可以出手就行，卻連這點也做不到！」

「他是近在眼前沒錯，但他也非常強大，消息靈通。」巴特斯打破沉默，開口糾正他，「他會成為醫族大長老，並非沒有道裡……」

「相反地，我們倒可以想想你為什麼是一名病族。」黑魔王反譏，「你說得對：很多醫族的能力都比你強多了……」

魯斯托可夫選擇另闢一條途徑。

「我們之中有一個人相信：某一項精神支柱已被運往非洲。」他說出實情，希望藉此平息主人的怒氣。「或許在坦尚尼亞。已有好幾個人在追蹤。」

黑魔君嘆了口氣；手下個個惺惺作態，他似乎失望至極。拉薇妮亞想碰碰運氣，慵懶地倚在他身上。他低頭望著她。

「妳啊！」他說，「妳可以幫我一件事。一件能讓我愉快，安慰我的事。」

她微笑起來，朱唇輕咬，眼神盈溢欲望。她甚至沒轉過身，直接在他懷裡對其他三名病族發號施令。

「別打擾我們。」她用冰冷的語氣說。

黑魔君粗魯地將她一把推開。

「妳一點也沒搞懂。」他輕蔑地對她說，「我要說的不是這個。」

她惱羞成怒地抬頭瞪他一眼，隨後又上前撒嬌。

「我日夜辛苦地工作，就是為了滿足你。」她嬌嗔抱怨，「而我得到的回報竟然是這樣。」

他俯身湊近，張開嘴：一陣氣息凍如寒冰，迫使拉薇妮亞後退一步。

「妳不需期待任何回報。」他抓住她，「我是妳的主人，妳太常忘記這件事。」

「你……你要我幫什麼忙？」

「要妳遵守諾言。妳什麼時候會見到那個提供內線消息的人？那個滲入庫密德斯會的間諜？」

「兩個星期以前，我就失去他的蹤影了。」她坦承，「我在城裡到處找他，卻不能靠近庫密德斯會，那太冒險了，必須小心……」

「我想知道歐洲那趟旅行會在什麼時候出發，妳聽懂了嗎？」

「不久之後。」她又許下一項新的承諾，巴特斯和魯斯托可夫看她自找罪受，則在一旁幸災樂禍。

「不久之後，太遙遠了。」史卡斯達爾回應。

「下個星期。」她只好鬆口，「最慢下個星期。」

史湯普拿出一本小冊子，草草記下了什麼事。那是他的反射動作，跟左肩的痙攣一樣，無法控制。討論中的任何重要事項，他都非記錄下來不可。拉薇妮亞心中默默詛咒他。日後，他一定會提醒黑魔君催促她兌現。她已別無選擇，必須盡快取得那些情報才行。

「要是下個星期妳還是空手而回……」病族魔王彷彿能讀到她的想法似的，出言威脅。

「我會帶著你想知道的訊息回來。」她向他保證，傲然將長髮往背後一甩。

這一次，誘惑已無用武之地。在她一一注視其他幾人的眼神和說話的語氣中，都帶著挑戰的意味：

「狀況允許的話，我會提早給你。」少婦補上一句後，離開房間。

扣人心弦，懸疑萬分

五月最後一個星期宛如只有幾天，一下子就過去了。所有學生都瘋狂著迷競賽的事，學校變成一座大型賭場和八卦是非之地。局勢預測時時生變，幾家歡樂幾家愁；有幾個女孩自以為能代表某些項目，卻被其他女生批評是異想天開，當場哭成淚人兒。

比方說，在「優雅」這一項，蒂拉很快就讓所有競爭對手喪失希望。只有一個女孩能抵抗她的威脅和操弄：那就是她的死對頭，漂亮的娜歐蜜。偏偏娜歐蜜對這件事和蒂拉的小心機一點也不在意。

「就讓她去吧！」娜歐蜜開玩笑說，「我呢，我可不想參加她那種啦啦隊遊行！」

不過，對於這起令人興奮的活動，大部分的學生不像娜歐蜜這麼淡定。就拿奧斯卡來說，他一心夢想參加。以前，他從來不喜歡出風頭，也不想當眾炫耀自己的長處，這項計畫吸引他的，是旅行與交友的機會。他渴望的只有一件事：離開歡樂谷，出去發現世界，就像在體內世界進行探索那樣。

今天的第一堂課還沒開始，阿特伍德女士已經到場。她戴著那頂用棕色羽毛綴飾的大禮帽，手持那支細長竹棍，步伐明快，穿越教室，一直走到黑板。她朝前方的桌子用力一敲，學生彷彿著魔了似的，全部乖乖回座。

「課程有一點小小的調度。」嬌小的女教師帶著神秘的微笑宣布，「有人在操場等你們。」

「『有人』？『有人』是誰？」愛麗絲．戈蒂內好奇地問。

「你們去了就知道是什麼事。我先警告你們，」她如雷鳴般大聲斥喝，而台下早已騷動起來，「只要稍有推擠，你們這班就全部回教室，由我親自照料。摩斯，我的意思夠清楚吧？」

摩斯假裝什麼也沒聽到，把他的手下們往前推。長棍打在離他幾公分的地方，他忍不住還是嚇了一跳。全班哄堂大笑。他火冒三丈，用威脅的目光瞪視所有人。奧斯卡笑得更加厲害，傑瑞米也在一旁加油添醋。

阿特伍德女士走到摩斯面前，不讓其他人聽見，極小聲地對他說：

「別惹我。儘管……情勢如此，下一次，我不會再這麼寬宏大量。」

他聳聳肩。多赫弟杵著粗壯的雙腿，上半身晃來晃去，不明就裡地笑起來。而因為塊頭碩大但腦容量卻成反比而被戲稱為「呆管」的諾頓，也跟著發笑。

「過來！」摩斯粗聲粗氣地對他們吼道。

吉米．巴特斯沒那麼聽話，也比較聰明，只顧梳理及肩長髮，袖手旁觀。在摩斯的陰影之下，他彷彿一頭漂亮而危險的獵犬，伺機而動。最後，他還是離開了長板凳，跟著那幾個狐群狗黨走了。

奧斯卡好奇地歪過身子想探聽老師說些什麼，可惜慢了一步。這一次，阿特伍德女士小鳥般銳利的眼睛盯住他，不耐煩地說：

「快點，快點！要是沒趕上的話，你們之中有些人可要後悔了。」

很快地，樓梯間擠滿了人，一波又一波的學生不斷湧入操場。企鵝校長的聲音從設置在四個角落的擴音器中爆出，命令他們注意秩序：

「今天早上集合大家，是為了宣布一件你們期待已久的事。」

操場上立刻爆發一陣媲美蠻族入侵的混亂，震動波及企鵝先生所在的高台，學校的看門校工阿特姆斯．胡森不得不伸出肌肉結實的雙臂撐住。校長抓住麥克風說：

「評審選出的代表如下。」

此話一出，全場自動安靜下來，連一公里外的蒼蠅都能聽見。奧斯卡與在場大多數學生一樣，屏住呼吸。自企鵝先生上一次發布距今已過了幾個星期，給了他時間去幻想自己通過所有考核，獲得提名。而現在，短短兩分鐘的說話，一切情緒再次浮上心頭，所有希望又再重生。

他和朋友們互望了一眼。從有些人眼中，他讀到了跟自己一樣的渴望，而另有些人則充滿某種興奮。傑瑞米彷彿裝上了強力電池似的，巴特握緊雙拳，試著讓薇歐蕾平靜下來。她不斷地跳上跳下，搶著悄聲對他說：「我投了你一票！」就連娜歐蜜似乎也受到感染。在稍遠一點的地方，他終於看見蒂拉，被她那兩個陰魂不散的好友圍在中間。女孩轉過頭來，遇上他的目光。在她眼中，他讀到的不僅是堅定的意志，更包含了貪婪的求勝決心。他感到陌生，連忙把頭轉開。

企鵝先生繼續發言。

「一開始，容我以無比的光榮向各位宣布：獲得第一個項目提名的代表來自巴比倫莊園中學，也就是我們的學校。」

人群中傳開一陣歡喜的耳語。校長清清喉嚨，接下去說：

「在『創意精神』這個項目，全體評審通過的代表是……」

他把得獎名單伸向阿特伍德女士。女老師又驚又喜，辛苦地爬上高高的講台，清晰而驕傲地宣布：

「傑瑞米．歐馬利！」

整個操場誠心誠意地爆出一陣歡呼，巴特大步衝去抱住弟弟，把他拋到空中，像丟一束麥草似的，毫不費力。

「親愛的朋友們！」傑瑞米每被拋上一次就大吼，「我好高興……當選了……美國總統！」

就連站在講台後排的教師們也笑了起來，加入學生之列，熱烈鼓掌。

「麻煩大家，安靜一點。」企鵝老師要求，「容我提醒：還有九個項目尚未公布。」

好不容易才取得一絲寧靜。現在學校已確定至少有一位學生成為美國代表團成員，所有學生都興高采烈，另外，傑瑞米入選之事也讓他們重燃希望：如果歐馬利都能上榜，憑什麼他們不能？

人群中出現一陣動靜，再次引發尖叫：操場上剛出現一隊大人，由專人開路，一直走到講台上。他們列隊站在教師群後方。其中一人推開旁邊的人，傲慢地對企鵝先生伸出手。說也奇怪，校長頗為熱情地湊過去，緊緊握住。奧斯卡和他的朋友們一下子就認出那個男人。

「那……那是摩斯的爸爸！」巴特驚呼，「他在這裡做什麼？」

奧斯卡對上摩斯兒子的目光，那既憤恨又自信的眼神告訴他：凡事皆不可靠。

「接下來是第二個項目。」企鵝先生接著宣布，「『決心』。這次的代表是一位女同學，並非來自我們學校。」

失望的嘆息在學生群中傳開。不過，很多人也認識其他社區的人，所以，大家都仔細凝聽。

「獲選的是金冠中學的莎莉．邦克小姐。」

奧斯卡和朋友們把手掌都拍紅了。就連經常被莎莉推來推去的艾登也開心得不得了。

「莎莉要去旅行！」奧斯卡歡呼，「要說有決心，她的決心可真難以動搖！全美國找不出比她更適合的人選了！」

企鵝先生加快宣布的速度，而在此同時，全城的中學裡，所有跟他一樣的發言人都在做一樣的事。葛利果和安亞．澤布里安斯基這對來自聖田中學的雙胞胎贏得「聰明」項目的最佳人選。大家有氣無力地為這兩個陌生的名字鼓掌，急著想知道下一個項目的獲獎者：「嚴謹」。

「這一次，得獎的也不是我們學校的學生。」校長直言，「我必須承認，這不是我校學生的特長，即使最優秀的幾位也一樣。」說著，他朝奧斯卡的方向深深望了一眼，「優勝者是一位來自柯芬丘的女孩——我所有認識她的同事一致推崇，毫不猶豫：那就是伊莉絲．弗洛克哈特小姐。」

奧斯卡這群人不由得錯愕驚呼。自從奧斯卡和艾登介紹大家認識她之後，伊莉絲經常管起他們在巴比倫莊園的閒事。而他們也不得不承認，因為有她的命令和責備，活動每次都辦得非常順利。大部分的學生忘了鼓掌，反而大笑起來，並且替代表團其他人感到可憐。

「所有團隊都會一起倒楣。」傑瑞米心情大好，糾正大家，「不只我們美國隊。如果棒子下有兩千人，我才不信她甘心只指揮十幾個青少年！」

企鵝先生等他們平靜下來才繼續，忽然容光煥發，表情欣喜：

「現在宣布的是第五個項目：『文化』。在這個獎項上，我們主要參考了一次非常艱難的測驗，範圍涵蓋所有文化常識，從地理、音樂到電影，包羅萬象。而我校有一位學生以頂尖的成績為我們帶來驚喜。請大家為他喝采……艾登．史賓瑟！」

歡呼巨響響徹全校園。聽到宣布，艾登呆若木雞，張大了嘴。奧斯卡、巴特和其他幾個男孩把他抬起來，慶祝他的榮耀。艾登被拋在半空中，又害怕又歡喜，不斷尖叫。

奧斯卡從來沒看過好友這麼開心驕傲，心中也感到十分喜悅……即使他很清楚，只剩下四個項目了，而他入選的機會也跟著變小。不過，他的強項倒是比較符合接下來這幾類：記憶，特別是，他自己知道：勇氣。他把希望都寄託在後面這一項。

「現在，請大家一起關注第六個獎項：」企鵝先生繼續宣布，「『優雅』。當然，美貌不是全部：魅力、高尚的氣質、談吐，還有動作舉止，皆包含在內。有兩位女孩皆是適當人選，難分軒輊，因為兩人各以不同的方式詮釋了剛才提及的一切特長。」

他倒吸一口氣，彷彿回想起評審時的內心掙扎。

「對我來說尤其困難，因為這兩位女孩都是本校的學生。」他終於鬆口。

整座操場上的學生都緊張興奮，目光搜尋看起來最有可能代表這個項目的幾位：蒂拉、娜歐蜜和貝芙。

「在『優雅』這個項目……」

奧斯卡大膽地朝蒂拉看了一眼：她已停止一切動作，眼睛盯著麥克風和企鵝老師的嘴；只有將襯衫衣襬抓得皺巴巴的修長手指洩露了她有多麼焦慮。娜歐蜜站在後面幾排，跟幾個朋友一起談笑。她的男友羅倫佐將手指扳成十字祈禱，似乎比她緊張多了。

「……獲勝者……」

奧斯卡心跳加速，彷彿自己也在名單上。他握緊拳頭，默默希望屬於他愛的那人。

「……是……」

麥克風突然發出尖銳刺耳的回音，每個人都被震得耳鳴；幸好最後終於停了下來，讓人清楚聽見宣布出來的姓名：

「……娜歐蜜‧賽法提小姐！」

女孩贏得如雷的掌聲和喝采，紅著臉，笑容燦爛，比任何時候都優雅。奧斯卡不禁覺得有點不是滋味，轉頭望向蒂拉。她一動也不動，但心中的世界彷彿已經整個崩塌。她的臉變得如陶瓷般蒼白，全無血色。她的好友們哭成一團，展臂給她一個擁抱。她推開她們，轉頭看優勝者。如果她的眼神是一把槍，娜歐蜜恐怕已經近距離身中幾百發子彈而死。奧斯卡盡量不去接觸到優勝者的目光，以免需要立即向她恭喜道賀。那樣的話，蒂拉永遠也不會原諒他。他對蒂拉微笑打氣，她垂下頭，失魂落魄。

落選者已開始遠離人群，企鵝老師為她結束酷刑，替被粉絲簇擁的娜歐蜜解除尷尬，拯救陷入兩難的奧斯卡。

「接下來的四個項目更加充滿驚奇。現在，請各位恭喜『藝術天分』項目的兩位獲獎者──這是第二個也是最後一個有兩名獲獎者的項目。沒錯，有兩位，而這兩位也彼此互補：女的想像力無窮，男的則巧手無敵。而在各方面都卓越出色，創造力異於常人的這位女孩，就讀於我們的中學。因此，讓我們也以同樣熱烈的掌聲迎接柯芬丘的馬提．丹帕薩，以及……薇歐蕾．藥丸小姐！」

這一次，跟娜歐蜜獲選的消息相反，沒有人曾想過薇歐蕾竟然能進入代表團；而這讓驚喜之情更爆增十倍。薇歐蕾沉浸在某種奇特的思緒中，心不在焉，沒聽見校長宣布自己的名字，但眾人的喊叫把她從白日夢拉回了現實，她喜歡和朋友一起慶祝時的快樂，於是也加入這一片歡聲雷動。奧斯卡、傑瑞米以及其他所有人對她說了什麼，她一點也沒聽進去。還是要巴特出馬，她才曉得自己發生了什麼事。

「薇歐蕾，」周圍的笑聲和尖叫震耳欲聾，他的聲音聽起來溫柔得不可思議，「我想，覺得沒有人比妳更瘋狂的，不僅只有影子和我：各校的校長也都這麼認為呢！」

薇歐蕾望著他，既不敢置信又興高采烈。

「真的嗎？我真的是全校最瘋狂的人？」

巴特用一雙大手捧住她的臉：

「不只全校最瘋狂，薇歐蕾：而是全美國最瘋狂的藝術家！」

「噢！巴特，朋友們，這真是我一生中最美好的一天！」

她拉著巴特跳舞──舞步跟一隻在泥巴裡打滾的河馬一樣優雅──不顧企鵝先生已繼續宣布最後幾位入選者。

「在『力量』項目上，討論的空間不大：我們從班級教室和體育競賽場上採集了許多客觀資料。」

阿特伍德女士一直站在頒獎台上，這時，她突然從校長身後伸出一條腿，走向調整過高度的麥克風。

「十二歲那年，他一腳就踢倒了一根籃球架，並撞破附近的圍牆。我相信，當初沒有人會誇獎他，也料想不到，有一天，他闖的這些禍會替他贏得國家代表隊的資格。所以，今天，我要好好誇獎他：你太棒了！巴托羅姆斯．歐馬利！」

薇歐蕾尖叫一聲，在場所有人的耳膜都快被她震破了。她轉身面向巴特，也用纖細的雙手捧起他的臉：

「巴特！這整個星期還有整個晚上，我都在幫你投票！」

「謝謝，薇歐蕾，還真有效！」他臉紅了，全操場的人都哈哈大笑。

企鵝先生盡責地宣布入選「記憶」項目的代表：達拉．費茲傑羅。這個女孩十三歲，來自戈爾貢廣場，以驚人的記憶力拿下進入代表團的門票。

「現在只剩下最後一個項目。獲選者得到評審一致通過。這個項目就是『勇氣』。」

所有目光轉向奧斯卡。他將雙手插進口袋，非常用力地握住迷你小相本。相本裡有一張發黃的舊照片：他的父母、娃娃車裡的薇歐蕾，以及媽媽肚子裡的他。如果能入選，他好想拿出這張魔法照片，看看父親的臉上變出笑臉。

「在這個項目上，」企鵝先生進一步說，「我們學校再次脫穎而出。我實在太高興了！」

旁人友善地推推奧斯卡，他盡可能地忍住激動的情緒。

「於是，在此，以所有教育界人士之名，我很榮幸地恭喜這位優秀的同學：他代表了我國最引以為傲的特長，他就是……」

第十一個項目

這裡、那裡，到處冒出一兩聲奧斯卡的名字，過了一會兒，人群自動安靜下來，準備待會盡情爆發。企鵝先生挺直身子，神情冷靜，很快地轉身望了身後的大人們一眼，然後才揭曉眾人期盼已久的答案：

「……羅南・摩斯。」

從發布典禮開始到現在，第一次，在校長發言之後，緊接著的是一片靜默。摩斯幫發出的幾聲大笑和歡呼一下子就被忿忿不平的耳語蓋過，就連優勝者凶狠的目光也無法令眾人閉嘴。

奧斯卡閉上眼睛，憋了好幾秒的那口氣總算吁了出來。他的好友們圍了過來，默默無言，神情沮喪。就連娜歐蜜也過來替他打氣，不在意他沒在她得獎時道賀恭喜。

「比你有勇氣？摩斯？」她憤慨高嚷，「誰會相信？」

「沒有比這更噁心的事了！」傑瑞米火冒三丈，「不能再讓他們得逞！」

巴特替奧斯卡難過，同時也替剛失去笑容的薇歐蕾難過；他也不願就此罷休。

「乾脆把你在體內的事蹟都告訴他們怎麼樣？」他提議，「這樣他們就會知道，你們兩個究竟誰比較勇敢！」

奧斯卡拿出超乎常人的意志力，克服失望的情緒。

「不，」他回答，「不管基於什麼樣的理由，這件事絕不能說出去。無論如何，這是投票出來的結果，沒有什麼好說的。」

企鵝先生剛開始發表結語演說。眾人滿懷希望的目光在次集中在他身上；或許，在最後這個讓其他所有優勝者黯淡蒙塵的項目上，他會伸張正義，重新處置。可惜，讓人驚訝的事還在後頭。

「有一位備受尊敬的先生來到了現場。藉著這個機會，我想感謝他資助建造新的運動用地，也就是佛斯特體育場。不久之後，我們學校和金冠中學都能享用。顯然，勇氣並非這個家族唯一的優點：慷慨也是他們引人注目的強項。各位小姐，各位先生，請熱烈鼓掌歡迎……魯夫斯・摩斯先生！」

眾人不情願地發出嘲諷咒罵來答謝，校長立即臉色發白，連忙跑到羅南父親的身邊。摩斯的父親大力擁抱了兒子；企鵝先生上前握手。

「謝謝您的慷慨奉獻，親愛的朋友。」

「不客氣。我們很需要這個場地，才能鍛鍊某些缺乏勇氣的孩子。」魯夫斯・摩斯輕蔑地瞟了奧斯卡一眼。

「原來如此！」艾登氣得大喊，「用一座全新的體育場換來他兒子的代表權！我同意你的看法，傑瑞米，這真是太噁心了！」

奧斯卡不想再聽下去了。他很氣企鵝先生。原本，他一直十分敬重這位師長，沒想到校長對今天的狀況卻似乎完全不痛不癢。

「我先回教室去。」他通知朋友，「在那裡等你們。」

他轉身走開，試著避開摩斯黨羽的訕笑和其他人的安慰。嘉莉在教學大樓門口擋下他。

「奧斯卡，我想，我不但替你感到失望，也為我自己感到失望。一想到搶走你位置的人竟然是我哥！」她故意提高嗓門，一點也不怕被爸爸或哥哥聽見。

奧斯卡對她笑了笑，對這一切已淡然看破。

「別跟妳的家人鬧，結果給自己惹麻煩，嘉莉；事實也不會因此而改變。」他說，並閃開她，走進樓裡。

入口大廳還聽得見企鵝先生的聲音，他爬上樓梯，想甩掉這些，把自己關進教室裡。然而，老師說的話還是傳進了他的耳裡。

「最後，還有一項決定必須告訴各位。決策機構並非本校，亦非評審團，而是美國總統本人。所以，我請本市的卓越人士，也是政府臨時發言人，來宣布這項消息。」

人群靜了下來，發言人開口說話。那聲音低沉而沙啞，就算有幾千人同時嘈雜，奧斯卡也能從中認出。他走到一扇窗邊。

「……於是，總統決定加派一位代表，詮釋這項全世界每位青少年都該具備的基本精神，也就是第十一個項目：『自由』。所有國家都已同意將此一項目納入原始清單，並加派一位代表。那麼，有請企鵝先生揭曉：是哪一位同學獲得此一殊榮，並肩負重大責任，以此項目加入代表團。」

校長向正準備離開講台的魁梧男子致謝。男子下台之前，回頭望了一眼，深邃的目光在人群中搜尋，終於停在教學大樓某扇窗後的臉孔上。

奧斯卡閉上眼睛，靠在教室的牆上，心跳個不停。企鵝先生從親近國家最高層官員的榮譽律師、秘密身分是醫族大長老的溫斯頓・布拉佛手中接過信封，撕開上緣。

「藥丸。」校長宣布，顯然非常滿意，「奧斯卡・藥丸。」

大跌一跤

奧斯卡請所有朋友到奇達爾街慶祝競選結果，就在放學之後，直接去他家的花園。這群青少年好友聚集在一塊兒，準備出發；教室裡人都走光了，只差薇歐蕾還遲遲不出來。

「你在等我嗎？」

奧斯卡轉過頭來：蒂拉站在他面前，難得只有她一個人。她的語氣變得比較溫柔，自然多了。令人驚訝的是，她似乎已完全從失望挫敗中站了起來。他們稍微走遠，避開其他人。

「是，不，我的意思是……我在等我姊姊。」

「你願意的話，」她那雙金色的目光瞄向其他人提議，「我們可以丟下他們，一起去喝杯咖啡。你知道，長到十四歲，可以……」

「對，」奧斯卡不敢聽下去，連忙回答，「我很清楚十四歲時可以做什麼。不過，我們幾個朋友約好了。」

她遲疑了一下，終究說出口：

「我該怎麼做才能讓你明白？」她的聲音很低很低。

奧斯卡露出微笑。

「我想我明白。我也是，我……」

「奧斯卡！巴特！」

薇歐蕾終於走出教學大樓，出現在操場另一端。

「哦！你最要好的女孩來了。」蒂拉嘆了口氣，恢復那副高傲的模樣。這時，小圈圈其他人朝奧斯卡和她走來，「話說，我覺得薇歐蕾挺好玩的，她兩隻腳穿不一樣的襪子或說些奇奇怪怪的故事都不錯，可惜沒辦法每次都懂她的意思。」

巴特挺身站在她面前，眼神不善。

「妳啊，妳腦子裡裝了些什麼主意，不用想都知道！還是回去找妳的姊妹淘吧！」

蒂拉笑了起來。

「那你呢？麻雀一樣的小腦袋，你會明白才怪！」她邊說邊離開，帶著責備的目光，狠狠地射向奧斯卡。

傑瑞米走到醫族少年身邊。

「你竟然不保護姊姊，嗯？！幸好有巴特在……」

奧斯卡尷尬地聳聳肩：

「她夠大了，可以自己保護自己。我也是……」

傑瑞米搖搖頭。

「戀愛中的人真是笨得可以！」他只能補上這麼一句。

「我來了！」薇歐蕾從操場另一端大喊。

她衝過來跟大家會合，奧斯卡仔細觀察她。

身為弟弟，他卻不知道姊姊的辮子什麼時候不見了：她那頭又密又亮的紅色長髮彷彿在背後蕩漾，臉上的雀斑也稍微變淡。她的顴骨很高，看起來像斯拉夫人；但一直以來，最令人印象深刻的，始終是她的眼睛——她從賽莉亞身上遺傳了那種泛著紫光的藍色，璀璨耀眼，有時會令人深深著迷，不敢注視。

第一次，奧斯卡發現：不只面孔，姊姊的身體也起了變化。他急忙驅走這個念頭，彷彿這件事不可以發生在姊姊身上似的。但是，他終究揚起微笑：無論他願不願意，她也已經脫離童年，變成一個亭亭玉立的少女，說是一個小女人也不為過。而且，跟他一樣，姊姊從此進入了成人的世界。他轉頭看巴特：顯然，自己不是唯一注意到薇歐蕾成長許多的人，歐馬利家的大哥看得眼珠子都快掉出來了。

「抱歉，」她上氣不接下氣地說，「我必須負責把黑板擦乾淨，但是把那些字擦掉對我來說好困難，感覺上，好像哪裡有個人因為這樣而被迫閉嘴。而且，這些字母黏在板擦上，然後被沖進水槽裡……洗板擦的時候，我實在好難過……」

巴特點著頭，深表同情；傑瑞米朝天翻白眼，艾登在一旁微笑。貝芙．尚德烈剛加入這個朋友圈，大笑起來：

「薇歐蕾，妳太有天分了！」她嚷著，「妳會變成詩人！文字都會服從於妳！」

「噢，不！」薇歐蕾擔心地說，「但願它們真的想來再來，想去哪裡就去哪裡。而我，我比較喜歡彩繪、畫圖，或者雕刻，或者——」

「但是現在呢，」奧斯卡打斷她，「妳只要向前走就好，好嗎？」

他把其他所有人也一併趕上路。不過，正當他們要走出大門時，主建築大樓忽然出現一陣騷動，引起他們注意。接著，幾聲尖叫外加腳步雜沓，要他們不好奇也難。於是，他們朝人群聚集之處前進，傑瑞米一馬當先。

他們蜂擁趕到玄關大廳；校護哈洛威小姐已經和幾名學生聚在樓梯口。

「這裡痛不痛？」護士小姐問。

回答她的是一聲呻吟。奧斯卡撥開人群，直接走到階梯前方，頓時說不出話：娜歐蜜躺在地磚上，眼睛泛紅，雙拳緊握，盡量不哭出來。好友們也紛紛來到最前排，十分擔憂。

「發生了什麼事？」奧斯卡問，為她感到難過。

娜歐蜜倒吸了一大口氣：

「我跑了一下，在上面第一階的地方滑倒……」

護士檢查她的傷勢，引發她一聲慘叫：哈洛威小姐剛壓到她大腿上的痛處。

「您……您覺得是不是摔斷了？」

哈洛威小姐皺了皺眉。

「恐怕真的是……我去叫救護車。這段期間，妳別試著站起來，說好了喔！」

可憐的娜歐蜜點點頭，閉上美麗深邃的眼睛。企鵝先生也在此時趕到現場。她有氣無力地把事情經過又說了一遍。

「我真想不通，地面既不濕也不滑啊！」

「不過，大家都走了，妳留在教室做什麼？」老師質問，語氣不太高興。

「我跟人家有約。」女孩回答，一面盡可能地坐起身。

「跟誰？」

「跟蒂拉・夏普。她有話想跟我說，我根本不知道為什麼。」

蒂拉偏偏選在這個時候出現。

「娜歐蜜？妳怎麼了？」她問，那副純潔無辜的模樣和擔心的語氣跟平時差太多，大家互望一眼，心存懷疑。

傑瑞米走到娜歐蜜的腳邊，湊近觀看。

「鞋底上什麼也沒有。」他確認之後說，「或許樓梯有問題？」

他大步跨上樓梯，仔細檢查。

「這裡也什麼都沒有。」他高喊，「我在想……咦？這是什麼？」

他蹲下來，撿起了什麼東西，步下樓梯，一臉納悶。當著老師和大家的面，他攤開手掌：掌心裡有幾顆很小的塑膠珠子滾來滾去。

「我知道這是什麼。」艾登說，「那東西是用來塞住墨水管的，管子插下去後，就會頂到底部！怎麼會出現在這裡呢？」

「大概是從垃圾袋裡掉出來的。」巴特猜想。

「不太可能。」羅倫佐回應，「想要收集這些小珠子，得先剖開空墨水管。不，它們不是偶然掉在這裡的。」

「而且，你們也知道，只要學生一離開，我們馬上清掃大樓。」老師進一步指出。

奧斯卡歸納現狀。

「有人趁大家都不在的時候把它們隨便扔在這裡。大家都不在……除了娜歐蜜。」

傑瑞米把小珠子丟進附近的垃圾桶。遠遠地，救護車的警笛聲呼號迴盪。

「好了，大家都出去。」企鵝老師下令，「我們稍後再來釐清這起神秘事件。現在最重要的是醫治娜歐蜜。」

學生們離開大廳，卻滯留在大樓前方。救護人員抬著擔架穿越操場。傑瑞米若有所思，環顧周圍的同學們：

「問題是：誰習慣使用插墨水管的鋼筆？」

影子和芭比本能地轉頭望向蒂拉。女孩凶狠狠地瞪了好友們一眼，然後，擠出天使般的笑容。

「用的也不只我一個吧！我根本沒注意到那些墨水管裡還有一顆小珠珠。可憐的娜歐蜜，我真的很抱歉，希望她沒有摔壞哪裡，要不然……」

「……代表大會就搞砸了。」艾登悄聲對傑瑞米和奧斯卡說。

就在這個時候，娜歐蜜躺在擔架上，從大樓出來；羅倫佐陪在她身邊，緊緊握住她的手。蒂拉快步跑向受傷的女孩。

「娜歐蜜，希望妳別以為我會故意想跟妳惡作劇。」她以一副傷心欲絕的口吻聲明自清。

「我什麼都沒以為。」娜歐蜜瞪了她一眼回應，「我很痛，只是這樣而已。」

「我向妳發誓，真的不關我的事。」

「那可不一定。」傑瑞米忽然高喊一聲。

蒂拉轉過身去，可愛迷人的表情瞬間消失。男孩站在一張長椅旁，椅子上放著她的背包。敞開的背包。

「誰准你打開我的包包？」女孩怒氣沖沖地質問。

傑瑞米歪著頭，模仿她。

「我向妳發誓，真的不關我的事，蒂拉。」他裝出小女孩的聲音說，「而且，我也不知道……到底是誰把妳的筆袋交到我手裡的。」他又補上一句。

蒂拉怒吼一聲，朝他撲過去。傑瑞米把筆袋丟給哥哥，他卻失手沒接到。筆袋掉在地上，裡面的東西都灑了出來，散落一地的空墨水管。截斷的空墨水管。

「老天……我真不敢相信！」傑瑞米摀著臉驚呼，「誰會把這些墨水管放到妳的筆袋裡？蒂拉？」

女孩轉頭張望：企鵝老師離他們很遠，守在抬往救護車的擔架旁邊。她挺起胸膛，瞪視圍著自己的沉默人群。

「你們沒有任何證據。」她說。

「那這些墨水管呢？」貝芙·尚德烈質問，覺得十分不齒。

「我有權利使用鋼筆，不是嗎？」

「妳約娜歐蜜放學後見面，她踩到這些小珠子滑倒，而妳的筆袋裡有這麼多空墨水管……而這些都不關妳的事？」丹尼狠狠地瞪著她，三兩下說出事態重點，「妳當我們是傻瓜嗎？」

「隨便你們怎麼想，不過，我跟這件事一點關係也沒有。妳們走是不走？」她對她那兩個姊妹淘下令。

芭比和影子垂著頭，跟在她後面，不敢開口，怕又捅出什麼漏子。

人群散去，好友幾人繼續上路前往庫密德斯會。

「希望不是太嚴重。」奧斯卡做了個總結，卻避免提及蒂拉的態度，「走吧！我們已經遲到了。瓦倫緹娜和勞倫斯一定從早上七點就準備就緒等著了。」

他默默地走，其他人則熱烈討論剛才的事件。他試圖說服自己相信蒂拉是清白的，卻無法真的做到。

傑瑞米怒氣未平。

「這件事應該告訴企鵝先生，告訴警方，必要的話，告訴白宮，不能坐視不管。」

奧斯卡冒險介入。

「你要怎麼做？蒂拉的說詞跟你的矛盾。」

「但是所有矛頭都指向她啊，媽的！」男孩火冒三丈，「你也看見了：她的筆袋裡裝滿了空墨水管！」

「那不能當作證據。」奧斯卡回答，卻也找不到其他論點。

艾登和巴特只默默注視了他一會兒，傑瑞米卻不肯就此罷休。

「那個賤貨，你總不會袒護她吧？！萬一，娜歐蜜的腳斷了呢？你想過沒有？而且她的傷勢有可能更嚴重耶！」

「說不定結果沒怎樣？」奧斯卡假設，語氣一點說服力也沒有。

「不管怎樣，她還是做了不該做的事。你也很清楚她為什麼會那麼做：消滅對手，就這麼簡單！而且低級得要命！」

奧斯卡閉口不語，加快腳步。

「你不能只是因為暗戀她就袒護她，你懂嗎？」傑瑞米怒不可遏，追補一句。

「好啦，到此為止，好嗎？」

他感到一隻手溫柔地搭上他的胳臂。薇歐蕾抓住了他，對他露出微笑。她緊偎著弟弟，一起往前走。

「你是喜歡她還是愛她？」女孩柔聲問他。

奧斯卡沒回答。

「因為，如果你愛她卻不保護她，」薇歐蕾又說，「那就……太悲哀了。」

他轉頭看姊姊，那股沉重的壓力總算得以解除，他不再有罪惡感。

「我也一樣愛妳。」生平第一次，他終於對她說出口，「而我也會繼續保護妳。」

一家人

兩個小時後，學校裡一半的人都擠到了藥丸家周圍。很快地，鄰居們也聞訊而來，兩手捧了滿滿的飲料、甜點、派餅，總之，接替賽莉亞的可麗餅綽綽有餘。

賽莉亞湊到艾登和奧斯卡身邊，把兩人拉到一旁。

「我說啊，你們有沒有為庫密德斯會那邊的朋友想想？他們在那裡一定很無聊，而我們卻在這裡慶祝……」

奧斯卡早就預想過瓦倫緹娜的反應，她一定會求他帶她一起去法國。當初，勞倫斯和她決定離開體內世界，改在他們這個世界生活，卻也付出了代價：兩人可說被軟禁在布拉佛先生的漂亮豪宅內，常受他嚴格管教。

「我們等一下會去找他們，趁機向他們宣布這個好消息。」奧斯卡回答，「媽咪，妳還記得他們要來這裡度週末的事吧？」

「我的老天！」賽莉亞驚呼，「我得趕去五金行一趟，家裡已經沒有鐵釘給可憐的瓦倫緹娜啃了！」

「這星期六，他們可以跟我們一起去雜貨鋪慶祝。」艾登提議。

「假如你願意，」傑瑞米自告奮勇，「巴特和我，我們可以陪你們去，在巴特的腳踏車後面掛上拖車，載運行李背包。」

奧斯卡用眼神詢問巴特。壯碩的大個兒微笑地點點頭，早已習慣弟弟無傷大雅的小把戲。

「你姊姊也來嗎？」他問，忸怩地擺動身軀，彷彿像在跟薇歐蕾求婚似的。

奧斯卡忍不住想笑。大家都知道，自從到了對女孩子感興趣的年紀以來，巴特的目光就沒從薇歐蕾身上移開過；而當時薇歐蕾還只是個穿小短襪綁辮子，滿臉雀斑，整天神遊外星的小女孩。他跟同班幾個女生，甚至年紀比他大的女孩，曾發生若有似無的幾段故事，但他一點也不想跟她們繼續交往下去。雖然他擁有一副強健如大人的運動員身材，留著小平頭，下顎有力，眉毛粗濃，看起來一臉嚴肅，其實個性溫柔得無可救藥。薇歐蕾令他著迷、感動、神往。巴特這個害羞男孩有個難得的優點：耐心十足。對薇歐蕾來說，她正需要這份耐性支持，才能天馬行空，也才能迎向愛情。他願意等。

「她跟瓦倫緹娜挺要好的，我是這麼想的。」他覺得不補充說明一下不行。

「可以去邀她一起來啊！」醫族少男回應他。

薇歐蕾答應了，可想而知。

整整半個小時之後，他們推開庫密德斯會的鐵門。奧斯卡收好鍊墜，把歐馬利兄弟和姊姊留在門階上。

「在這裡等我們一下。」他對他們說，然後跟艾登一起按門鈴。

「說不定我們也是醫族咧！」傑瑞米回嘴。他等不及想一探大長老神秘的豪宅，「誰知道？巴特，張開嘴，我準備起跑，然後衝進去。假如成功，就真相大白了！」

「假如沒成功，我的牙會掉光。不，謝了。」他哥哥顧慮得比較多，一口回絕。

奧斯卡按響門鈴。他不想使用鍊墜，寧可遭受彭思的熱烈歡迎。管家終於開門，瞇著眼睛瞪視兩名醫族少年。

「日安。」他緩緩地說，「有人在等候兩位嗎？」

「哈！說到等他，還真是久等了！」有人在他背後喊了起來，「讓開啦！彭思！」

瓦倫緹娜從他胳臂下鑽出來，跑到光線下，神采飛揚。

「來得不算太早！」她嚷著，「你們的週末從什麼時候開始算？星期天晚上？我從今天早上開始就緊張兮兮的！」

「容我說出實情：這個狀況遠比今天早上更早之前就開始了。」彭思反常插話。

奧斯卡和艾登吃了一驚，不禁哈哈大笑。瓦倫緹娜則裝出暈過去的樣子。

「彭思！這……我是在作夢嗎？剛剛這是在耍幽默？您是怎麼了？」

「可能是想到馬上可以過個清靜週末的關係。」管家解釋，冷面笑匠一個，「我替您把行李拿下樓。」

「謝謝。今天，您好好笑又好可愛。我可以抱抱您嗎？」

彭思朝天翻白眼，轉身離開。顯然，瘋狂一刻鐘的時限已過。

「算他倒楣！」瓦倫緹娜故意說笑，「這種機會可是畢生難逢。」

「如果需要個人來忠心代勞……」

瓦倫緹娜認出這個聲音，側身探尋。傑瑞米早已待不住，從他的藏身堡壘朝她揮手。

「你想太多了。」女孩回他，反倒跟薇歐蕾親了親臉頰。

「勞倫斯呢？」奧斯卡問。

「為了去你家住兩天，他要挑選上百本書。」瓦倫緹娜回答。

「走吧，我們去找他。」

瓦倫緹娜進屋，其他人跟著她，巴特殿後。他沒碰到門，門卻在他身後自動關上。他隨同伴走遠，眼睛卻緊盯著門，不敢放心。傑瑞米在大理石磚上走了幾步，原地轉了一圈，抬頭向上望，讚嘆地吹了聲口哨。

「哇！我懂你為什麼喜歡在這裡度週末了。」他對奧斯卡說，「你還跟我說是去一個伯伯家！假如那位伯伯還想要幾個姪子的話，我立刻報名……」

聽他說起以前那些小謊話，奧斯卡會心一笑。那時候，好友們還不知道他擁有神奇的力量。傑瑞米靠近通往起居室的門。圍繞門邊的盔甲發出一種綠色強光，好幾支矛槍交錯，距離他的腦袋不過幾公釐。他盯著被利刃削斷的那根頭髮，後退幾步，嘆了一口氣。

「好險差了那麼一點！我還以為我們已經算是一家人了說……」

「讓你學點教訓，穿盔甲的人們不好惹。」巴特低聲咕噥，環顧四周，眼神警戒。

「只是有個小細節，大哥。」傑瑞米特別指出，「盔甲裡面沒有人。」

薇歐蕾神色自若地穿越玄關大廳，彷彿對一切都很熟悉……而一切也對她很熟悉：當她通過起居室的兩道門時，盔甲們紛紛收起胳臂，挪開長矛，讓她進入。她輕輕對他們揮手致意，走向西吉斯蒙·布拉佛那尊雄偉的雕像。她從頭到腳觀察他，並對他驀然一笑。她從來不是很愛笑的人，不過，自從拿掉牙套之後，她的嘴角似乎總掛在兩側的耳朵上。

「日安，先生。」她對他說，「您一定就是布拉佛先生了？奧斯卡常跟我們提起您。」

她輕輕撫摸石像。

「我必須承認，我想像中的您……不是這樣。比較沒這麼冷。」

巴特走到她身邊。

「薇歐蕾？」

「是？」

「那是一尊雕像。」他低聲告訴她。

她聳聳肩。

「我知道，巴特。你把我當傻瓜還是怎樣？」

歐馬利兄弟目瞪口呆，雕像俯下身，低調地回敬薇歐蕾一個微笑。

「你看見了嗎？」她仰起頭睥睨巴特，「他的確是布拉佛先生沒錯。」

「真是愈來愈叫人擔心了。」巴特喃喃自語，目光緊盯著雕像不放。

「很高興認識您。」女孩對大長老的祖先說，「這裡的所有人都好熱情。」

傑瑞米走到奧斯卡和艾登身邊。

「我剛才不是說了嗎？布拉佛先生的家族會變得更龐大。薇歐蕾也報名加入了。」

「可惜，我恐怕無法容納這一小群所有的人。」一個男性的聲音響亮回應，直達玻璃屋頂。

同個模子刻出來的

所有人都抬頭望向樓梯頂端。溫斯頓．布拉佛站在那裡，直挺而魁梧，一身深色套裝，領口和領帶上都繡有一道綠寶石色的滾邊。他烏黑的頭髮往後梳得平整光滑，一手搭在樓梯扶手上，另一手插在背心口袋中。薇歐蕾轉身看看他，又回頭望望雕像：即使相隔了幾代，兩位男子的長相神似度驚人。

「布拉佛先生有好幾位！」女孩開心地嚷起來，「太幸運了！」

他身邊出現一位豐滿的女士，身穿小女孩的蓬蓬裙，頭戴非常正式的英式假髮，波浪捲髮垂落在肩頸周圍。奧斯卡和艾登盯著她看了一會兒：今天，崙皮尼夫人採用的是愛麗絲夢遊仙境的裝扮。薇歐蕾以為這是某種不同凡響的顯靈——或許是她從小就漫遊的某個童話故事裡的人物跑了出來——立刻將大長老拋到九霄雲外。

「噢！夫人，我不知道您是哪一位，不過……您真是太令人讚嘆了！」

崙皮尼夫人愣了一下，不禁笑了起來，好比一位獨唱會獲得滿堂采的歌劇女伶。她走下樓梯，來到女孩面前，輕撫她的臉。

「溫斯頓，這真瘋狂，這個女孩和我簡直是同個模子刻出來的……當然，年齡稍微有點差距。」

「就差那麼幾年，親愛的。」布拉佛先生很紳士地安慰她。

「能跟您相像，我好高興！」薇歐蕾又說，「您讓我想起我最美的夢境！」

女爵對她微笑。

「這樣的讚美真不落俗套……這位可愛的甜姐兒是誰？新加入的生力軍？」

「不是。」奧斯卡回答，「她是我姊姊，並不是一名醫族。」

「這可真可惜！」女爵深感惋惜，「再說，看看這雙絢麗的眼睛，這明亮的眼神，其中有種什麼——」

「放過這個可憐的孩子吧！」布拉佛先生稍嫌魯莽地打斷她，「別把我們這種不討好的命運加諸在她身上。」

「不過，也許會有我能派上用場的地方！」薇歐蕾自告奮勇地說。

「啊！她對編造脫離現實的故事超在行的。」傑瑞米點頭，「她還探索過銀河系裡的所有星星！假如這些對你們有幫助的話……」

「你別忘了，去年，她就幫了我們一個大忙。」巴特強調，「那時候，我們必須去那個穿著性感禮服的老太婆那裡找秘密武器。這件事，你還記得吧？」

奧斯卡和瓦倫緹娜漲紅了臉，一直用手肘撞他，要他閉嘴。布拉佛先生假裝沒聽見巴特的評論，彷彿能看穿人心的目光探測著薇歐蕾。女孩摸摸身邊的靠牆小桌，一道之字形的綠光隨即劃過大理石桌面，宛如暴風雨夜空中的閃電。圓桌上的銀盃似乎活了起來。薇歐蕾天真無邪地撫摸耀眼奪目的金屬，手也跟著通紅發亮，卻渾然不自知。大長老溫和又堅決地把她帶開。

「好了，我相信這個美麗的世界將度過一個愉悅的週末，奉勸各位別再拖延。」

在此同時，勞倫斯踉踉蹌蹌地下樓，手中捧著一大堆書，根本看不見前面有什麼。他撞到布拉佛先生，引發一陣紙張崩落紛飛，而在千鈞一髮之際，他抓住崙皮尼夫人淺天空藍色的蓬裙，結結實實地栽在她的腿上。

「我說，孩子，好重的功課！你打算把這些都讀完？」

「這些是已經讀完的。」勞倫斯回答，一面在朋友們的幫忙之下，撿起散落一地的書本，「現在，我想整理每一本的重點。」

巴特朝彭思辛苦拖拉的行李箱望了一眼。瓦倫緹娜搖了搖頭。

「勞勞，你在裡面裝了些什麼？」

「噢，頂多就是一兩本補充書籍。」

「我的拉車可載不動。」巴特表示。

布拉佛先生結束他們的爭論。

「你用行李箱裡的東西就夠了。好了，現在，快走吧！」他改用比較權威的語氣下令。

巴特提起行李箱，彷彿那只是一個空書包。大家跟崙皮尼夫人和大長老道別，往大廳另一端走。

「奧斯卡。」

少男轉過身來。布拉佛先生站在樓梯下，注視著他。

「我想跟你談談，就我們兩個。」這話卻是說給別的孩子們聽的。於是，其他人都出去到迎賓平台上。

大長老不多遲疑，朝庫密德斯會的大客廳走去。

薇歐蕾沉醉於發現新事物的目眩神迷，沒跟上其他人。她躲在西吉斯蒙的雕像後方，一面細細觀看，一面唸唸有詞，跟石像人物對話，甚至躲過了彭思的高度警覺。

她獨自留在大廳，沿著牆走，靠近一張長方桌。桌面精細的鑲嵌木工令人激賞，拼出象徵醫族的代表字母。薇歐蕾漫不經心地用指尖輕劃，眼睛卻看向別的地方。M字閃閃發亮，木片宛如燃著火焰般地耀眼。她在傲立桌上的半身雕像前停下，湊上前去：雕像的臉看起來像一位頭頂光禿，表情憤怒的老先生。女孩轉頭，順著雕像空洞的眼神望出去。

「咦……是什麼事情讓您這麼生氣呢？先生？」薇歐蕾問，「換作是我，我可不喜歡人家把我雕成一張這樣氣呼呼的臉！您不喜歡對面那扇門嗎？」她猜測試問，打量著美麗的木雕門，「還是那位穿制服先生的畫像？那邊那位？您要我翻面遮住它嗎？」

她又湊近雕像。查爾斯．布拉佛，也就是現任大長老的曾曾曾叔公，似乎抽搐了一下，張大了嘴。薇歐蕾擔心起來。

「有什麼東西讓您不舒服嗎？請等一下。」她說，並伸出兩根指頭，探入雕像張開的嘴裡，「我來幫您——說真的，沒有手實在很不方便。您被雕刻師耍了……」

她探入喉嚨深處翻攪，查爾斯的臉變成紫紅色。

「有了！」女孩嚷起來，「我覺得摸到了什麼。」

她把手拉出來，注視探尋到的成果。

「一個鍊墜！您知道嗎？我弟弟也有一個一樣的。這是您的嗎？怎麼會想到要吞進嘴裡呢……來！」她說，「我幫您把鍊子戴上。」

查爾斯瘋狂地猛搖頭。

「您要講理喔！這東西不能吃。那我擺在桌上呢？您說好嗎？」薇歐蕾探問。

查爾斯再次表現出抗拒的模樣。

「喔，好吧，那由我來保管，之後我會交給奧斯卡。假如您改變主意……」

她把項鍊戴在脖子上，把鍊墜放進T恤領口裡，然後繼續參觀，完全沒注意到：衣服下，字母發出無比閃亮的光芒；而在皮膚之下，一股溫和的暖流蔓延擴散。

奧斯卡關上門，跟著大長老穿越會客廳，小心翼翼地不去踩到在深綠色大地毯上到處移動的各種人物。壁爐裡，庫密德斯會著名的綠寶石火焰舞動；他們經過壁爐，在最裡面那道牆壁前停下，面對那扇裝飾藝術風格的大明鏡。布拉佛先生沿著軌道推動鏡子，露出一扇木頭窄門。榆木紋門板中央，鑲嵌著一枚浮雕，呈現醫族鍊墜的形狀。他拿出自己的鍊墜貼上，木門開啟。

奧斯卡跟著他走入環形空間。房裡沒有窗，幾乎被布拉佛先生所坐的書桌椅佔滿。在這裡，大長老只處理與醫族有關的事。

「坐吧！」他用那低沉而沙啞的嗓音說，一手指著書桌旁邊的小軟墊椅。

醫族少年坐下，滿心好奇。

「你來探訪時，你的兩位體內世界的朋友總顯得很高興。」布拉佛先生開啟話題，「待在這座大房子裡，他們應該覺得有點無趣吧！」

奧斯卡不太知道大長老想說什麼。是關於瓦倫緹娜和勞倫斯的事嗎？想到長老可能把他們遣返黑帕托利亞或大水域，奧斯卡不由得顫抖：無論哪一個被送走，他都難以接受。

「我也是，我也喜歡來看他們。可惜他們不能更常出來走走。」

「那不是明智之舉。我得提醒你：他們跟我們這個世界的青少年完全不一樣。話雖如此，」布拉佛先生特地釐清，「你知道，庫密德斯會的大門永遠為你敞開，只把好奇心過重的人隔絕在外。」他又補上一句，彷彿能望穿人心的目光注視奧斯卡。

少男想起那次發現迷宮後方那座神秘之湖的事。彭思說了什麼？奧斯卡覺得現在先裝傻比較好。

「相反地，」大長老緊扣這個話題，「隨時願意為我族效力的醫族，永遠受到歡迎。正因為這高貴的理由，我請你來我的書房；也因為這同樣的理由，我主張支持選你進入競賽代表團。」

奧斯卡盯著布拉佛先生，感到既納悶，又受傷。

「摩斯搶走了我的位置！」他心有不甘地說。

「是嗎？你憑什麼認為在那個項目該入選的是你而不是他呢？奧斯卡．藥丸，自以為是不懂是一項可怕的缺點，在情況危急之時，更可能要了你的命。」

「在勇氣方面，他並不比我有資格。」奧斯卡又說一次，不肯低頭。

「我可什麼都不確定。」很奇怪地，布拉佛先生給了少年一個殘酷的答案，「不過，我要給你一個機會來向我證明。」

「怎麼做？」

「我剛剛提到一個高貴的理由……事實上，我要交給你一項任務。」

奧斯卡沒有立即回應。他深知自己的個性容易衝動，而布拉佛先生已贏得第一階段的勝利：他把奧斯卡逼到絕路，迫使他面臨挑戰，而現在，他等於被迫接受這項任務。而如果說，世界上真有什麼事是他無法忍受的，那就是被人逼迫去做任何事。這一點，他永遠改不了。而他即將代表自由這個項目前往法國，不就是為了這個原因嗎？

「不久後，你要出發去巴黎。」布拉佛先生繼續說，「將在那裡待五天。」

奧斯卡點點頭，仔細凝聽。

「到了那裡之後，我要你去拿一樣對我們非常珍貴的東西。」大長老神秘地補充。

「是什麼東西？誰會把那樣東西交給我？」

「你不需要知道。這是為了大家的安全著想，也包括你自己的安全。你愈晚知道細節，就愈不容易暴露在危險中。」

奧斯卡忍住幻想各種可能性的衝動。當然，他想到了醫族的三項精神支柱。難道是其中一項？於是，他意識到自己肩負著重責大任，感到既驕傲又不安，立即抗拒任務可能失敗的念頭。

「負責把東西交給你的人，自然會曉得在哪裡能找到你。」布拉佛先生繼續說，「他們會在適當的時機現身。隨時提高警覺，我只要求你做到這件事。然後，照他們的指示進行就對了。」

「但是，我要怎麼辨識他們的身分——又怎麼能確定他們真的是我們的人？」

布拉佛先生微微一笑。

「到時候你絕不會搞錯。」

「我必須把他們交給我的東西帶回來給您嗎？」奧斯卡問。

「不。」大長老短暫猶豫了一會兒之後回答，「在那裡，你將擔任密使的角色，也就是秘密信差：你必須把它交給一位極重要的大人物。不過，所有的指示都等你到了當地才會知道。」大長老再次強調，準備結束談話。

奧斯卡站起身。

「我……我可以再問最後一個問題嗎？」

布拉佛先生用眼神鼓勵他發問。

「只是取一樣東西，再把它交給同座城市裡的另一個人，這樣簡單的事，為什麼非要我去做不可？」

「為了某些合理的原因，他們不能親自操作。而且，因為你將是大會眾多青少年中的一名，不容易引起懷疑。」

奧斯卡正準備離開書房，大長老卻又叫住他。

「這項任務比你想像的困難危險許多，奧斯卡．藥丸。」

「我不會因此而害怕。您可以相信我。」

這些話，他不僅對布拉佛先生說，也說給自己聽。

「我相信你……但我認為，如果有伴，你會更強。」

奧斯卡全身僵直，怕聽見某個名字……布拉佛先生的決斷力傑出，同時也非常難以捉摸，醫族少年經常要到事情過了許久之後才明白他的用意。不過，如果他強制要奧斯卡跟摩斯同組行動，少年寧願放棄這項任務。

溫斯頓．布拉佛朝門口走去，拿出鍊墜感應：門板旋轉，露出兩張笑嘻嘻的臉。奧斯卡的臉也亮了起來。

「你們已經知道了？」他驚喜地嚷了起來，瓦倫緹娜和勞倫斯滿面春風地走進書房。

「當然！但是我們得到指示，必須守口如瓶。」勞倫斯回答。

「假如告訴了你，我們就不能去旅行了。」瓦倫緹娜進一步說明，「啊！布拉佛先生實在太了解我了，總能找到理由說服我。」她眨著眼睛嬌嗔，深深注視大長老；他努力忍住不笑。

「臉皮真夠厚的！」勞倫斯低聲對奧斯卡坦承，「我對她的教育完全失敗了。」

奧斯卡轉身面對大長老。

「布拉佛先生，我什麼時候可以前往安布里耶帶回第三項戰利品？」醫族少年有點焦急，「您曾說過，時間緊迫……」

「你別擔心，在巴黎的時間不會被浪費掉。還有，直到出發以前，這些事一個字也不准提。」布拉佛先生做出結論，一面把他們輕輕往外推。

三人才剛出去，魏特斯夫人就出現在大會客廳。她走進小書房找溫斯頓．布拉佛，關上房門。

「這太危險了，溫斯頓；對一個沒有經驗的年輕醫族來說，實在太危險了。他很勇敢，但勇氣不能解決一切。」

「如果不努力對抗，以後等著他們的情勢更危險，貝妮絲；這一點，您跟我一樣清楚。」

「對，我知道；但是，我在想：我們這個決定會不會太草率。」

「您在考量醫族利益時混入了對那個男孩的感情。」大長老反駁，語氣頗為冷淡。

魏特斯夫人碧綠色的眼睛直視對方。

「溫斯頓，直到現在，我這一生為醫族效勞已超過五十年。我想，我這些年來的作為足以證明：我總把個人感受置於族群安全之後。」

溫斯頓．布拉佛知道魏特斯夫人所指的是些多麼黯淡的人生經歷。於是，他不再多言。

「但願這並非您的想法，只是一時口舌之快。」夫人又說，「否則，您這話可深深刺傷了我。」

「請見諒。」大長老只這麼回應，「不過，我相信，昨天，我們做了正確的決定。」

老夫人坐進奧斯卡剛才所坐的沙發，直挺挺地，目光芒然地望著書桌。

「現在是戰爭狀態，不是嗎？」彷彿一切幻想已破滅，她最後說：「在戰爭時期，什麼都要犧牲，人人都可犧牲……小心啊！親愛的朋友。」

「別這麼擔心。」他回應的語氣聽起來緩和了些，「我也一樣，對他有信心。我們倒不如盡一切力量，讓這個男孩的任務成功吧！」

「薇歐蕾，妳在這裡做什麼？你們應該在外面等我才對。」

「喔，奧斯卡，我認識了一位先生，他——」

「晚點再說，晚點再說！」奧斯卡把她往門口推。

「等一下啦，有件事我一定要跟你說！」

「到外面去說。」他開門命令，「大家都在等我們。」

薇歐蕾聳聳肩，走了出去。奧斯卡本想跟在她後面，突然又改變了主意，朝廚房前進。

雪莉正俯身處理一盆蔬菜，想著雜事發呆。那頭稻草般的黃髮比平時更雜亂，眼袋浮腫，深黑眼圈，目光渙散。顯然，自從奧斯卡遭受攻擊那次關卡挑戰以來，她的情緒尚未平復。

雪莉一看見奧斯卡尷尬懊悔的表情，就知道自己的狀態多麼糟糕。她可憐兮兮地對他笑了一下，試著把亂翹的頭髮藏到紫色髮圈下方。

「一切都好，一個病族的影子也沒有，尤其是，您看起來精神飽滿，我的小奧斯卡。」

她自己又微笑起來，更正說法：

「我應該說：『我的大奧斯卡』。您一下子長得好快！」

他走到雪莉身邊，拉起她的手。

「我很擔心您。」她小聲承認。

「別煩惱，我知道怎麼保護自己。」奧斯卡回答，「而且，有我們在，雪莉；從此以後，我們不會再放過任何蛛絲馬跡。您不需要害怕。」

「好，好，我安心了。」雪莉眨眨眼睛。

「雪莉？」

「嗯？」

「您知道，您的第二世界棒極了！」

「真……真的嗎？」廚娘問，像聽到人家稱讚她裙子漂亮的小女孩似的。

「絕對是真的！峽谷、海洋、埃俄羅斯城……全部都棒極了！」

他笑容滿面，她卻滿臉通紅。

「事實上，」他繼續說，「您的內在比外表還更美！我明白傑利為什麼會這麼愛您了！」

「去去去！您快走人吧！您開始胡說八道了！」她斥喝男孩，一面整理已經完美無缺的工作袍，喜形於色。

奧斯卡出去跟朋友們會合。

「你為什麼跑去廚房拖拖拉拉的？」瓦倫緹娜問，「你還真愛冒險耶！小冒失鬼，也不怕最後吃下一罐鯷魚綠花椰菜果醬……到底去做什麼啊？」

「去讓某人高興。」奧斯卡回答。

「遠遠地跟著他們，別跟丟了，小心注意，在安全抵達巴比倫莊園以前，別讓他們發生任何意外。」大長老下令。

傑利摸摸鬍子，微微一笑，一言不發地消失了。

迎賓台上，少年們興奮騷動，巴特則運功用力，把行李箱固定在單車後面的托車上。艾登拿出鍊墜打開大門。

「上路吧！」他大喊。

一群人歡樂地離開，沒注意到布拉佛先生高大的身影躲在三樓律師辦公室的窗簾後，困惑的眼神注視著少男奧斯卡，以及他奇怪的姊姊。

信件

賽莉亞關上客廳的門，躲在裡面。襯衫的釦眼被她折磨得面目全非。

「下次再說吧！拜託！」最後她只得對著電話這麼說，「孩子們就快回來了，我不能——」

「妳不能怎樣？」巴瑞打斷她。

「想這件事……還太早了。我們現在這樣不是很好嗎？」

「聽我說，賽莉亞，我們在一起多久了？嗯嗯嗯？多久了？」

「我沒時間去算，我得照顧孩子。」

「那我呢？嗯？妳有沒有稍微照顧我一下？賽莉亞，我馬上過來，我們當場談，立刻就談。」

「不，千萬不要！」

「妳叫我千萬不要過去？」

「好了，我得掛電話了。我們晚點再說，好嗎？」

「等一下，寶貝！妳愛……」

她很討厭他這麼喊她，但是，沒聽他講完就掛電話有別的原因。總之，她也猜得到他要問什麼，而她寧可不回答。

她伸手挽起長髮，攏在頸後，轉身照鏡子，細看鏡中之人：她還年輕，所有三十五歲的女人都有權利展開新的人生。其實，不管幾歲都可以。不過，在她這個年紀，在工作場合或其他地方，儘管她已刻意忽略那些充滿渴望的眼神，機會還是較常出現。而且，她也喜歡人多熱鬧好玩——那些自從維塔力死後就沒再經歷的一切。此外，這些也差不多是巴瑞這個伴侶所給她的一切。她很感激他。所以呢？她還想賦予自己另一種權利：跟一位伴侶共享這些時光，即使不確定自己是否愛他。

她最後再檢視一次鏡中的面容。右方有個什麼東西動了一下，把她嚇了一跳，連忙轉頭。

「薇歐蕾！」她驚呼，勉強擠出笑容，問躺在沙發上的女兒：「妳……妳在這裡很久了嗎？」

女孩原先被沙發扶手擋住，在天花板上的黃色斑痕小小漫遊了一番——那是很久以前賽莉亞請人修理後留下的水漬——剛剛才回過神來，從一堆椅墊中坐起。

「我在這裡……其實也不算真的在這裡。也就是人在心不在嘍！妳懂嗎？」

「完全懂，親愛的。」賽莉亞回答。

她的女兒有種特殊能力，即使在三千個歇斯底里的群眾之間，心神也能出竅，絲毫不受任何噪音打擾。因此，她和巴瑞講電話的內容，遠在「水漬天花板」星球的薇歐蕾半點也沒聽到的可能性應該非常高。

不過，她十分訝異女兒出現在這裡。兩個小時以前，他們一票人才像要去參加里約嘉年華似的，歡天喜地地去巴比倫莊園了。

「外面天氣這麼好，妳怎麼待在房子裡呢？還有，其他人都到哪裡去了？」

「他們去公園找莎莉．邦克、貝絲、貝芙、丹尼、歐法努達奇斯太太的兒子們和那個給每個人下好多命令的女孩，我一下想不起來她叫什麼名字。」

「伊莉絲．弗洛克哈特。」另一個聲音從沙發後方響起。

賽莉亞伸頭探看椅背後面。

「勞倫斯？你也在這裡做什麼？」

薇歐蕾搶先回答。

「我一整天都還沒旅行，所以需要補足劑量。」她笑嘻嘻地坦承。

「奧斯卡答應讓我翻書架上的書。」少年解釋，「希望不會打擾到您？」他擔憂地問。

「一點也不會。」賽莉亞要他放心，「你想讀什麼就讀什麼，想讀多少都可以。」

她把勞倫斯借閱的書翻轉過來。

「《證據》。」她唸出封面上的書名，「這是我先生最愛的小說。」

「我挺喜歡的。」黑帕托利亞男孩說，「跟庫密德斯會裡的歷史書籍和電子儀器不一樣，可以換換口味。」

他舒適地坐下，繼續閱讀。賽莉亞猶豫了一下，還是把剛才問女兒的問題也問了他。他在這裡多久了？聽到了些什麼？她不怎麼在乎跟巴瑞之間的對話太親密，但擔心談話內容會傳到孩子們的耳中。勞倫斯埋頭書中，感到很不好意思。

「藥丸太太，您知道，我啊，一讀起書來，簡直比薇歐蕾還糟，整個人都……魂不守舍了。（他跟賽莉亞目光交錯，補上一句：）閱讀的時候，我根本聽不見，什麼都聽不見。真的。」

她不禁微笑，勞倫斯笨拙的安慰方式讓她很感動。

「那麼，請繼續讀吧！」她對他說，「並祝兩位漫遊旅途愉快。」

她正要出去，卻又駐足凝視早已再度神遊起泡壁紙國度的女兒。賽莉亞的目光挪到女兒的臂部，然後移到T恤上。薇歐蕾並非早熟的女孩——事實上，就女性的生理而言，她的發育反而有點遲緩。她的初經去年才開始，而且她都已經十四歲了，胸部還跟小女孩一樣。或許，身體的童年是薇歐蕾不想太早離開的世界，一如她頑固地待在自己每天發想的世界裡。賽莉亞從來沒擔心過這個問題，她相信，等女兒做好心理準備之後，一定會變成一個小女人。跟所有人一樣，她也知道巴特對薇歐蕾有多麼愛慕，為此十分高興：有什麼比一個好男孩的愛更能幫助少女變成女人？正因如此，她對那位心地善良的大個兒心懷感激。

然而，她有一種奇怪的感覺：最近這陣子才開始的，發生了某些無法形容的事情。她沒辦法用文字或說法來稱呼這種改變，女兒似乎神采飛揚，散發出一種非常特殊的光芒。她抬頭望望遮陽棚，棚緣保護薇歐蕾不受傍晚夕陽直曬。她不禁也純真地微笑起來。

她沒時間多想，電話鈴聲響起。連「喂」都還來不及說，就聽見電話線另一端傳來一聲輕佻的咆哮：

「在哪？」

賽莉亞抓話筒的拳頭握得更緊了。只有一個人敢在星期五晚上打電話到她家，而且充滿敵意，沒有抱歉，甚至連一句禮貌的客套話都沒有。

「晚安，葛德霍夫先生。」少婦忿忿地說，心中真想朝她討厭的老闆身上潑一桶滾燙的熱油。

「妳把瓦梭的檔案放到哪裡去了？」

「放回原處了：您書桌右邊第二個抽屜裡。您本來把它隨便扔在桌上。」

「我不會隨便亂扔任何東西！」葛德霍夫怒吼，「這個批評妳留著自己用！」

賽莉亞沒回答。她覺得那個乾瘦小矮子的口水都從電話另一端噴過來了。

「我是故意放在桌上的！而現在卻找不到了！」他氣沖沖地接著說，「我要這份檔案，聽見了嗎？藥丸！」

「拉開您書桌的第二個抽屜。」

「我告訴妳我找不到了！妳自己想辦法解決，我這個週末要用！」

他的聲音被一陣單調的「嗶嗶嗶」取代。賽莉亞掛上電話，試著抑制怒氣。

「我必須回辦公室一趟。」她說，「我忘了某樣東西。不會回去太久，晚餐前應該回得來。如果沒回來，你們就先吃。有一鍋生鏽鐵釘熬的濃湯是給瓦倫緹娜的，橄欖油和新鮮麵包是給你的，勞倫斯。這樣還可以嗎？」

「太好了！」他扶正眼鏡表示贊同，「橄欖油好消化多了。謝謝您，藥丸太太。」

賽莉亞不多拖延，立刻離開出門。

「勞倫斯？」

男孩皺皺眉頭。他之所以像條水底的鯉魚靜止不動，不言不語，除了因為完全沉浸在閱讀中之外，也因為他一點也不想跟薇歐蕾對話。

其實他很欣賞這個女孩，但她跟他的個性實在差太多。她代表的是夢幻和古怪，而他則是邏輯和嚴謹的化身。現在，藝術家和科學家共處一室。一般來說，前一類人讓後一種人害怕，很少見到相反的狀況。於是他裝聾作啞。

「勞倫斯？」薇歐蕾窮追不捨地問。

「幹嘛？」

她坐起身，勞倫斯卻刻意謹慎地躲在沙發大扶手後方。她重新在凌亂的花布抱枕中間穩穩坐好，抱緊膝蓋，也皺起眉頭。

勞倫斯從鏡中的映像偷偷觀察她，做好最壞的打算。

「你認為有沒有可能愛著某個人但自己卻不知道？」

勞倫斯閉上眼睛。反正，他也不敢期望聽見關於流體力學或中古世紀著名醫族之類的問題。但是，再怎麼說，一個這麼奇怪，而且還是跟愛有關的問題！他嘆了一口氣。

「我不知道。這麼說吧！妳大腦裡的神經細胞可能被某種妳拒絕接受的行為或事實抹除。」

「沒問題。」薇歐蕾說。

勞倫斯鬆了口氣，繼續沉浸書中。

「神經細胞的部分沒問題。」薇歐蕾加強語氣說。事實上，她並不真的認為完全沒問題，「但是我們呢？人類的部分呢？有沒有可能不知道自己愛著某人？連想都沒想到過？」

薇歐蕾遭遇一陣深不見底的沉默。

「或者，有沒有可能強迫自己相信自己愛著某個自己不喜歡的人？」她更進一步地詢問，目光芒然地望著沙發布上褪色的葉子圖案。

「毫無概念。」勞倫斯冷冷回應，希望能就此讓女孩打退堂鼓。白費心機。

「你認為有可能去愛一個骨子裡壞得要命的人嗎？」

「不。」這一次，少男斬釘截鐵地說；並很滿意自己能做出判斷，「這是邏輯的問題：如果那個人很壞，就會對妳不好，如果他對妳不好，妳就不會愛他。」

「或者你會原諒他，因為你愛他。或者，你會試著去了解為什麼他對你不好，因為你愛他。你會告訴自己：即使他對你不好，但還是愛著你；那是他表達愛的方式。所以你也愛他。」

勞倫斯站起身，用手扶住前額。

「不知道怎麼回事，我的頭突然好痛。」

「真可惜。」薇歐蕾憂傷地說，「我很喜歡跟你聊天。」

少男不得不撒個謊。

「我也是。不過，我必須出去透透氣。」

「嘿！你掉了東西。」少女提醒他。

勞倫斯的目光在地上搜尋了一番。有張紙從他剛闔上的書本中掉出來。他蹲跪在地上，伸手到家具下方摸索，可是沒用：他圓圓胖胖的手指搆不到紙張。薇歐蕾從沙發上跳起來，加入搜尋的行列。

「等一下，我來試試看……」

她細長的手毫不費力地鑽了進去，再拿出來時，食指和中指夾著一張摺成四等份的紙，有一角已經燒掉。在幾處較透明的地方，隱約可見黑墨水字跡。

勞倫斯本想攤開這張紙，臨時改變了主意。

「這張紙是從妳爸爸的書裡掉出來的，我想，還是放回去比較好……然後，忘了我們曾經看到它……好嗎？」

薇歐蕾一言不發地點點頭。勞倫斯知道，一直以來，她始終逃避聽到與父親有關的任何事，以及可能提及父親的一切。少男把那張紙夾入書頁內，把書放回原處。

他回頭看沙發椅，發現薇歐蕾已再次陷入空想沉思。不過，這一次，她的額頭上多了一道長長的橫紋。白日夢並不一定總是快樂的。

他出去後，悄悄地把門帶上。

薇歐蕾一個人在房間裡，過了十幾分鐘之後，才決定起身。

緩緩地，垂著眼，她轉身望向書房，深呼吸一口氣，站起身，朝書架走去。

請問芳名？

「哇，美女，最近都很少見到妳耶！」朱利安在他豐盛的蔬果攤後面忙著，忽然嚷了起來。

雪莉嘆了好長一口氣。

「這一陣子我的工作好多，所以，我盡量一次採買完一個星期的分量。」她無精打采地說。

事實上，她是最大的受害者：不能經常出門，又必須壓抑永不滿足的交談和訴說欲望。但庫密德斯會的指令非常嚴格：盡可能少出門……並且盡可能少說話。這是為了族派的安全著想。而對雪莉來說，布拉佛先生的話就像福音書裡的文字，她二話不說，立即採納：就算大長老要她去摘月亮，她也會照辦。由此可見，不能暢所欲言對她而言是一件多大的考驗。

雪莉轉過身。一位黑色長捲髮的美豔少婦站在她面前，對她微笑。

「我好想您喔！」她誇張地喊，一副開心得不得了的模樣。「您認識所有人，大家也都認識您，您是我們每個人之間的橋梁啊！」

「這話說得真好！」一個圓滾滾的婦人點頭贊同，「所以，雪莉，您今天要講點什麼？我們的爆料專線斷了！」

雪莉感動得要命，用目光擁抱他們。

「要是你們知道，我也一樣，是多麼想念這一切啊！」她忘情大喊。

「當然知道嘍！」少婦強調，「我們大家都有這種需要！這樣吧！來！我請您去莎拉貝絲喝杯茶，讓我們彼此更進一步認識。」

布拉佛先生的話，還有丈夫傑利的警告，彷彿警報聲一般在她腦中嗡嗡作響，「千萬別大意，雪莉。」

昨天上床之前，傑利還在提醒她：「否則布拉佛先生不會原諒我們，妳很清楚，而且他沒有錯。」

「當然啊！」她當時立即回嗆；每次人家影射她多話這個無可救藥的毛病時，總讓她火冒三丈，嚥不下這口氣。

話雖如此，沒人禁止她跟魅力可親的人們交朋友。只要不開口，聽別人說就沒事；假如真的有需要，盡可能少談自己就好了。

「不了。」廚娘意志不堅地婉拒，「我得回去了，有人在等我……」

少婦毫不掩飾失望之情。

「噢，真希望我們能變成好朋友。」她沮喪地說，「我認識的人不多……而且……好吧！沒關係，或許下一次還有機會。」

她把朱利安遞給她的水果收進菜籃，轉身之前，對雪莉微微哀傷一笑。宛如暖陽下的融雪，廚娘的最後一道心防瓦解。

「好吧。就喝一杯茶，然後我就得走。」

少婦的臉上綻放光彩。

「噢！我真的好高興！那我們走吧！」

雪莉挽起她的手臂，兩人一起離開。

「您知道我的名字，但我還不知道您怎麼稱呼？」她問。

少婦天真地睜著她那雙深邃黝黑的大眼睛。

「叫我拉薇妮亞就好。」

她們共坐一桌近二十分鐘，聊了千百件無關緊要的小事，雪莉這才瞄了一眼手鍊腕錶。

「天啊！已經這麼晚了！親愛的美女，我得走了。」

「噢！可是我們才剛到不久，您的茶都還沒喝完呢！您的老闆對您這麼嚴苛啊？」

「布拉佛先生？我超愛他的。不過，他比較欣賞正經做事的人，其實我也是。」

「溫斯頓．布拉佛？那位大名鼎鼎的律師？聽說他是位很了不起的人！」

「我可以證實。」雪莉驕傲地回答，彷彿說的就是她本人似的。

「那麼，答應我，我們一定要再見面！布拉佛先生應該常出門旅行吧？到時您就有空跟我喝杯茶聊聊天了。他最近沒有旅行計畫嗎？」

「沒有，不是他去，是兩個孩子去。」

「您有小孩？」

每次一有人問到她是否當了母親時，雪莉的目光就朦朧起來。

「沒有，不過就跟我的孩子一樣。這兩個小傢伙，我很愛他們。他們不久就要出發，我得開始替他們準備行李才行。」

「希望那會是一趟美好的旅程。」拉薇妮亞接著她的話說，也一面站起身，惋惜無法再多探聽一點大長老的事。

要有耐心，她對自己說：即使拉茲洛一直催妳，也要保持耐心，然後妳會從她那裡得到想知道的一切。太心急的話，她可能會起疑。

「一定是一趟棒極了的旅程！」雪莉陶醉地說，「他們要去法國！」

拉薇妮亞差點把杯子打翻。法國！那不正是本來溫斯頓．布拉佛要去的地方嗎？難道他決定另外派人前往？她立即控制情緒反應。

「法國？」她天真地嚷起來，「太幸福了！但願觀光客不會太多！聽說那裡擠滿了來自全世界的遊客。希望他們受到妥善的保護！」

「噢！您人真好，這麼關心他們！他們要和一群學生前往巴黎，而且是在七月一日開始的五天。說不定那時候人比較少？好了，好了，我都說了要走，卻還待在這裡聊個沒完！來吧！抱一下！」

她在拉薇妮亞兩邊臉頰上響亮地親了一下，一雙長腿像上緊了發條似的，蹦蹦跳跳地出去了。

拉薇妮亞重新坐下，目光始終緊緊地盯著她。浮現在臉上的笑容使她看上去不再那麼友善。她身後響起椅子拖動刮磨地板的響聲。兩名男子坐在她旁邊的那一桌，眼睛望著別處，朝她挪近。她也沒特別回頭轉身。

「去巴黎。」她再次說出這座城市的名字，「我早就跟你們說過了！」

「聽見了。」奧里克．魯斯托可夫叉著肌肉強健的胳臂，低聲嘟噥，「而且，去的不是布拉佛本人，而是兩個參加校外教學的小鬼。」

「布拉佛沒有小孩。」安東．巴特斯反駁，「你忘了這件事？」

被當場糾錯的魯斯托可夫惱怒不已，假裝沒聽見。拉薇妮亞接話：

「他可以派別人出馬，藉此分散注意力。誰會想到是個孩子呢？不能放過這條線索。我去打聽歡樂谷裡各校預定的旅遊資訊，前往巴黎的應該不多。」

兩個男人都點頭同意。

「接下來，就該你們上場了。」她補上一句，「也該輪你們做點什麼了。」

巴特斯用怨恨的目光瞪著她。

「妳很幸運，跟他走得那麼近……妳知道我在說誰。否則，相信我，我絕不會讓妳用這種語氣說話。」

她站起身，對他們露出挑釁的笑容。

「至於現在，請努力跟上，一次也好。就算你們沒本事把分內的工作做好，也別把我的成果搞砸了。」

怦然心動！

經過一個愉快的週末，盡情幻想美國代表團的巴黎假期，每一名獲選者都覺得度日如年，比其他人更沉迷於稀奇古怪的心機。

出發的前一天，老師們根本無法讓學生專心在任何一項科目上。大部分的老師也乾脆放棄——當然，除了阿特伍德女士以外；她的長棍仍在空中不停地咻咻作響。

「歐馬利！」嬌小的女老師扯開喉嚨大喊，「你周遭方圓五公尺的範圍內，要是再發出一絲聲響，我就把帳全部算在你頭上！」

「可是，老師，」傑瑞米哀怨地說，「根本就不關我的事！自從我當選之後，寫給總統的訊息大量湧來，受到騷擾的是我耶⋯⋯」

全班哄堂大笑，阿特伍德的長棍卻重重落在桌上。

「而我，我有一則非常清楚的訊息要給你：現在要取消你參加世界大會的資格還來得及，相信我。」

「請您別這麼做！」傑瑞米六神無主地回應，「那樣您會因為我的死而良心不安的！」

「看樣子，你一定會說服我。」

反而只有本來最會語出驚人的薇歐蕾，很奇怪地，沒被這股浮躁的氣氛影響——就連週末時也一樣。她把自己封閉在一種不尋常的沉默之中。

「感覺上我們都不存在似的。」巴特陰鬱地表示。

「別擔心。」奧斯卡安慰他，「薇歐蕾從以前就這樣：隨時可能變成一顆空貝殼。」

「不，」年輕大個兒回答，「就因為她跟平時不一樣。一定發生了什麼事，但是她不肯說。」

事實上，奧斯卡跟巴特一樣憂心，但他也知道，姊姊一旦下定決心與別人隔絕，在她自己願意改變以前，什麼辦法也沒有。

「總會解決的。」這是他的結論，「要是沒好，我會去跟媽媽說。有時候，女孩之間互相比較了解。」

「我敢說一定發生了什麼事。」巴特叨唸著離開。

奧斯卡守在學校門口等候：到處都找不到薇歐蕾。最後，他只好放棄，打道回府。

他穿過花園，推開家門，眼前的景象讓他停下腳步：到處堆滿衣物，好幾只開著的行李箱已經塞爆。他抬起頭……剛好閃開一件牛仔褲──樓梯頂端，襯衫和長褲如大雨般不停落下。

「咕咕有人在嗎？」

男孩繞過一個小堆，趺在姊姊身上。她雙手架在腦後，鼻子上架著墨鏡，躺在衣物之中，彷彿在做日光浴。她害羞地對他微微一笑。至少已有進展。

「我好喜歡這樣。」她說，「我一直夢想能躺在大雨中但不被淋濕。」

他也對她報以微笑，很高興她終於決定打破封閉自己的泡泡──即使她似乎又躲進那些古怪的想法裡尋求慰藉。

「當然嘍！」奧斯卡回答，「那邊那台相機是？用來幫大海照相是嗎？」

繼在身體和牆上畫畫，在木頭、壓克力和玻璃上雕刻之後，她曾自己發明「變形法」，轉移某項物品的功用，把它改成藝術作品。而最近讓薇歐蕾瘋狂著迷的東西則是照片。她把相機遞給奧斯卡。

「你有沒有看過彩色的山？」她問。

奧斯卡瀏覽機器裡的照片。薇歐蕾選擇各種不同的角度，把醜陋的衣服堆拍成一道散發出千百種璀璨光芒的岩石山脈。他大為驚豔，微笑起來：姊姊的確不愧為美國團隊的藝術代表。他把相機還給她，背貼牆壁，以免被到處亂飛的物件砸中。

「媽，我們可以知道妳在搞什麼鬼嗎？」

賽莉亞從樓上探出頭，滿臉通紅。橡皮筋綁不住她髮量豐厚的棕色馬尾，一綹綹髮絲散亂出來。她捲起襯衫的袖子，彷彿正在努力工作的搬家工人。

「難道你以為你的行李會自動整理好？」

奧斯卡環顧四周，客廳簡直變成了紅十字會的舊衣回收站。

「難道妳以為，我出門五天需要帶上這麼多東西？」

「這些東西不多，」他的母親回答，「不過該有的都有。」

奧斯卡翻了翻其中一堆衣服。

「極地羊毛防寒面罩！七月天耶！」他大喊。

「那又怎樣？你以為法國不會冷嗎？謹慎永遠不嫌多。」她手一揮，駁斥奧斯卡的抗議，「對了，差一點忘記雪靴！」

奧斯卡嘆了口氣，縮起身子往門口走。靠近門邊時，一陣引擎聲轟隆響起，只見一輛車發出刺耳的煞車聲，停在他家前面。賽莉亞的聲音從屋內傳來：

「不知道是什麼人開這麼吵的車？」她好奇地問。

奧斯卡毫不費力就認出那輛已經改得面目全非的越野車。剛下車的高大年輕人對他微笑。

「阿力斯特？！」他驚喜地穿過花園，很高興再見到這位熱情衝動的年輕長老。

「我聽說好消息了！」年輕人一如往常地不顧形象，扯開喉嚨大喊，「我想恭喜你——」

阿力斯特的話被一陣靜默打斷。他停在原地，彷彿電影中的定格畫面，只有榛果色的眼睛會動，愈睜愈大，而嘴型卻仍張成剛才所說的最後一個字。

像一尊充滿喜悅的雕像。

奧斯卡順著他的目光回頭看，神情也亮了起來，幾乎跟長老一樣容光煥發。

賽莉亞站在門口，身穿襯衫牛仔褲，腳踩輕便軟鞋，捨棄了橡皮筋，將一頭如雲秀髮率性挽起，用大髮夾固定；整個人看起來清新自然，神采飛揚。她禮貌地微笑，對眼前這個像是從漫畫走出來的人物感到好奇。

阿力斯特則覺得時間彷彿暫時停止。他這個特點早已不是秘密：對他具有吸引力的年輕女性總令他六神無主，一旦有漂亮的女孩進入眼簾，比方說，帕洛瑪．魏特斯的助理五十妹，他就跌倒出錯。他甚至曾對過去幾個女性朋友產生過類似的意亂情迷，不過後來都已恢復正常。然而，剛才那種怦然心動的感受，沒有，從來沒有發生過。

而且再也不會發生了，他心裡清楚知道。

他再也聽不見周遭的一切，那些聲音嗡嗡回響，有如一團迷霧；光線似乎聚焦在那非凡脫俗的身姿上。他有點遲鈍，一時沒注意到那曼妙的身影已經來到柵門前，並向他伸出手來，已等了半分多鐘。他連忙想握住，卻差一點沒抓好，大拇指卡在外套袖口脫落的內襯裡，用力一扯，結果害賽莉亞差點手肘脫臼。

少婦盯著他看，彷彿把他當成市集裡的牲畜似的，向後退了一步。

「呃……幸會。」她終於開口，「我是賽莉亞・藥丸。」

阿力斯特完全無法講出半個字。他轉身用哀求的目光望著奧斯卡。醫族少年本來愣在一旁，這下子立即清醒過來。他喜出望外：自己怎麼從來就沒想到要促成偶然正在進行的好事？他飛快地前去救援。

「媽媽，妳還記得我經常提到阿力斯特・麥庫雷嗎？」他興沖沖地說，滿懷希望，「他是最高議會的長老之一，最亮眼的那位。」少男特別強調。

「你沒告訴我麥庫雷先生已經練到空手道高段。」她開玩笑地說，一面揉著腫起的手臂，「當然，我還記得。」

阿力斯特往自己一頭蓬鬆亂髮上胡亂抓摸，但怎麼樣也找不到一頂帽子或任何戴在頭上的東西，無法在美麗的女士前脫帽致歉。最後，他只得深深一鞠躬，也不管這麼做有多荒謬。賽莉亞覺得既好笑又不安，靜候年輕男子脫掉外套，褪去卑躬屈膝的態度。傑瑞米和巴特住在街道下坡一點的地方，回家的路上剛好經過藥丸家門口，於是停下腳步，興致勃勃地觀賞了這一幕。當然，傑瑞米絕不錯失捉弄阿力斯特這個可憐蟲的好機會。

「阿力斯特，您不想把話說完嗎？」他用打破砂鍋問到底的語氣追問。

「想，想，當然，呃……那個……那個……您絕讚的……呃……您的……我的意思是……您的行李好……呃……已經準備好了嗎？」阿力斯特目不轉睛地望著賽莉亞，結結巴巴地說。

奧斯卡的母親被弄得很尷尬，於是笑了起來。年輕長老整個人都融化了。

「開始了。」傑瑞米悄聲對巴瑞說，「看來，這間房子裡，春意爛漫啊……」

幸運的機緣巧合：這時，薇歐蕾像個從雲端冒出來的天使一般，出現在門口。巴特的臉瞬間亮了起來。她觀察年輕長老，轉頭看看媽媽，彷彿著了魔法似的，終於露出了從週末以來就不見的燦爛笑容，似乎覺得眼前這一切都是再美好不過的明顯事實。

「日安。她很美，不是嗎？」她的語氣純真又自然，「這是我母親，我和奧斯卡的媽媽。假如您想認識她，現在正是時候。」

一個粗魯的聲音破壞了這個迷人魔幻的時刻。

「這裡發生了什麼事？慶祝聚會怎麼可以少了巴瑞呢？嗯？」

奧斯卡閉上眼睛。媽媽的男友剛在屋前出現：亮布籃球薄短褲，棒球帽，太陽眼鏡，無袖T恤垂到膝蓋，露出令人印象深刻的肌肉。站在他身邊，阿力斯特簡直像一支架設在離柵門太近的路燈。

傑瑞米走到巴瑞面前，大膽伸出食指，戳進他超級壯碩的大腿肉，隨即連忙收手，像是被火漫到了一樣。

「我說，這是真的肌肉嗎？您看起來簡直像灌滿氫氣的氣球人！」

他搖著頭，神情沮喪，轉身對哥哥說：

「老哥，假如你要變成這樣，還得多加幾把勁才行啊！」

阿力斯特看看巴瑞，又看看孩子們，一臉不解。奧斯卡嘆了口氣。

「阿力斯特，他是巴瑞，我媽的一個朋友。」

「怎麼說一個朋友？」巴瑞問，一面把賽莉亞摟進懷裡，差點把她折成兩半，「我是她的男人！真正的！難道不是嗎？賽莉亞？」

彷彿在半夜裡滾下床似的，阿力斯特從雲端跌落。薇歐蕾率真的個性叫人不得不投降；她絕望地趴在籬笆上：

「噢！不！巴瑞，這時候出現真糟糕！怎麼剛好就在媽媽可能墜入愛河的時候……」

巴瑞看似天真的笑容瞬間消失，上下打量阿力斯特，那眼神，彷彿把他當成人行道上的一堆垃圾。

「啊？是嗎？」他說，一面從容地嚼著口香糖，「不過她早就墜入愛河嘍！嗯？我的小母雞！」

「『小母雞』？」奧斯卡皺著眉頭嚷起來。

賽莉亞一臉尷尬，輕輕掙脫巴瑞的懷抱。

「拜託你，巴瑞。」

「拜託什麼？妳該不會因為孩子們在場就不好意思吧？還是因為那個掃帚頭的關係？」他說，並用那過於強而有力的下巴朝阿力斯特指了一下。

有件事情十分確定：阿力斯特沒有巴瑞那種體格，但他的勇氣和膽識絕不輸人。他昂然挺立──幾乎跟對手一樣高──像鬥雞一般瞪視巴瑞，準備打一架。奧斯卡心中祈禱阿力斯特運用鍊墜，讓巴瑞落得跟病毒同等的下場。他自己也打算不惜任何代價，爭取許可，去拿帕洛瑪研究室的武器急救包，甚至他的黑帕托利亞之瓶，把這個自大狂溶化分解。

賽莉亞的伴侶把手指關節壓得喀喀作響，做出凶狠的表情，卻嚇不了任何人。至少，阿力斯特毫不畏懼，並立即嗆聲：

「掃帚就是用來清垃圾的。」他射出憤怒的目光。

賽莉亞覺得安撫一下對方激動的情緒比較好。

「謝謝您的造訪，麥庫雷先生。孩子們都感念在心。在這裡，您永遠受大家歡迎。」

「謝謝。您的話，我就當成是邀請了。」阿力斯特冷靜下來，「我會回來看……您的孩子。假如您願意的話，我很快就會再來。」他對女主人展現燦爛的笑容，又補上一句：「很快。這裡不盡快用掃帚好好打掃一番不行。」

大日子

星期六，天才剛亮，奧斯卡已經起床，薇歐蕾也緊跟著起來。至於賽莉亞，很簡單：她根本一夜沒闔眼，連著下床兩次。先是檢查孩子們的行李內容，然後去確認護照已放進他們的背包，隨後又回頭檢查行李，於是就再也沒睡著。

她不明白自己怎麼會這樣，狀態這麼奇怪，既興奮緊張又隱隱不安。她心裡知道，不管怎麼說，這是一趟精采的旅行，依她微薄的薪水，現在絕對無法負擔。因此，她替奧斯卡和薇歐蕾感到十分高興。那麼，為何隨著日期逼近，那股有如刀割的焦慮卻愈來愈強烈？

當然，她怕看著孩子們出發，遠赴幾千公里之外，與她分離，哪怕只有五天。到目前為止，她從來沒這麼做過。然而，在心底，她其實覺得分離對他們有好處。給他們空間，強迫放手，而對她自己也是一種救贖。那麼，是怎麼一回事？另有一種東西啃噬著她的心。一種無端卻真實的擔憂。一種危險：她模糊感受到的，隱約捕捉到的，就是這個：在一趟迷人文化之旅的華麗包裝下，暗藏的危險。

她試著驅走這些灰暗的念頭，在孩子們擠進廚房時起床。他們睡眼惺忪，但焦躁得如熱鍋上的螞蟻。

「吃早餐之前先梳洗一下怎麼樣？」她提議。

「辦不到。」奧斯卡表示，「我需要來點咖啡。」

「咖啡？」賽莉亞驚愕地反問，「你什麼時候開始喝咖啡了？」

「從今天早上開始，假如我不想在行李箱上睡著，錯過飛機的話。」

「去沖個澡試試，之後再看需不需要咖啡。」他母親說。

薇歐蕾從起床後就沒睜開眼睛，伸出手摸索，胡亂往前，摸到椅子就癱坐下去。

「妳真的累到這種地步？」賽莉亞訝異地問。

「一點也不。」

奧斯卡在門邊回頭說：

「我知道，妳想念夜晚。」

「也不是，我是在清潔視網膜。」

「妳說什麼？」她母親擔心起來。

「有人告訴我：『巴黎會讓妳眼花撩亂。』假如真的是這樣，我最好先盡量把眼睛清空——有點像是相機的記憶卡那樣。所以，我閉上眼睛刪除一切。瞭了嗎？」

「我想我要回去補個眠。」奧斯卡決定。

賽莉亞朝牆上的掛鐘看了一眼。

「今天是星期六，龐德街有市集，到機場的路上可能會塞車。所以，我建議你還是拿出決心沖個澡；而妳，妳給我把眼睛睜開幾分鐘。這樣並不會佔滿妳的記憶卡，而且我們可能有機會在你們出發前先來一場野餐。」

傍晚時分，檢查了上千次，各種嚇出一身冷汗的狀況——「媽媽！機票！」——又半途折返好幾次之後，他們終於坐上車。可憐的冬妮特，整輛車到車頂都被塞滿。

其他十名少年少女早已抵達，在機場的出境大廳乾等，各有家人陪同。傑瑞米和巴特的父親送他們來，上前跟賽莉亞和藥丸家的孩子們打招呼。

「我們沒遲到吧？」艾登不安地問。

「我想，距離登機還有一點時間。」奧斯卡專注地看著航班資訊板。

「我們搭的是AA2246號班機，機型是波音747，二十三點五分從第二航站出發。」一個深色大眼睛，編著非洲髮辮的黑人女孩背誦。

「妳在機場工作嗎？」傑瑞米驚愕地問。

「不，只是上個月在集合資料裡讀到。我是達拉，代表記憶。」她簡單扼要地說。

「我叫奧斯卡。」男孩回應，對她甘拜下風。

她拉了拉套頭衫，過大的衣服遮住了她的身材。她今年十三歲，看上去卻至少大了三歲。

「妳來自哪裡的學校？」艾登問。

「戈爾貢廣場。」

他們身邊響起一個刺耳的聲音。大家都轉頭張望：伊莉絲正用驚人的嚴苛語氣教訓她的母親。

「妳有確實遵照清單檢查嗎？」她問，疑心重重，一面還敲打行李箱，強調問題的重要性。

「當然有，親愛的，所有東西都在裡面。」

「什麼？！」莎莉表示訝異，「妳覺得自己的行李有問題？身為美國代表團的嚴謹小姐，這下可好了。」

伊莉絲聳起肩，彷彿她這位隊友說了全世界最難聽的髒話似的。

「我的行李當然早在一個星期之前就已經準備好。」她重重回擊，「但是我擬了一份清單，並命令我的母親檢查確認一切。」

「弗洛克哈特太太真可憐，萬一出一點小錯就慘了。」艾登在奧斯卡耳邊悄聲說。

薇歐蕾離開小組人馬，走向一名高高瘦瘦的印地安男孩。大男孩套著寬大的滑板衣，鬆垮的飛鼠牛仔褲，勉強用一條皮帶束在腰間。他捲起了袖子，露出佈滿各種色彩的手臂；一頭深棕色的粗硬髮絲到處亂翹，遮在兩隻距離很近的小眼睛前方。薇歐蕾湊上前去欣賞他皮膚上的五顏六色。

「這是刺青嗎？」她問。

「塗鴉。」少男口齒不清地回答。

「我超愛的！」薇歐蕾嚷了起來，興致高昂，「你用什麼畫的？」

「噴漆罐。」

「感覺就好像有人在你的身上點了好多彩色小點……剛好，我以前也想這麼做：利用光線和影子，做出這種效果，那就變成一幅隨時在變化的作品。」

男孩終於正眼直視她。這個對他做的東西感興趣的女孩令他好奇，何況她還有更妙的點子。

「我叫薇歐蕾。」她對他露出燦爛的笑容。

「馬提。」男孩回答，並把手插進口袋。女孩主動的態度讓他不太好意思。

「原來跟我一樣的瘋子就是你！恭喜恭喜！」她說。

這話讓跟她一起獲選代表美國藝術天分的馬提．丹帕薩尷尬不已，瞪著她看。薇歐蕾對才華洋溢的隊友感興趣，巴特都看在眼裡，連忙趁機插話：

「你們不是瘋子，」他強調，「是藝術家。」

「噢！還不都一樣，只是沒那麼好。」薇歐蕾下結論。

企鵝老師迅速瀏覽學生名單。

「讓我看看，還少了誰？啊！您好，藥丸太太，很高興見到您，這表示人幾乎都到齊了。」

奧斯卡腦子裡默默點數老師清單上的名字；其中一個缺席者頗令他在意。就在這個時候，他看見那人出現。

她穿著輕便的球鞋，牛仔褲搭配無袖T恤，衣服上印著一組搖滾樂團的圖像，以及綴滿亮片的文字。她的秀髮似乎比平時更柔順有光澤，而那雙金色眸子的目光正深深刺穿他。

「嗨！」他對蒂拉說。女孩僅以微笑回應。

即使他很想相信她對娜歐蜜的遭遇感到遺憾，現在看起來她似乎老早就忘了悲傷，春風滿面。她注視著他，彷彿整座大廳裡只有他們兩人；而這已足以將他融化——並將蒂拉竊取了這個名額的想法拋諸腦後。

一個熟悉的聲音把他從凝望拉回現實。

「我還以為不用等你們我們就可以走了！」

傑瑞米第一個回過頭來，看見那個棕色短捲髮小女孩：他怎麼樣也想不到會在這裡遇見她。

拖油瓶們

「嘉莉！妳在這裡做什麼？！」

「我陪我哥來啊！小傑瑞米。」

「不准這樣叫我。」

奧斯卡也吃了一驚，朝她走過去。

「沒想到妳會這麼想他，竟然還來機場送行。」

「她是想確定他是不是真的飛走。」巴特猜。

嘉莉詭笑搖頭。

「你們根本不懂。其實是他陪我來。」

「他不去嗎？」艾登滿懷希望地問。

「去……但是我也去！」嘉莉大喊，高興得不得了。

「但是……妳並不是代表團的成員啊！」奧斯卡反駁。

小女孩強硬起來。

「那又怎樣？我跟我爸說我想去巴黎度假，就這樣。」

「妳是怎麼威脅他讓他答應的？」傑瑞米開玩笑地問。

「你們為什麼總要把我踢開？」嘉莉火冒三丈，「讓我提醒你，你差一點就進不了你的代表團了！」她說，忿忿地瞪了奧斯卡一眼。

「而妳很清楚原因！」奧斯卡回擊。

「嘿！安慰獎得主在這裡呀！」

用不著回頭，奧斯卡知道羅南就在他身後。那傢伙走到奧斯卡面前，岔開肌肉健壯的雙腿，穩穩站住，繼續說：

「那麼，藥丸，你又是用什麼方法讓人家設置出『第十一個項目』的呢？十個項目還不夠，你怎麼樣都進不來。」

「你！大家都知道你做了什麼：你老爸塞了錢！」

「你的意思是懷疑企鵝先生和其他人作弊嘍？」摩斯回嗆，一面用鑰匙剔除指甲裡的汙垢。

「反正，我懷疑你並不真的夠格代表勇氣……」

摩斯向前一步，惡狠狠地威脅：

「我要解決這個問題，藥丸，現在馬上。立刻回歸十個項目。而且我保證，一定有一項是你不能代表的，那就是帥。」

奧斯卡握緊拳頭，準備打架。

「算了，奧斯卡。」傑瑞米勸他，「現在不是時候……」

在圍著兩個男孩的這一群人中，蒂拉現身。她迅速瞥了摩斯一眼。男孩對她一笑，表情更加挑釁，準備大展身手，討她歡心。女孩看了他之後，改以熱情許多的目光注視奧斯卡，並靠攏過去。

「難得一次，我同意傑瑞米說的：現在不是時候。大家要一起去巴黎。」

奧斯卡露出笑容，聽勸暫時把對手忘記。一個女性的聲音喚起他的注意。

「你好，奧斯卡。」

「魏特斯夫人？」男孩大吃一驚，「您在這裡做什麼？」

「我來提醒你，你們的朋友……你知道是哪裡的朋友，也要跟你們一起去。」她含糊地帶過這個話題。

奧斯卡認出位於玻璃門後的瓦倫緹娜和勞倫斯。女孩一手抓著她的紅馬尾，湊近賓利禮車，對司機說：

「那就說好了喔！傑利：只要一看見垃圾桶，您一定要把老婆做的危險三明治丟掉；那我們就絕不會告訴她，其實每次她一轉過身去，您盤子裡餐點也落得同樣的下場。」

「這種恐嚇太低級了。」傑利帶著笑意回應。

瓦倫緹娜溫柔地在他粗硬的大鬍子上親了一下。傑利高興得滿臉通紅。

「我們會很想念您。」她說。

「記得報平安。」傑利對庫密德斯會的兩名房客說，「寄張聖心堂的漂亮明信片回來。」

「當然。」勞倫斯承諾，「還有艾菲爾鐵塔的。」

他們來和朋友們會合，魏特斯夫人趁機走向賽莉亞。

「日安，賽莉亞，我們好久不見了。」

她的聲音透露了些許激動。從遺孀的臉上，她情不自禁地憶起維塔力的面容。賽莉亞只客套微笑。她從來沒忘記，而且永遠也不會忘記：醫族奪走了她的丈夫。就在這個時候，賓利禮車後座的車窗搖下，醫族大長老現身。他點頭向少婦致意。這一次，她再也顧不得任何禮數。她勉強迎視溫斯頓．布拉佛的目光，而先前好不容易掃除的焦慮突然湧上心頭。那目光彷彿強烈地證實了昨夜的恐懼。她下意識地把孩子們拉到身邊，也不管他們正在跟別人交談。奧斯卡嚇了一跳，驚訝地看著她。

「你都帶齊了嗎……所有該帶的東西？」賽莉亞問。

「妳指的是什麼？」

「披風。」她悄聲回答，「還有那些武器。」

「帶了，當然。為什麼要問這個？」

她吁了一口氣，一面感到放心，一面又惶恐地想到兒子即將面臨另一種新型態的危險，遠遠超過至今所經歷過的一切。布拉佛先生升起車窗，賽莉亞這才鬆開懷中的兩個孩子。她撫摸他們的臉龐，一個字也說不出來。

就在這個時候，大廳傳來廣播：

「搭乘AA2246號班機前往巴黎的旅客請注意，即刻起請在十七到二十二號櫃檯辦理登機手續。搭乘AA2246號班機前往巴黎的旅客請注意……」

代表團的隊員們響起興奮的歡呼聲。

「等一下，澤布里安斯基雙胞胎兄弟在哪裡？」企鵝先生詢問。

「這裡，親愛的，他們在這裡。」阿特伍德女士請他放心，轉頭望向座位區。

奧斯卡偏斜上身，探看那兩位聰明項目的美國代表：他們面對著面，顯得非常專心，垂眼注視一項放在兩人之間的物品。奧斯卡無法辨識那是什麼。

「在下棋。」達拉說，「從他們到了後開始，到現在已經是第三盤了。」

「好，那就上路吧！」企鵝先生宣布。

薇歐蕾擁抱母親，奧斯卡也跟著做。

「五天，媽媽。」男孩僅這麼對她說，「好好享用，妳有五天的時間做妳想做的事！」

魏特斯夫人伸手握住她的胳臂，以示安慰。賽莉亞幾乎有點粗魯地掙脫。

「很抱歉，但您的支持從來沒能幫我什麼忙。」

魏特斯夫人走回大長老的禮車。傑利替她打開車門，她鑽入後座。賓利車消失在車陣之中。

美國代表團朝登機櫃檯移動。賽莉亞不斷揮手：她的孩子們笑容滿面，似乎已經走遠，朝向大西洋的另一岸。

「各位小姐，先生，我有事要宣布，請注意。」

少男少女們紛紛轉頭朝師長望。

「首先，我想告訴你們，我和歡樂谷全體市民都十分以你們為傲。因此，在這段期間，你們所有人的表現都必須無可挑剔。」他說，目光特意盯住摩斯和奧斯卡。

然後，他打開背包，拿出一個小木盒。盒子上刻著他們的市徽。

「這是代表團要獻給大會主辦單位的禮物。這個盒子裡存放著一篇文章，上面記載著你們分別代表的美德，以及美國賦予這些品行的意義。這份文件每個人都要簽名，然後，在惜別晚會上由你們其中的一位呈交。這些美德是我國的文化根基，所以，由本團中代表文化的隊員來保管最為合理。」

「我？」艾登從企鵝先生的手中接過木盒，訝異不已。

「我還沒說完。」老師的口氣不容多問。

一名下巴線條剛毅，留著小平頭的金髮男子走了過來。他比企鵝先生高出一個頭，身材魁梧，姿勢也同樣強悍：雙腳岔開，雙臂抱胸，看上去並不怎麼和藹可親。

「僅由阿特伍德女士和我兩人支配各位的任務並不周全。」老師繼續說，「所以，我來為你們介紹：這位是魯斯托可夫先生，戈爾貢廣場中學的教官，歡迎他的加入。你們要一字不漏地聽從他的建議。」

他說著立即轉身對奧斯卡：

「所謂的聽從建議，意思就是服從。乖乖聽話……」

看起來不像教官，反而像俄羅斯秘密探員的魯斯托可夫先生趨前一步。

「嗨，年輕的朋友們，你們可以叫我奧里克。」

「怪了，」傑瑞米低聲嘟囔，「我一點也不想喊他的名字，根本就不想喊他。首先，他是從哪裡冒出來的？」

「戈爾貢廣場中學。」達拉躲在隊員們後面，偷偷地說，「我很訝異：在學校我從來沒看過他。要不然我一定會想起來，無論是人名、數字或長相，我都不會忘記。」

「搭乘AA2246號班機飛往巴黎的旅客請注意……」廣播再次呼叫。

這一次，少年代表團不再聽播音人員說完，也不等隨隊老師許可。企鵝先生和嬌小的阿特伍德女士幾乎被拖著行李箱衝向登機櫃檯的優勝者們撞翻。

「請出示您的機票和護照。」

奧斯卡對甜美年輕的航空公司小姐微笑，費了九牛二虎之力才把他超大的行李箱放上輸送帶。

「嘿，年輕人，這裡面放了什麼？您的行裡有點超重。」

「啊！您知道的！」傑瑞米大嚷。為了爭取讓他把所有東西都帶走，他正在跟櫃檯人員大吵，「又不是只有我一個人這樣！」

「我弟弟有毛病。」巴特解釋，「他箱子裡的東西夠開一家超市了……」

傑瑞米笑起來，轉身對奧斯卡說：

「一到巴黎機場，」他附在好友的耳邊，「我就要在香榭麗舍大道上舉辦傑瑞米雜貨鋪分店的開幕慶。」

他轉頭對櫃檯人員說：

「我再告訴您一次：到了巴黎之後，我們要去見總統。您是怎麼想的？我們總不能空手去吧！」

地勤的空姐們都被逗笑了，讓步妥協，並朝巴特多看了兩眼：男孩運動員的體格在白T恤的襯托下畢露無遺。T恤上有薇歐蕾用兩支色筆，包包裡找到的貼紙（她的包包真是阿里巴巴的藏寶窟），以及向蒂拉借來的口紅筆妝點出的傑作。馬提又用菸灰稍微塗抹了一下。兩位藝術家對這初次的合作都感到非常愉快。

傑瑞米把「傑瑞米雜貨鋪」的胸章別在兩位櫃檯職員的制服領口上，感謝她們寬限。

「這樣整個造型都不一樣了，比妳們那可憐兮兮的紅色AA標誌好多了！你不覺得嗎？奧斯卡？」

奧斯卡沒回答。從幾秒鐘前開始，他就感到一股難以形容的不快，接近察覺某種討厭事物的感受。他緩緩轉身，剛好對上那彷彿在他背上鑽刺的銳利目光。

那目光僅持續了不到一秒鐘，但已足夠。

出現在兩條人影間的那個男人：灰色三分頭，細長的眼尾往太陽穴延伸，還有線條簡潔的毛裝外套。

那人身邊靜靜立著一個神情傲慢，肌如白瓷的女人。她裹著一件紅色天鵝絨長袍，似乎對熱鬧的氣氛視若無睹，對嘈雜與叫喊充耳不聞——毫無生氣。

「嘿！有人在家嗎？還是你已經神遊到法國去了？」傑瑞米問。

奧斯卡轉頭看了好友一眼，才這麼一下，當他想再尋找時，那張熟悉的面孔已經不見，跟那個女人一樣，消失無蹤。他走向剛才那兩人辦手續的櫃檯：頭等艙……飛機航班：AA2246，前往巴黎。

醫族少年的目光在人群中搜尋，納悶不已。他真希望剛才只是一時的幻覺，然而他十分確定：弗雷徹．沃姆也在這裡，準備搭乘同一班飛機。而且，比過去任何時候更不懷好意。

勃艮地街

經過興奮的第一個小時之後，他們開始覺得這趟旅途似乎永遠沒有盡頭。伊莉絲一再要求空姐們為她展示安全逃生規範，而她自己則拿起前方座位袋中的護貝厚紙板，按部就班地檢視每個步驟。瓦倫緹娜太早把機艙從頭到尾，從左到右都走透透，一下子就無聊起來，直到不堪其擾的座艙長邀她參觀駕駛艙為止。她直到降落前半個小時才回座，開心極了。

「比駕駛環球紅牛艇還簡單！假如一切順利，回程時可以由我來操控。」

勞倫斯專注閱讀，連眼睛都懶得抬起來：

「那我們就不跟妳搭同一班飛機。」

奧斯卡則很快就兀自沉思起來。大長老的話逐漸浮現在他腦海。以前，他只把這項任務當成醫族啟蒙教育中的一次簡單考驗。如今仔細想想，這似乎跟取得三號小宇宙的戰利品無關，而他所背負的期待也格外神秘：內容、時間、該把某樣珍貴物品交給誰，他完全不知道。不過，他倒沒忘記醫族正處於緊急狀態，更別說全世界所面臨的危機：病族已經公開宣戰。去年的一樁樁恐怖事件全湧上心頭：這些事同時讓他和黑魔君知道三項精神支柱的存在，而那正是醫族之力量與本領的基礎根源。病族的大魔頭必然已準備無所不用其極地掠取搶奪。這項任務是否就是要把其中一項支柱藏到安全的地方？

「你旁邊的位子是空的嗎？」

奧斯卡抬起頭：蒂拉俯身望著他。他聞到一股淡淡的甜香，心裡猜想著那香味究竟是從她的肌膚還是輕拂他臉孔的髮絲散發出來。

「這是瓦倫緹娜的位子。」他回答，有點遺憾，「不過她已經離開座位一陣子了，我想，應該不會馬上回來……」

蒂拉鑽進奧斯卡和前座間的空隙，正要坐下時失去平衡。奧斯卡及時把她攔腰抱住，她倒在他身上，緊抓他的肩膀。

「我差點就坐到你的腿上了。」她刻意提示。在蒂拉長髮的遮蓋下，兩人的臉距離不過幾公分。

奧斯卡感到體內升起一股熱火。他剛好在蒂拉選擇起身去坐旁邊的位子時湊上嘴唇。她的膝蓋緊緊貼著他的。

「我們能一起度過五天真好。」她說，「其實，在學校裡，我們沒什麼時間見面。」

「我們的朋友群不同。妳的姊妹淘並沒把我放在眼裡……」

「這很正常，因為傑瑞米和你，你們一天到晚都在嘲笑她們。」女孩責備他。

「芭比真的是個討厭鬼，影子更是超級大白痴，一點個性也沒有。」奧斯卡變本加厲地批評，「她只執著一件事，那就是學妳。但是……」

「但是？」

「但是妳挺喜歡這樣的，不是嗎？」奧斯卡大膽探問。

蒂拉聳聳肩。

「你覺得她像我？」女孩問。

「不，她才沒妳那麼……」

他一時找不到恰當的字眼。該怎麼用不讓自己顯得可笑的方式告訴蒂拉：她長得漂亮多了？他四處張望了一下，確定有沒有人在聽。在他右手邊，達拉專注地做著超級困難的記憶測驗；而在他後方，莎莉戴著耳機，喃喃唸著一段沒人聽得懂的饒舌歌。蒂拉則用那雙閃著金光的眸子注視著他。

「她才沒妳那麼……酷。」奧斯卡終於說。

蒂拉把頭撇開，顯然很失望。

「所以你覺得歐馬利兄弟和艾登．史賓瑟他們很『酷』嗎？」

「也不一定。」奧斯卡低聲說。

「好吧，既然對你來說，我只是一個很酷的女孩，」她一面說，一面站起身，「那我就去逛一圈。羅南邀我去頭等艙找他。聽說那裡有很多好吃的零嘴。而且……」

「而且什麼？」奧斯卡戒備地問。

「他啊，他懂得跟我甜言蜜語。」

「呵，那妳就去啊！」他不甘心地回應。

蒂拉猶豫了一下，從這排座位的另一邊離開。奧斯卡目送她走遠，整個人被嫉妒的情緒吞噬。他轉過頭，在他和瓦倫緹娜的座位之間縫隙瞥見傑瑞米的臉。

「要不要玩一盤雙陸棋？」他提議。

「嗯，不要。你曉得的，我這個人也不一定一直都很酷，所以，我真的不怎麼想玩。」傑瑞米回答。

奧斯卡剛才可能說得太大聲了點。他十分尷尬，避而不語，最後默默地睡著了。

飛機降落時，大家似乎都恢復了好心情。傑瑞米看起來並沒把醫族少年為了討好蒂拉而貶低他們友誼的事放在心上，甚至沒再提那檔事。奧斯卡自己很過意不去，因而十分感謝他。

完成通關手續之後，所有人都衝向行李輸送帶，領回自己的行李。

「大家別走散了！」阿特伍德女士喊得聲嘶力竭；少了那根竹棍，她好像就失去了安全感，更沒有了威嚴。

雖然帽子很高，但實在非常嬌小的她一下子就被人群淹沒，聲音也被掩蓋過去。最後，少年代表團都圍到企鵝先生身邊集合。他旁邊站著一位熱情洋溢的年輕人，一身紫色套裝，搭配成套領巾和口袋手帕，激動地比手畫腳。老師打斷他說話，以便把他介紹給代表團成員。

「這位是艾略特．葛里維，美國駐巴黎大使館的文化專員。」

「日安，孩子們！」艾略特雙手緊握，高聲呼喊，像是在招呼一群進場觀賞木偶劇的小朋友，「我好——高興能在巴黎接待你們，大使夫人特地要我轉達歡迎之意。大使特別助理，布萊亞先生也好——高興你們來到這裡，還有——」

「謝謝您如此熱情的接待。」企鵝先生被他不斷加長的歡迎名單嚇到，連忙打斷他的話，「不過，我想，對這群年輕朋友而言，接下來的幾天會很忙碌，或許可以讓他們先休息一下。」

「噢，當然！」艾略特用手捧住臉驚呼，彷彿剛才忽略了某種明顯的國家級災難似的，「我怎麼沒想到呢？天啊！我真是個不周到的主人……」

他把手伸進剪裁完美合身的外套內袋，拿出一張清單。

「你們大家都將受到住在巴黎的美國同胞或與我國友好的法國家庭熱──情款待……能接待各位，他們都感到非常非常驕傲！」他一面宣布，一面轉身望向一群靜靜在後面等待的人們。

「謝謝您，艾略特。」老師對他說，並從他手中取走清單，「那麼，邦克小姐，接待您的是施萊佛一家。」

一名四十來歲的男子走出人群，朝莎莉前來，滿面笑容地握住她的手。

「歡迎妳，孩子。我叫丹。唉呀！我的手！」他揉著手指大叫，「妳說妳是哪個項目的代表？」

「決心。」莎莉回答，同時也報以一個爽朗的微笑。

「毫無疑問，他們做出了正確的選擇。」他給出好評，「這是妳的行李？」

「對，不過我自己來就好，沒問題的。」

「那我們就上路吧！」

莎莉跟其他人揮揮手，跟著臨時監護人離開。

「弗洛克哈特小姐，」企鵝先生接著宣布，「您將寄住在梅耶家。」

一位身穿深色套裝，腳踏平底鞋的嚴肅女士向伊莉絲點點頭。女孩只顧著品頭論足。

「很好，我想應該過得去。」她表示，「晚點見。請別忘記把所有集合時間轉告梅耶太太。

這樣我才能事先做好安排。」最後這句話是解釋給梅耶太太聽的，而女士似乎也完全同意，滿意地點頭。

這段期間，奧斯卡卻心不在焉，自顧自地偵察人群：大廳深處，有一個戴著棒球帽的黑衣人跟沃姆握手，並向他美麗的女伴點頭致意。那人伸手要替長老拿包包，但長老拒絕了。於是那人回頭朝另一名背負沃姆這對男女許多行李的男子走去，然後，那一群人都離開，不見蹤影。

「但願藥丸先生願意把注意力轉移到這邊，好讓我們為他引見他的接待家庭。」

「您將寄住在德洛姆先生家，年輕人。他家每個人都說得一口流利的英文：他的夫人來自美國。他自願接待您、您的姊姊，以及您的兩位朋友。」

勞倫斯和瓦倫緹娜鬆了一口氣，走到奧斯卡和薇歐蕾身邊。

「真令人驚訝，」艾略特又說，「因為他並沒有在使館的接待家庭互助組織網登記註冊，但親自打了電話給大使夫人……」

一個身穿牛仔褲、T恤，戴著墨鏡的年輕男子走上前來。

「日安，我叫奧利維。」他的英文發音帶有濃厚的法國腔，「德勒姆先生今天下午有事，所以要我來接你們，載你們去他家。我們走吧？」他緊接著提議，彷彿趕時間似的。

蒂拉接近奧斯卡。

「你們運氣真好。」她說，「可以的話，我寧願住在法國人家裡，他們的房子一定比美國人的漂亮多了……」

奧斯卡望了她一眼，覺得她的道聽塗說很好笑。

「而且，要是可以一起住在同一間屋裡就好了。」她壓低聲量告白。

在那一瞬間，奧斯卡還真的猶豫是不是可以向艾略特或奧利維提議，讓蒂拉也住進德洛姆家。他開始幻想跟她睡在同一個屋簷下，分享一些親密的事，沒有摩斯或甚至他自己的朋友們來干擾……企鵝先生把他拉回現實。

「請對接待您的家庭保持禮貌，謝謝，夏普小姐。」老師悄聲對她說。

奧斯卡遺憾地看著她走回隊伍中，然後跟上已經拔腿狂奔的奧利維。

二十分鐘之後，奧利維的休旅車已開進巴黎市區，遇上首都糾結嚇人的大塞車。四名少年對氣派的林蔭大道、美麗的橋梁以及優雅的建築著迷不已，初次大開眼界，完全沒注意到灰暗的天空和沉重的低氣壓。

「那邊那個是什麼？」奧斯卡已被折服，開口問道。

「榮譽軍人院。」奧利維回答，沒再多說，「好險，我們就快到了。我馬上就得再出發！喔啦啦！住在這座城裡，真是整天馬不停蹄！」

奧斯卡微笑起來：那句經典的法文「喔啦啦」第一次出現，而且還是從一個巴黎人口中聽到的。

「不過露薏絲會招呼你們。」司機補充。

奧斯卡跟庫密德斯會的其他兩名房客互換了個眼神：露薏絲應該就是德洛姆家的女「彭思」吧……他們光是想到就不禁嘆了口氣，只能期望她比布拉佛先生那位頑固的管家好說話一點。

車子開進一條比較狹窄的小路，路牌上寫著：勃艮地街。街道兩旁林立著巍峨的住宅和看起來比較像官方機構的建築。奧利維在一幢私人宅院前方減慢速度，轉了個彎，把車開進一座漂亮的庭園。院子的四個角落都擺放巧奪天工的球狀灌木盆栽裝飾。地面用各種灰階層次鋪設出精美的圖案。

醫族少年下車，抬眼觀看。圍著內院而建的宅邸有四層樓高，米灰色的石牆面上開鑿一扇扇大窗。

「日安。」他聽見一句毫無法國口音的英文。

庭院與宅邸大門之間隔著三級台階。台階上方站著一名與他年齡相仿的女孩，身高中等，算是苗條。她有一頭淺栗色的直髮，濃密，長度適中，往後梳攏。雖然鼻子稍嫌大了一點點，但她的臉蛋還是長得很標緻。她身穿一條帆布褲，腳上一雙緞面平底鞋，白襯衫塞進腰間，袖子捲起，整個人非常有型。她雙手插在褲袋裡，一腳前一腳後地站著，拘謹，但充滿好奇。她笑容燦爛，露出整齊無瑕的牙齒。

「日安。」奧斯卡回應，其他夥伴們也紛紛打招呼。

她優雅地走下台階，迎向這幾位少年。

「我叫露薏絲。」她說，「歡迎光臨寒舍！」

露薏絲

露薏絲對每個人都露出一樣的笑容。

「我跟爸媽住在這裡，呃……呃……我們很高興能接待各位。」面對這群一言不發的客人，她有點尷尬地笑著說。

個性率直的薇歐蕾首先打破僵局。

「非常謝謝妳，露薏絲，妳的名字很美，妳家的房子也好美。如果妳願意的話，我可以把它重新漆過。」

露薏絲瞪著薇歐蕾看，不知該說什麼才好。

「別擔心。」瓦倫緹娜解釋，「像這類的句子，之後會有一大堆。只要聽一聽，笑一笑，就沒事了！」

「對，因為我是代表團裡最瘋狂的人。」薇歐蕾毫不遮掩，興高采烈地附議，「所以大家才選我。」

「瓦倫緹娜已經警告過妳了。」奧斯卡註解，「奇怪的句子，每分鐘都有。不過，除此之外，我姊姊是個天賦異稟的女孩。」

「好，我就相信你們。」露薏絲回答，完全被搞迷糊了，不過臉上始終掛著燦爛的笑容。

她退後幾步，讓客人們通過；奧斯卡趁機觀察：她長得並不特別漂亮，但笑起來的時候，棒果色的眼睛瞇成一條線，跟害羞的個性一樣，為她增添迷人的魅力。她可愛地抬手撥開從馬尾巴掉出來的髮絲，等奧利維把行李都抬進來之後，關上大門。

孩子們欣賞著玄關的摩登擺設，踏上鋪在樓梯上的厚地毯，來到二樓。

「這裡，」露薏絲打開第一扇門，「我想，這間是給兩位男孩睡的。妳們的房間就在隔壁。」女孩對薇歐蕾和瓦倫緹娜說。

「那妳呢？」薇歐蕾問。

「就在對面。」露薏絲回答。

「太棒了！今天晚上假如妳無聊沒事做，就來找我們吧！娜娜和我，我們總有好多話可以聊。」

「這我相信！」露薏絲打趣說，「謝謝妳的邀請。」

她轉身問奧斯卡和勞倫斯——後者一直盯著她看。

「你們覺得這個房間可以嗎？」

「完美極了，小姐。」勞倫斯回答，緊張得有點抽搐。

「你可以跟大家一樣叫我露薏絲，你知道的……」

「好。」他說，滿臉通紅。

「而我呢，你們可以叫我法蘭斯瓦。」

他們同時轉過身去。他們面前站著一個四十多歲的男子，臉圓圓的，身體胖嘟嘟的。他身穿窄版西裝，配一條暗藍色的領帶，映襯之下，以他的年紀來說，頭髮顯得格外灰白。他微笑著，臉上的表情不會騙人。

「我是露薏絲的父親。」他表明身分，孩子們並不驚訝，「看得出來你們已經彼此認識了。溫斯頓・布拉佛不僅是我的同事，也是我非常好的朋友。所以，你們可以把這裡當作自己的家。」

宅邸的主人轉頭看奧斯卡，神情忽然黯淡了一下。

「你是維塔力的兒子，對吧？」他傷感地問。

奧斯卡沒說話，僅點點頭。他剛才心裡問自己的問題，答案很明顯：德洛姆先生是一名醫族。

「他是我朋友，你跟他長得很像。而假如我沒搞錯的話，」他轉向薇歐蕾又繼續說，「這雙璀璨的眼睛還有神情，來自你們的母親。」

他溫和地輕撫女孩的臉；她把目光移開。奧斯卡立刻明白：幾秒鐘內，他的姊姊一定會再次封閉自己的心靈。

「妳叫什麼名字？」

「薇歐蕾。」做弟弟的代她回答，「他們兩個是瓦倫緹娜和勞倫斯，而我，我叫奧斯卡。」

「維塔力的孩子們，在這裡，來到我家，」法蘭斯瓦・德洛姆一個字一個字地說，彷彿在自言自語，「我好高興，真的。」

律師迅速瞥了手錶一眼。

「我來不及了。你們好好休息，等一下我們一起晚餐。」

他轉向瓦倫緹娜和勞倫斯。

「我想，你們的飲食有點特殊，露西已經曉得了：該有的我們都有，像是鐵質、油脂和含澱粉食物。」

娜娜和勞勞鬆了一口氣，向他道謝。德洛姆先生問女兒：

「露薏絲，寶貝，我順路載妳去上舞蹈課好嗎？也許薇歐蕾和瓦倫緹娜也想去看看……」

所有人望向薇歐蕾。她一句話也沒說，逕自走開，哼著自己創作的旋律，溜回房間。露薏絲以眼神詢問奧斯卡，她的爸爸也正做著同樣的動作。

「沒什麼，」醫族少年回答，「旅途遙遠，她累壞了。」

「我想我要留在這裡。」瓦倫緹娜擔心好友也說，「我也累壞了。謝謝妳，露薏絲。」

「那麼，晚點見。」露薏絲回應。

她無意中對上奧斯卡的目光，瞬間眼神迷亂。她臉紅起來，快速衝下樓追上父親。

奧斯卡轉身朝女孩們的房間走去。

「她這是怎麼了？」他詢問好友們的看法，「我還以為那毛病已經是過去式了……」

「或許因為德洛姆先生提到你父親？」勞倫斯猜測。

「以前，只有在人家問她關於爸爸的問題時，她才會躲起來，而不是一提到爸爸就這樣！」

「我待會去跟她談談。」瓦倫緹娜自告奮勇。

他們洗臉梳理，休息過後，等到晚餐時間，下樓去飯廳與露薏絲和她父親會合。

「薇歐蕾不跟我們一起吃嗎？」露薏絲問。

「她睡著了。」瓦倫緹娜謊稱。

「假如她醒來之後肚子餓，再替她找點什麼吃吧！」德洛姆先生提議，「來吧！大家上桌！」

很快地，父女倆讓客人們自在放鬆，席間笑聲不斷。

「我已經開始熱愛法國了。」瓦倫緹娜堅決地說，「妳去過美國嗎，露薏絲？」

「很久以前去過。那時，我的母親……」

她眼中的光彩黯淡下來，瞄了父親一眼。

「我的妻子病了。」法蘭斯瓦．德洛姆解釋，「她在一家特殊機構療養。」

「啊？生了什麼病？」瓦倫緹娜好奇心一來就隨口發問，「願意的話，我們可以派出我國的全民蘇洛俠。」她指著奧斯卡提議。

「我不認為奧斯卡能幫上她什麼忙。」主人斷然否決，「不過，她已經好多了。」他說，並對女兒露出微笑。

瓦倫緹娜莽撞的發言使氣氛一度冷場。

「我想，我們得先告辭了。」勞倫斯彬彬有禮地表示，一面拉扯瓦倫緹娜的胳臂，「晚餐非常美味，謝謝您，先生。我們該回房就寢了。」

「我陪你們上去。」露薏絲自薦，「除非你們不想受到別人打擾。」

「才沒有的事！」瓦倫緹娜連忙回應，想找機會彌補剛才的失禮。

德洛姆先生回書房去，孩子們則一起上樓。在樓梯轉角，露薏絲大膽詢問：

「薇歐蕾……她不只是累了而已，對吧？」

奧斯卡嘆了一口氣，搖搖頭。

「假如你覺得我太冒昧了，請告訴我。」

「說到冒昧，沒有人比得過我。」瓦倫緹娜搶著說，「請原諒我剛才的行為，我不該——」

「一點也不要緊。」露薏絲溫柔親切地打斷她。

「是不是有人跟你姊姊吵架了？」女孩問奧斯卡。

「假如妳認識薇歐蕾，就會知道，就算想跟她吵，也沒有人能跟她吵。妳去跟她聊聊好嗎？」他向瓦倫緹娜提議，「假如在巴黎的整段期間她都封閉在自己的泡泡裡，那就太可惜了！」

「我去！五分鐘後立刻回來報告，否則我就不叫瓦倫緹娜！絕不能讓我的好朋友陷在這種狀態不管！」

奧斯卡、露薏絲和勞勞進了男孩房，瓦倫緹娜則在薇歐蕾的房門上輕輕敲了三下。

哪位阿爾弗瑞德？

「我可以進來嗎？」

不等回答，她逕自推開門。

好友坐在窗前，目光茫然地望著夏夜的淡藍。她的手裡拿著一張像破羊皮紙的紙張。瓦倫緹娜在她旁邊蹲下，伸出胳臂環住她的肩膀。

「薇歐蕾，發生了什麼事？妳怎麼都不說話？我們彼此了解對方——兩人一樣瘋狂。」她說著賊笑了一下。

薇歐蕾擠出一絲微笑，笑容隨即消失。她緊緊抓著那張紙，貼壓在T恤上。瓦倫緹娜用眼神詢問，小心翼翼地從她手中取走紙張。

「我可以讀嗎？」她輕聲細問，「我們之間什麼都說，而且絕不說出去，這樣好嗎？」

薇歐蕾只再次哼起她那首不成調的旋律。瓦倫緹娜檢視那張羊皮紙：好幾個地方都燒焦了，在泛黃的部分和斑駁的洞孔之間，顯現了字跡殘痕。她認出了幾個字，卻不知道意思。

「這是什麼啊？薇歐蕾？人家寫給妳的信？某個男孩寫了不好的話？只要妳說一聲，巴特就會帶著一身肌肉去找那傢伙……」

薇歐蕾搖頭。

「有什麼不可以？」瓦倫緹娜不解，「有時候，懂得運用有力手段是必要的。除非……」

她短暫地思考了一下。

「除非那封信是巴特寫的。」她猶豫地說出口，「是這樣嗎？薇歐蕾？愛妳的男孩滿滿都是，不用懷疑，妳不需要像這樣把自己封閉起來，懂嗎？」

她站起身，強拉好友離開窗邊的小椅子。

「現在，我們來——」

「這跟巴特無關。」薇歐蕾打斷她，聲音幾乎毫無生氣。

「那麼，幫幫忙，告訴我那是什麼！」瓦倫緹娜沮喪地喊了起來，「妳這樣讓我對全美國的男孩都不爽！」

薇歐蕾低下頭，沒有回應——也沒試著把那張紙拿回來。瓦倫緹娜讓步。

「好吧，妳有權利改變心意，晚點再告訴我，答應我好嗎？同時也要答應我，別再玩火了。」她撫平信紙被燒焦的邊緣，補充叮嚀，「有點恍神的女孩不該玩這個。」

約定已經來不及了：奧斯卡的姊姊已經再次遁入自己的世界。瓦倫緹娜嘆了一口氣，離開房間，去找其他人。

「我找到兇手了。」她揮著那張紙宣布，「是一封信。」

「一封信？誰寫的？」奧斯卡問。

「很顯然地，不是巴特寫信說不再喜歡她，還好。」

「這跟巴特一點關係也沒有。」勞倫斯盯著那張紙。

大家都轉頭看他。

「你這話是什麼意思？」瓦倫緹娜大吃一驚，「你看她不順眼，對不對？噢，勞勞，你太過分了！我知道，對你來說，她是一個外星人，但是讓我提醒你，你自己也一樣，是一個外星人，而且貨真價實！」

「不干我的事。」黑帕托利亞男孩辯駁，「呃……幾乎啦。」

「幾乎是什麼意思？還有，這封信到底是誰寫的？」奧斯卡焦急地問，「你知道嗎？」

「是你父親。」勞倫斯猶豫了一會兒之後回答，「去你家度週末的時候，這張紙從我正在讀的一本書裡掉了出來，被薇歐蕾看見了。」

「我父親的一封信？你為什麼沒跟我說？」好友責怪他。

「那時我覺得很尷尬。」勞倫斯一臉抱歉地回答，「我不希望你以為我去亂翻你父親的東西，所以就把信和書放回原位。不過，薇歐蕾後來繼續待在客廳，想必她又去拿了那封信，並且讀過了。」

奧斯卡一把抓過那份脆弱的文件，小心攤開，心狂跳不已，逐句唸出從火中搶救下的殘稿。

「……不配任命……長老……憤怒……您知道阿爾弗……鮑……全看見……而且……能……沒忘記……我妻子……煩惱……我所做的……為……族……而非……感激……絕對要……溫斯……布拉……和您……承諾……護我的家……」

奧斯卡的讀信到此中斷：接下來的字句或難以辨識，或已遭火苗吞噬。

「你們或許會希望我先出去。」露薏絲尷尬地問。

奧斯卡猶豫了一下，終於問出一直耿耿於懷的問題。

「露薏絲，妳……妳知不知道我們的父親為什麼是朋友？」他謹慎地發問，試探女孩。

她對他笑了笑，讓他放心。

「我不是醫族，但這方面的事情，爸爸從來沒對我隱瞞過。」

「那麼妳反而可以留下來。如果妳爸爸把知識傳授給了妳，妳一定能幫上我們的忙。」他判斷後決定，心中有一絲嫉妒。

「我要令你失望了：信的內容，我完全沒懂。」露薏絲坦承。

奧斯卡沉思了一下。

「我覺得，在我的父親被任命進入最高長老會後，發現自己和我的母親遭受某種危險。我想，那時候，薇歐蕾和我，我們都還沒出生。」

「有人因為他被任命為長老而懷恨在心？」露薏絲進一步推論。

「如果我沒聽錯的話，根據布拉佛先生所說，我父親是史上最年輕的長老。」

「威脅來自某個嫉妒他的人。」瓦倫緹娜猜測。

奧斯卡沒回應。在此之前，他從來沒把醫族聖殿所揭露的事情告訴陌生人。行事謹慎的勞倫斯總勸阻他。勞倫斯是對的，而且，無論如何，那也不是奧斯卡肯輕易說出口的事。然而，今天他大致解讀出的內容衝擊著他的想法：假如父親背叛之事其實是一場陰謀呢？那會不會就是爸爸所提防的危險？總之，首先必須確認一件事。

他在已經打開的行李箱裡翻找了一會兒，拿出他的小相本。他取出一張照片翻到背面——那張照片上有維塔力和懷著奧斯卡的賽莉亞，以及睡在娃娃車裡的薇歐蕾。照片背面上，維塔力草草親手寫了幾個字：「我可愛的小家庭建構中。」奧斯卡對比照片後的筆跡和信紙上的字跡：一模一樣。

「這封信的確是我父親寫的。」辨認出來後，他不禁激動感傷。

他下意識地撫摸破損的紙張，然後才察覺到一旁尷尬的朋友們。他收好相簿，打起精神。

「問題在於：這封信是寫給誰的？」

「沒辦法知道：信的頭尾都燒焦了。你覺得這封信會不會是收信人燒掉的？因為他認為信消失了比較好？」瓦倫緹娜問。

「可能是他，或另有其人，但你父親又拿了回來。」露薏絲提出看法。

「無論如何，他懷疑有人想害他。」奧斯卡肯定地說。

「請你再把這封信唸一次好嗎？」勞倫斯請求，像平常一樣，聚精會神，「在我看來，有部分解答就在其中——或至少，有條線索。」

「『您知道阿爾弗……鮑』」

奧斯卡照他的話做：在激動和緊張的時刻，好友善於歸納分析的科學頭腦十分可貴。

勞倫斯打住他，湊上前去。

「就是這裡。」他說，「大寫字母，看起來像人名；另一個大寫則是姓氏。但你父親說的是誰呢？」

「阿爾逢思侯爵。」瓦倫緹娜猜測。

「那r字該怎麼解釋？不，應該是阿爾弗瑞德。而這位阿爾弗瑞德非常值得注意：很顯然地，你父親認為他與這項危險有關。」

「或者說，他是某件重要大事的證人。」奧斯卡再讀了一次，做出推測，「或許他知道我父親當時遭受什麼樣的危險？」

「一名證人。」勞倫斯若有所思地重複這個詞，「這位阿爾弗瑞德很可能看見某件能揭穿陰謀的事。那麼……我覺得，答案呼之欲出，我們握有一些我們還不清楚的要件……」

「奧斯卡？」

醫族少年轉頭看露薏絲，用眼神鼓勵她說下去。

「問問你的魔法書如何？」女孩試著建議。

閱讀理解力

「這主意太棒了！」奧斯卡衷心讚嘆。

他把行李箱裡一半的東西都倒了出來，從中找到醫族披風。功勳腰帶和魔法書都裹在裡面。

他把綠寶石絨布封面上繡著金色M字的魔法書放在床上，左手按在唯一的頁面——而且是空白的頁面——一面唸出神奇咒語：

魔法書
若你有記憶
回答莫遲疑
別讓我相信
無望的東西

頁面周圍亮了起來，輕輕顫動了一下。奧斯卡提出問題。

「魔法書，告訴我阿爾弗瑞德．鮑……是誰！」

一隻看不見的手在頁面上寫出文字：

「我不回答跟你無關的問題，奧斯卡．藥丸。」

「但是阿爾弗瑞德知道跟我的家庭和我的父親有關的事，所以也就跟我有關！」奧斯卡早已習慣魔法書推三阻四的態度，立即反駁。

魔法書不斷顫動，似乎還在猶豫。奧斯卡鼓勵它：

「那麼，至少給我一點線索。」

魔法書終於讓步，頁面的周圍出現一個墨綠色的框。框內有如播放電影般地顯現連串畫面。鏡頭似乎架在一座大樓梯上，並開始移動。

「這……這是庫密德斯會！」瓦倫緹娜驚呼。

好友三人組認出樓間隔層，左邊的走廊，最後是奧斯卡在醫族大長老宅邸中的專屬客房。這時，影像模糊起來，終於消失，頁面恢復原有的空白。奧斯卡轉身對好友們和露薏絲：

「我的房間！」他脫口大喊，「答案位於我在庫密德斯會的房間裡！而我現在卻在這兒，幾千公里以外的地方！真氣人……」

「說不定在這兒也能找到點什麼。」為了緩和奧斯卡的失望，露薏絲提議，「我父親的藏書驚人，我相信其中一定藏有對你有用的書。」

勞倫斯站起身，反覆咀嚼各種想法。

「今天先到此為止好嗎？」他提議，「長夜生妙方，所以……」

奧斯卡整晚都沒辦法闔眼。

此時此刻，那封信的存在令他好奇，激動；而就寢時他之所以焦躁不已，主要是因為他人在法國，而魔法書卻告訴他：答案在海洋的另一側。當他就著月光，瞪視房間裝飾講究的天花板時，他想起自己幾乎忘了最重要的事，那被擠到後面，現在才冒出來的事。

一樁陰謀。

這一切只是一樁陰謀，目的在毀掉他的父親，而維塔力果真因而喪命。起初錯愕，後來憤怒，一股抑鬱的怒氣，闇黑恨意，逐漸從內心深處萌生，佔據他整個人。也可以說，他的父親是被謀殺的，有人用背叛那個謠言玷汙了他的記憶。

很早——自從知識聖殿揭露維塔力．藥丸可怕的過去那天起——他就有這種直覺，甚至堅信：他的父親因背叛罪名被囚禁監獄，在牢中死去。他從來沒辦法懷疑父親的清白，從來就不相信那些加諸在他身上的不堪故事，那些甚至暗含卑鄙控訴的影射。不過，隨著年歲增加，逐漸成熟，他的信念已在不知不覺中粉碎。他曾經懷疑——但懷疑的是他自己而非任何其他人：他的想法客觀嗎？他相信父親無辜，難道只是因為即使從未見過他，也深深愛著他？只因為他是他兒子，而且大家都覺得他們極度相像？

直到今夜，他一直迷惘地迎戰抗拒和不斷擴大的質疑：然而只需父親的一封信，觸摸得到的字句，那質疑瞬間瓦解粉碎。他憤怒欲狂，心痛欲裂——但同時也被懊悔吞噬：就算只有一瞬間，但自己竟然曾經相信父親有罪，他覺得羞恥到了極點。他發誓永遠不再聽信他人，只遵從自己內在的聲音，來自心底與靈魂的聲音。永遠永遠。

就在他總算感到一絲內在的寧靜時，一個喊聲嚇了他一大跳。

「我知道了！」

奧斯卡像具殭屍似的從床上坐起。房間的另一邊，勞倫斯在床頭桌上摸索，尋找眼鏡。

「你是怎麼了？」奧斯卡擔心地問。

「我知道是誰了！」

「別喊得這麼大聲。」奧斯卡悄聲說，並點亮床頭燈，「你會吵醒所有人！你知道什麼了？勞勞？」

「阿爾弗瑞德，魔法書，你房間，我懂了！」

事不宜遲，他跳下床，撲向奧斯卡的行李，拿出魔法書。

「問它問題。」

「什麼？什麼問題？」

「昨天的問題啊！還用說！」

奧斯卡讓步，打開魔法書的空白頁面，用手掌輕撫，唸出咒語。邊框出現，奧斯卡提出那個問題：

「魔法書，阿爾弗瑞德．鮑……是誰？」

這一次，不必等待就有答案，整幅頁面上都是：庫密德斯會，奧斯卡的房門。

「就是這個！」勞倫斯宛如贏得勝利似的歡呼起來。

奧斯卡瞪著他，失望透頂。

「『就是這個』是什麼意思？這跟昨天的畫面一模一樣。勞勞，我希望你半夜三點醒來不是只為了這個……」

「當然，就是！請你的魔法書放大這個部分，這裡。」黑帕托利亞男孩表示，並指著釘在門上的一塊長方形金屬牌。

奧斯卡照他的意思做，但滿心狐疑。

「魔法書，你能不能放大……」

他說到一半就沒了下文也不自覺，眼睛睜得大大的。

「啊！終於。」好友微笑著吁了一口氣，「我還以為你永遠也不會懂……」

「魔法書，」奧斯卡接下去說，語氣興奮激動，「你能不能放大這個？」

影像聚焦在釘在門上的紅棕色金屬牌，刻在牌子上的字——一個名字——奧斯卡已經讀過幾千次卻從來沒留意過，此時它的黑色字母清晰地顯示在頁面上。

「阿爾弗瑞德．鮑登！」醫族少年脫口喊道，「當然！你是怎麼想到的？」

「我們一直以為答案藏在你的房間裡面；然而魔法書顯現給你的是門，而且只有門！所以，好了，現在可以回床上睡覺了。」勞倫斯說著，鑽進被窩裡。

奧斯卡推搖好友。

「不，等等，勞勞，你不能這樣把我丟下啊！你知道阿爾弗瑞德．鮑登是誰嗎？」

「一點也不知道。」勞倫絲坦承，「想必是一名醫族？」

「或許我可以問德洛姆先生。」

「當然，趁在這裡的時候，把你父親被陰謀陷害的事告訴他，然後你大可放心，布拉佛先生一定會監視你的每一步行動。」

「但是我父親是他的朋友，你沒聽見他跟我們說了什麼嗎？」

「而布拉佛先生是醫族大長老，他的權威在所有人之上，也包括露薏絲的父親。」

「你這傢伙什麼都知道，為什麼就是不知道那個阿爾弗瑞德是誰？」奧斯卡責怪他，憤恨自己再一次只能無能為力乾著急。

「我啊，沒了庫密德斯會的書，我就什麼都不是！但是，我想到……露薏絲提過，德洛姆先生擁有豐富的藏書。問題是，他願不願意讓我們查閱他的書？」

奧斯卡嘆了口氣，躺回床上。

「露薏絲……我相信她一定會替我們爭取到她父親的同意。」

勞倫斯熄掉床頭燈。

「對，我確定她會做很多事來讓你開心。」

「你這話是什麼意思？」

「沒什麼，睡吧！」

嘻哈

說到起床，奧斯卡、他姊姊和兩位好友一時還以為在大半夜被叫醒。事實上也差不多，因為時差的關係，對他們來說，幾乎等於就是半夜。

多虧暖呼呼的熱水澡和豐盛的早餐——奧斯卡吞下兩個巧克力麵包、兩個可頌和半條法國長棍——他們總算恢復元氣。

「我覺得我超愛法國的。」他坦承，並努力克制不去拿最後一個甜麵包。

不經意分享了信件的秘密後，薇歐蕾輕鬆多了，臉上又有了笑容，開始仔細研究德洛姆家的利摩日瓷器餐具組。

「我從來都沒辦法在盤子上畫畫。」女孩表示，「假如切肉的時候弄壞一朵花，或割到一個小天使的手腕，那我會傷心死了。不過，這真的很漂亮。」

德洛姆先生覺得女孩迷人的古怪另類想法很有意思，刻意撥冗陪他們在混搭風格的華美飯廳待了一會兒：到處是古董餐具櫃、人字形拼花地板、玻璃和強化玻璃製的座椅。

他總算抬頭看了看時鐘。

「假如你們不想錯過公車，就得起身了。等著吧！薇歐蕾，這座城比這些盤子漂亮多了。」

露薏絲跟他們一起站起來。

「爸比，我陪他們一起去。接待家庭也在受邀之列……」

「那我也是嗎？」她父親微笑問道。

「只有年輕人。」露薏絲糾正。

「好吧，老人退位了。」他結束談話，擁抱女兒，「你們好好去玩，晚上回來講給我聽，要是老人家我這把年紀還撐得到你們回來的話。」

奧斯卡失望地看著他離開，沒能請他允許他們去書房翻閱書籍。他正打算趕上前去，勞倫斯發現他的反應，使了個眼神阻止他。

「晚點再說。」好友勸他，「反正我們也得走了。」

奧斯卡、勞倫斯和三個女孩與代表團其他人會合。

陪伊莉絲來的寄宿媽媽一副摩門教徒的模樣，而她本人也活像從電影《阿達一族》裡走出來似的：一絲不苟的辮子，百褶裙和一路扣到最上面一顆釦子的襯衫。傑瑞米快步朝奧斯卡迎來，身後拉著一個年約十五歲的大男孩。

「奧斯卡，我來介紹：這位是羅曼，他接待巴特和我。在法國團裡，羅曼代表的項目跟我一樣：創意精神。」

「好險各國之間沒有排名，」羅曼努力用蹩腳的英文宣稱，「要不然，傑瑞米一定大獲全勝！」

安亞和葛利果暫時停下智商測驗，跟其他少年打招呼；摩斯則搭乘一輛私家計程車殺到，高高在上地瞪視所有人。艾登來跟大家會合，神采飛揚。

「你們猜我住在誰家？」男孩開心得不得了，大家都很少見他這副模樣，「羅浮宮館長！他答應帶我參觀館藏寶庫，聽說裡面保存了上千樣從來沒公開過的作品！沉睡在那裡的傑作，對某些博物館來說，擁有其中百分之一都是夢寐以求的事……」

馬提．丹帕薩帶著紙筆躲在角落，起身走向薇歐蕾，遞給她一張紙。

「喏，巴黎紀念作。」他說，眼神閃躲。

女孩凝視那張圖：艾菲爾鐵塔塗成美國代表色，頂端有一個女性的剪影。她紅棕色的長髮圍繞整座建築，擴散到畫面外，而紙張的下方已被馬提揉得皺皺的。薇歐蕾驚喜地歡呼一聲。

「馬提，這是給我的嗎？太漂亮了！我愛死了！巴特，你看：這簡直就像真正的頭髮，而且還纏繞著整幅圖畫！你喜歡嗎？」

巴特點點頭，幽幽地看了藝術家男孩一眼，垂著肩膀走開。奧斯卡把這一幕都看在眼裡，跑去找他。

「我想她喜歡那張圖，只是這樣而已。」他安慰好友。

「我不在乎，對那個傢伙，她愛怎麼想就怎麼想。而我呢，我對他沒感覺。只是這樣。」他臉上的表情卻暴露出完全相反的說詞。瓦倫緹娜也來插一腳。

「巴特，人可以因為某人所做的事而欣賞他，但喜歡另一個人，因為喜歡的是他的本性。」

奧斯卡還想再補上幾句，但遊覽車已經出現在街角，企鵝先生和阿特伍德女士催趕大家上車。

奧斯卡和朋友們坐在車廂中段。露薏絲神色自若地走過來，指著他旁邊的空位問：

「我可以坐嗎？」

「當然。」奧斯卡回答。

「這個位子已經有人了。」

露薏絲背後傳來一個嚴酷又專橫的聲音，她回過頭去。在她面前的是一個非常漂亮的陌生女孩，直直地瞪著她。蒂拉微微瞇起眼睛，像一頭戒心重重的貓科動物，將露薏絲從頭到腳打量了一番，最後對她露出微笑，彷彿因為看到的結果讓她安心確保「最漂亮女孩」的地位。露薏絲讓開來，也對她報以微笑。

「妳應該就是代表優雅的那一位了。」她親切地說，「果然名不虛傳。」

「謝謝。」蒂拉回應，並在奧斯卡身邊坐下，態度和緩了些，「妳呢？妳是法國代表團的人嗎？」

「不是。奧斯卡、薇歐蕾、瓦倫緹娜和勞倫斯住在我家，所以我也受邀參加。」

一聽她這麼說，蒂拉立即垮下臉。

「老實說，我還真猜不出來妳能代表什麼呢！」她冷冷地說。

「咦？」薇歐蕾詫異了一聲，「巴特自己一個人坐到最後面去了！妳來跟我坐好嗎？」她邀露薏絲，「位子空著。」

結果，隔著走道，露薏絲和蒂拉分坐在同一排的兩側。司機發動引擎；美國使館專員艾略特在最後一刻跳上車。

「各位日安！」透過麥克風，他宏亮的聲音把大家都嚇了一跳，「希望你們都已經在寄宿家庭安頓下來了。為了慶祝來到巴黎的第一天，我們請大家去城中最美的幾棟建築逛一圈。而這只是開始而已：你們這個星期將會眼—花—撩—亂！出發嘍！司機先生！」年輕男子揮舞著帽子高呼。

而那一圈果真令人眼花撩亂：豔陽燦爛，天空蔚藍，花都精采連連，叫少年們都目不暇給，目瞪口呆。立於島上的聖母院，塞納河河畔的羅浮宮，凡登廣場上的華美建築、歌劇院……一個小時之後，遊覽車駛入協和廣場，繞過由埃及親王贈給法國的著名路克索方尖碑，然後進入遠近馳名的香榭大道。

整趟旅途中，蒂拉不斷地黏著奧斯卡，跟他撒嬌，像在宣示地盤。訊息很清楚，但露薏絲其實根本不需要提示：她似乎不想捲入競爭，只顧著跟薇歐蕾、瓦倫緹娜和後排高大的達拉聊天。蒂拉可不想就此罷休，彎過身來問露薏絲：

「妳幾歲？」

「十四歲。」露薏絲回答。

蒂拉瞧了瞧法國女孩的簡樸打扮：藍色粗布牛仔褲、淡粉色馬球衫配上愛迪達球鞋。

「啊！」蒂拉回應，「我還以為更老一點呢！妳看起來很……古典。放學之後妳都做些什麼？」

「我看很多書，也寫點東西。另外我有上舞蹈課。」

蒂拉自以為是地輕笑一聲。

「原來是個會跳舞的知識分子……」

「那妳呢？」露薏絲反問，不為所動。

「排球，還有攝影。」

「妳會照相？」

「不，」蒂拉糾正，「是人家替我拍照。我是模特兒。」

這是真的。蒂拉從不隱瞞這件事——甚至想辦法讓她的照片在校園流傳。她乘勝追擊，鞏固優勢：

「我猜，妳跳的是古典芭蕾？穿蓬蓬裙，踮腳尖那種？」她的語氣頗有嘲諷的意味。

「不是。」露薏絲反駁。

蒂拉突然起了戒心，認為最好不要給露薏絲任何表現的機會，於是故意不再追問，但她低估了薇歐蕾率真的個性。

「那麼，是什麼舞呢？」

「嘻哈。」露薏絲回答，迎對所有人驚訝的目光。奧斯卡首先發難。

「嘻哈？妳？」醫族少年興趣盎然地反問。

「我，沒錯。」露薏絲證實。

傑瑞米偶然聽到重點，像魔術師從高帽子裡抓出兔子似的，從背袋中變出一台MP3和一對小喇叭。

「各位小姐，各位先生，示範舞技的時刻到了！」

露薏絲沒料到這招，哈哈大笑，從座位上一躍起身。這時，遊覽車已離開凱旋門，駛往塞納河。黑眼豆豆的音樂從音響爆出，車裡所有人都起身叫喊。露薏絲迅速地跟奧斯卡交換了個眼神。男孩笑容滿面，吹了聲響亮的口哨替她打氣。她把頭髮攏成一束馬尾，俯身問唯一還坐著的蒂拉：

「妳可以借我一條髮圈嗎？」

蒂拉百般不情願，從口袋拿出一條橡皮筋遞給她，偷偷瞄了似乎深受吸引的奧斯卡一眼。露薏絲綁好頭髮，隨即起舞，律動不輸紐約最棒的嘻哈舞者。全車為之瘋狂，早就聽不見前方艾略特的尖嗓高喊。就連企鵝校長和阿特伍德女士也靠了過來，跟著音樂節奏拍手。

露薏絲氣喘吁吁地停下舞步，恢復自然優雅的模樣；奧斯卡和朋友們都看得目瞪口呆，大聲喝采，要求再來一曲。露薏絲把髮圈還給臉色慘白的蒂拉。

「妳喜歡嗎？」法國女孩狡黠地問她，「不會太古典吧？」

「抱歉，我的解說打擾各位了。」艾略特把麥克風的音量調到最大，「不過……我們已經抵達特羅卡德羅廣場，而在你們的面前，有一樣小得不能再小的小東西……for your eyes only！」

終於所有人都轉頭看他，車上恢復安靜，但驚呼聲立刻又此起彼落地響起：在他們睜得大大的眼睛前方，神奇而雄偉的艾菲爾鐵塔華麗的鏤空尖端伸向天際。蒂拉忘卻了屈辱，奧斯卡把臉貼在玻璃窗上，其他人也都擠在他身邊。

「好啦，」企鵝校長未卜先知地說，「我們會下車，你們可以照相。」

車子終於停穩，少年們急著衝下車。

就在這個時候，奧斯卡感到，T恤下，一股熟悉的暖流從胸口擴散出來。隔著衣料，他悄悄摸了摸鍊墜，探詢其他醫族的眼神：艾登僅點了個頭，證實出現同一現象；很快地，伊莉絲、莎莉和摩斯也拋下艾菲爾鐵塔，納悶地環顧四周。

奧斯卡轉過身，好像察覺到視線外有人。在一小群觀光客後方，一個穿著黑色短褲、白色襪子、襯衫加背心，奇裝異服的年輕人站在一輛綠寶石色的小貨車前方，熱烈地注視著他。當他們四目交會，男子對他點點頭，並對所有醫族做出同樣的動作，連對勞倫斯和瓦倫緹娜也一樣。奧斯卡把注意力放在旁邊的迷你廂型車上。剛才一片淡淡雲朵飄過，陽光再度露臉，照亮車殼，顯現許多藏在金屬光澤油漆下的M字。他靠近其中一扇車門，透過暗色玻璃，辨識出車中有人。這時，車窗降下。

「魏特斯夫人！」男孩不禁喊了出來，「您在巴黎做什麼？！」

「哪裡需要我，我就在哪裡。來吧，上車，全都上來。有人在等我們。」

威尼斯的貢多拉

半個小時之後，迷你廂型車在一條安靜的街道旁停下。這是馬恩河河畔巴黎郊區的某個小城。奧斯卡探頭向外望，簡直不敢相信自己的眼睛：一座宏偉的哥德式建築聳立在對岸，無懈可擊地複製了威尼斯的道奇宮。

大家都下車後，兩艘貢多拉靠到岸邊。

「歡迎來到崙皮尼宮。」一名腰繫黑色長褲，身穿白襯衫，露出古銅色胸肌的年輕男子高喊。

他跟另一位貢多拉船夫都跳上堤岸，跟魏特斯夫人握手。所有人都坐上船。

「我早就跟你說過了吧！」瓦倫緹娜抨擊可憐的勞倫斯，「當初應該堅持跟布拉佛先生爭取，讓我們更早就來！你知道我們錯過了多少東西嗎？都是你的錯，勞勞，你太死腦筋了！」

兩名船夫開始划槳，同時引吭高唱義大利藝術歌曲；愉悅地將小船緩緩駛向對岸。

奧斯卡深深著迷，踏上陸地時，抬頭張望那一列列精雕細琢的廊柱，以及華麗外牆上的一扇扇尖形窗。一面厚重的天鵝絨布從陽台氣派地垂下，布幔上繡著圈在金色圓環中的金色M字。這座陽台上出現一個人：儘管她臉上撲了粉，頭上套了銀色假髮，還戴了鑲著珠寶的面具，大家都毫不費力地認出女爵。

「你們終於來了！」她高聲歡呼，「我真是太高興了，孩子們，太高興了！」

他們才剛踏進豪華的宮殿內，安娜瑪莉亞就從雄偉的樓梯奔下。她穿著一件舞會禮服，綴滿珍珠和白紗。有那麼一瞬間，醫族的孩子們還以為跑下樓梯的是一塊擠滿鮮奶油的蛋糕。

「你們來得正是時候！」她興高采烈地嚷著，「今年，我們錯過了威尼斯的嘉年華，所以，現在要籌備一場盛大的慶典！」

伊莉絲用審查的目光環顧四周，而艾登和奧斯卡則欣賞著帷帳、眼前的講台，以及圍著噴泉擺設，裝飾精美的餐桌。

「貝妮絲，」她宣布，「令姊帕洛瑪已確認出席。您無論如何一定要和我們一起慶祝。您什麼也不必操心：我會負責替您找到合適的禮服。」

魏特斯夫人臉色發白。

「啊，您真好心……這樣吧，讓我考慮一下，安娜瑪莉亞。您知道的，這陣子，我的腦筋總是亂七八糟的，那天好像已經有事了，抱歉。」

「真的嗎？」女爵不禁好笑，「我都還沒說是哪一天呢！」

老太太慘白的臉瞬間面紅耳赤。大家想都沒想到，替她解圍的竟然是摩斯。

「好了，我們來這裡到底要幹嘛？」一如既往，男孩沒教養地問。

而難得一次，奧斯卡接棒摩斯，也來幫腔。

「崙皮尼夫人，這一切都美極了！但我以為我們該出發去三號小宇宙了！」

「有誰說不去嗎？親愛的朋友？我知道，上次在海底那些苦頭對你們來說還不夠，你們的要求永遠更多！那麼，跟我來吧！」

安那瑪莉亞．崙皮尼高舉扇子，在銀色假髮上方搖動；大家都跟她走。他們穿過一道雕刻華美的拱廊，奧斯卡覺得似乎認出庫密德斯會藏書室中的某些畫像人物。他們的鍊墜開始閃爍，雕像們也一一發亮，表示認證。

「這可不是只有視覺效果。」魏特斯夫人特地說明，「假如沒被認證，不必懷疑：你們沒有一個人能通過這道門。」

奧斯卡出了拱廊，走進陽光裡，當場呆立，說不出話來。

他們在一座前所未見的花園門口。他從來沒看過比這裡更茂盛、豪華、繽紛的植物園——何況時令才剛進入夏季。而且生動，不可思議地生動：上百種玫瑰開了又謝，謝了又開，每次開謝都變換一種顏色。一株螢光色的紫藤不斷在藤架上爬上爬下；薰衣草田中，虞美人一下子冒出，一下子消失，彷彿跳著一支默契完美的芭蕾舞。

崙皮尼夫人露出微笑。

「一株植物要是能稍微搖擺動一動，就更漂亮多了，你們不覺得嗎？」

女爵的神奇超能力果然名不虛傳：她入侵植物的體內世界後所獲得的成果令人張口結舌。奧斯卡往旁邊跳開：草坪開始隨著憑空奏起的音樂波動——只有艾登聽出那是些什麼樂器。

「是大鍵琴和古提琴。」他解釋。

「你怎麼知道？」

「因為我從三歲起就彈鋼琴。」艾登回答。奧斯卡和莎莉都大吃一驚。

「可是……怎麼從來沒聽你說過！」

「害羞的人不喜歡聊自己的事。」艾登紅著臉閃躲問題。

莎莉凝聽了一會兒。

「好像是從那些扭個不停的樹後面發出來的。」

「沒錯。」奧斯卡附和，「感覺這裡除了我們以外還有別人。」

他們所經之處，許多巨大的紫苑豎起盛開，萎縮不見，然後彷彿打噴嚏似的，一下子蔓延一大片。他們走進林間空地時，一大團花粉灑落，以示歡迎。那裡架設了一個小平台，用綠寶石色的絨布蓋住。台子上站著一位近乎裸體的美麗佳人，身上僅裹著一層淺綠薄紗。在她對面，一座大畫架上擺了一面畫布。

畫布前方，一名男子背對著他們，正拚命試圖描繪模特兒的鵝蛋臉。他轉過身來，戲劇化地朝崙皮尼夫人送出一個飛吻，目光擁抱所有人，並對魏特斯夫人露出大情聖的迷人笑容。

「貝～～妮絲！真高興竟然在這裡看見您！這群年輕人是什麼人？安娜瑪莉亞，小美人，請邀他們大家來我們的盛會，我們需要青春、活力，還有……」

「早就辦好了，賈恩卡洛，辦好了！現在就靠您來說服貝妮絲了。」

賈恩卡洛．崙皮尼，全年保持古銅色肌膚，牙齒白得發亮，散發時尚新貴氣質的威尼斯公爵放下畫筆，擺在空白的畫布旁，走向魏特斯夫人。他牽起她的手，當著奧斯卡和朋友們驚愕又覺得好笑的眼神，激情地吻了一下。只有伊莉絲斜眼瞪視，不敢掉以輕心；而摩斯似乎已被展示台上的半裸女征服。

「貝妮絲，您的美貌、性感和優雅將為此次盛會增色生輝，您一定要來。」

魏特斯夫人挑高了眉毛，與奧斯卡、艾登、莎莉、瓦倫緹娜和勞倫斯同時一致。她垂眼看看自己的海軍藍針織小洋裝、不透明褲襪和豆豆鞋。

「賈恩卡洛，如果您所說的是真心話，」老夫人狡黠地笑說，「那我真為您擔心。我認識一位很好的眼科醫生，他一定能幫您配一副合適的眼鏡。不過，假如您所說的其實比所想的……誇張了一點，那麼，很感謝您，聽起來真令人開心，即使與事實不符。」

賈恩卡洛大笑起來，一點也不覺得尷尬。

「那麼就來參加晚宴吧！我的讚美將源源不絕，沒完沒了！」

目前為止的一切讓瓦倫緹娜看得一愣一愣的，這會兒才恢復平時的活潑積極。

「我，我很願意參加，先生。」她毛遂自薦，露出迷人的笑容，渴求的眼睛閃閃發亮，「我最愛參加宴會了！而且不必說也知道，和彭思在一起，可不是每天晚上都能瘋狂大笑。」

魏特斯夫人打算結束這些客套話。

「既然該介紹的都介紹了，該邀請的也邀請了，就讓我們的主人說幾句話吧？我想，安娜瑪莉亞有很重要的事要告訴你們。」

「你們即將出發，展開第三體內世界安布里耶的旅程。」崙皮尼夫人宣布，「而按照進度，此行要帶回你們的第三項戰利品。」

奧斯卡感到一陣興奮顫抖蔓延全身。

「今天嗎？」伊莉絲頗為詫異，「這麼快？太好了，替我省事。」

「那正好，這次由女生去取回那項戰利品。」

「欸……那我們呢？」奧斯卡失望地問，「這段期間我們要做什麼？在旁邊看？」

「崙皮尼夫人，」勞倫斯插嘴；女爵狂亂預言師似的解釋，他可是一字不漏地從頭聽到尾，「您剛才說：『由女生去取回那項戰利品』。這是否表示……戰利品只有一項？」

「我的天，這些年輕人怎麼這麼好奇啊？就連曾經住在人體裡的也不例外！」魏特斯夫人嚷了起來，「從現在開始，不准再問問題，你們該學著自己到現場發現答案了。」

奧斯卡嘆了口氣。崙皮尼夫人安慰他：

「別擔心，安布里耶還沒揭開它神秘的面紗呢……我也還沒有喔！不過，很快地，就輪到你們去為取得一項戰利品而奮戰了。」她對男孩們說，並未明說未來等著他們的是何種神秘。

她露出愉悅的笑容，拍拍手。

「很好，既然大家都準備好了，那我們可以出發了。」

「小心點。」魏特斯夫人提醒他們，特別看了自己的愛徒一眼。

奧斯卡點點頭，請她放心——即使她對他的意志力比對他的謹慎有信心。不過，她也信任他的勇氣和主動，也因此對他滿懷希望。可惜，若依照最近來自全世界那些令人擔憂的消息判斷，這希望恐怕即將受到考驗……

既然要出發，伊莉絲一如往常地搶先，走在隊伍最前面；但她突然停下，一臉困惑。

「出發，出發……沒有比這個更好的事了。但是，從哪裡出發？誰要接待我們？」

公爵剛才——總算——在畫布上勾勒出一個身形（說真的，跟他的模特兒根本不像），把畫架轉向醫族少年團。

「這裡，小可愛，這裡：我來跟各位介紹你們今天的宿主！」

伊莉絲湊近畫布，幾乎整個臉都貼了上去，深表懷疑。

「什麼？我們要進到一幅畫裡去旅行？呃，說這是一幅畫也太好聽了。您一點天分也沒有，崙皮尼先生。換一個嗜好吧！」

公爵歡愉的神情瞬間消失。他嚴厲地瞪視女孩。

「不，小女孩，不是進入畫裡，而是進入模特兒的身體裡。卡洛塔，我妻子的姪女，允許你們進入她的體內三號小宇宙。不過，我在猶豫要不要讓妳去，因為妳非常欠缺藝術品味。」

「這叫藝術？」醫族女孩哈哈大笑，「但是……」

她沒來得及把話說完：莎莉把她拉到後面，艾登和奧斯卡立刻擋在她前面。

「這畫棒極了，太精采了！」奧斯卡高聲嚷嚷，盡可能地表現得很有教養，「這……簡直栩栩如生！」

「而且，從這邊看，該怎麼說呢……絕對，非非非非常有意思，不，真的，妙極了！」艾登加油添醋地稱讚。

伊莉絲聳起肩。

「喂，你們幾個，」女孩在他們背後嘟噥，「你們的品味也都好差——或者說你們個個都一樣虛偽。我要告訴布拉佛先生，別想要我繼續跟你們交往做朋友。」

夥伴們給她的回應是裹入披風內，拿出鍊墜，轉向對準模特兒。

「想來的就跟我來！」崙皮尼夫人在最前方領隊。

「不，不！等等我！我都說了等我！我禁止您……」

伊莉絲轉頭張望：她身邊已經沒有半個人，而公爵則用挖苦的目光冷眼看她。美麗的卡洛塔剛遭受集體入侵，驚魂未定，比起幾分鐘以前，姿勢變得沒那麼優雅：她坐在展示台上，雙腿呈V字形，胳臂下垂晃動，亮晶晶的眼睛注視著自己的肚臍。

「但是……五個人怎麼能擠進……這裡面？」

伊莉絲朝天翻了個大白眼，惱怒極了。

「很好，既然裡面已經有五個了，」醫族少女高喊，「再多裝一個也無所謂！所以，閉嘴，不要再動：我要去跟他們會合。」

卡洛塔什麼都還來不及說，就被一陣短暫的閃光照得目眩。等她再睜開眼睛，伊莉絲已經不見了。

煙霧之中

奧斯卡揉著疼痛不已的後腰起身。

他剛在一座遼闊的大理石梯上著陸。在他下面幾階的地方，艾登跟他打招呼，也露出痛苦的表情。他去跟好友會合，兩人一起東看看西看看：雄偉的階梯依傍一座山丘建造，彷彿沒有盡頭，往上朝最高處的閃耀亮點不斷延伸。他們無法辨識亮點的形狀輪廓。樓梯下方，一層閃亮的煙霧遮住風景。

他們跑下樓梯，穿越雲霧，宛如進入一團棉花之中：觸感溫暖，類似輕柔的撫摸。兩名醫族少年未料到會遇上這樣的享受，不覺放慢腳步。一個刺耳的聲音忽然在身邊響起，把他們從享受中驚醒。

「啊哈！你們在這裡！你們真的以為甩得掉我？」

奧斯卡嘆了一口氣。

「不，伊莉絲，我們從來沒抱過這種希望。其他人呢？」

「走散了，每次都這樣。」

「喔，好吧，假如妳不嫌我們煩的話，就跟我們走吧！」

「不，應該是你們跟我走才對。沒錯。」女孩滿意地說，「這樣比較好：我走前面，你們走後面。咦……那傢伙，他傻乎乎的笑什麼？」

艾登一點也沒聽他們這位霸道的旅伴說什麼。他任憑煙霧包圍，沁入鼻息，擴散肺腔，彷彿品著一縷醉人的薰香。奧斯卡輕拍他的肩膀。

「嘿……艾登？艾登，是我，奧斯卡。」

艾登睜開眼睛，顯然很不情願。奧斯卡微笑。

「抱歉把你帶回現實。不過，假如你不反對的話，我們該走了。以後我們再來穿越這層奇特的煙霧，好不好？」

好友宛若大夢初醒般地搖搖頭，然後又趕快點點頭，很難為情。

「好，好，當然。我正在想……想我們該怎麼做，只是這樣而已。」

奧斯卡笑起來。

「我也是，剛才，那陣霧也對我起了一種怪作用。還好伊莉絲突然說話……不知道那裡面到底有什麼？」他說著，一面把手指伸入瀰漫發亮塵粒的空氣中。

「我看不見你們了！」女孩斥喝起來，「你們在幹嘛啦？我說過，你們要緊緊跟好，怎麼根本沒聽！」

兩名男孩離開迷人的雲霧，沿階而下，跟上伊莉絲。於是她又繼續往前。

「這樣好多了。」她頭也不回地說，「因為我……」

她的話被一團巨大的乳白色絲綢抱枕堵住，而且抱枕往後跌，手腳亂揮，驚聲尖叫。

「哎呀，哎呀，小女孩！」崙皮尼夫人四腳朝天，大聲嚷嚷。「與其一面用行軍的步伐猛趕路一面碎碎唸，妳應該看著前方的路好好地走！」

在奧斯卡和艾登的攙扶下，女爵好不容易站起身，試著稍微整理她的裙架、蓬襯裙和其他各層衣料。

「好了，」她吁口氣，恢復笑容，「至少找到三個，成績不錯。啊！另一個女孩來了！呦——晞——這裡，孩子，我們在這裡！」

莎莉現身，從頭到腳沾滿花瓣。

「這裡是哪裡？」她拍抖衣服，「《草原上的小屋》的某一章嗎？」

她和其他人一起轉身，從階梯上眺望他們剛才離開的地方。某幾處的煙霧已經消散，展現在他們眼前的是一片非常遼闊的大平原，滿地紅花在徐徐微風中搖曳。遠處的海岸傳來波浪輕拍的細響。奧斯卡不禁陶醉在這柔美的氣氛中……直到陣陣人聲爆發開來。看來，要享受這奇妙園地的片刻安寧是異想天開。

階梯下方，在一片豔紅的巨型孤挺花海中央，兩個熟悉的人影蠕動。

「我早就跟妳說過：不要放開奧斯卡的披風！」其中一人發著牢騷，「現在好了，該怎麼找到他們？什麼都知道小姐？」

「奇怪你為什麼什麼事都要那麼誇張？」一個女孩的聲音回應，「他們不可能在多遠的地方……」

「我才奇怪為什麼我沒留在庫密德斯會！都是因為妳我們才會來這裡，到了一個不熟悉的危險小宇宙！」

「對，你說得對，小心虞美人花，這花危險得要命。」

奧斯卡往上登高幾階。

「娜娜！勞勞！我們在這裡！」

「小心啊，勞倫斯！」瓦倫緹娜挖苦他，「有個穿綠披風戴鍊墜的戰士來威脅你了！」

勞倫斯縮著肩，一臉尷尬。

「我知道怎麼分辨危險，謝謝。他嘛，還好而已。」他說，並走到醫族少年身邊，「好，我們準備好了。我不想讓你們等太久……」

崙皮尼夫人清點人數。

「六個……還少一個，一個都不能少。」她發現不對，惱怒起來，「你們有沒有看見那個整天擺臭臉的大個兒？」

「欸，真的耶！」艾登詫異，「摩斯呢？」

「在原野上。」瓦倫緹娜針對大家的驚訝回應，「而且不只他一個人……」

「可是……我什麼也沒看見！」勞倫斯插話，「感覺上我們真的沒有一起旅行。」

「那是五分鐘以前的事。」娜娜回答，「你坐在地上教訓我，我則趁機檢查周遭狀況。就在那個時候，我看見摩斯，躺在地上當大爺，身邊圍繞著三個女孩子，對他又親又笑的……有點像把你耍得團團轉的那個蒂拉的姊妹淘們。」她刻意酸溜溜地針對奧斯卡補上一句。

「蒂拉沒有把我耍得團團轉。」奧斯卡回駁，心中卻默默想到她專門對他施展的那些「我愛你我也不愛你」的戲碼，「好了，我們走吧？」

「三個女孩子？」崙皮尼夫人重述瓦倫緹娜的話，不禁皺眉，「妳確定？」

「當然。」瓦倫緹娜確認。

「是神廟裡的寧芙仙子……她們一定以為他是從安布里耶島來的，所以試圖誘惑他。」

「安布里耶島？」奧斯卡對這個地名好奇。

「男人的三號小宇宙，而我們所在的地方是安布里耶雙翼，在女人的身體裡。你們看。」她的目光一覽整片風景，「這個小宇宙宛如一隻鳥：一片平坦的大地，如羽毛般色彩繽紛；兩道階梯就像一雙翅膀，從兩側攀上丘陵山壁……」

「很好，就讓摩斯跟他的鶯鶯燕燕留在這裡玩，我們走吧！」伊莉絲提議。

「不，」女爵回答，「得把他一起帶走才行。我希望你們不要被寧芙仙子們看見……在這兒別亂跑。」

她沒過多久就回來了；摩斯跟在她後面，臉色陰沉到了極點。

「是她們自己跑來跟我打情罵俏，又不是我——」

「是怎樣我都不管。」崙皮尼夫人態度堅決，「我禁止你未經我允許就擅自離開隊伍。這樣下去，你會破壞我們的任務。」

她嚴厲地瞪視男孩。摩斯不敢頂嘴。她走向全員到齊的隊伍，凝重地對每一人訓話。

「你們已經不是小孩了，所以，我可以用對大人的態度跟你們說話。今天，你們一定要把戰利品帶回去。首先，因為寧芙仙子是很危險的一族，她們對我們並不信任。而她們是對的：你們必須去偷取一樣對她們來說很珍貴的東西。」

奧斯卡和夥伴們驚愕地面面相覷，只有瓦倫緹娜覺得好玩。

「偷取，偷取，」她在奧斯卡和勞倫斯的耳邊說，「這個說法好嚴重喔！說穿了……不就只是借用嘛！她們不會當一回事的啦！」

「是什麼東西？崙皮尼夫人？」奧斯卡發問，「我們要偷取她們什麼東西？」

女爵剛才從笨重的裙襯內摺裡抽出一把扇子，揮了揮，擋掉他的問題：

「晚點再說。」她回答，「我們絕對不能空手而回的第二個理由是：在我們的世界，問題愈來愈嚴重。每一座大陸，到處都受到影響。你們必須盡快帶回所有戰利品，完成準備工作。」

大家都知道女爵指的是什麼：準備與病族作戰。瓦倫緹娜和勞倫斯從庫密德斯會聽來不少小道消息，也曉得來自醫族陣營最近的急迫境遇：國外的醫族在人體內部，甚至外部，遭到攻擊陷害。

「現在，上路吧！」崙皮尼夫人扶正她撒了銀粉的假髮，「倒數開始，一定要在週期遊行展開之前得手。」

她不給學員們任何發問的機會，以驚人的敏捷身手往前衝，奔上階梯。她的鞋跟敲擊大理石階，讓少年們分秒必爭，跟上她的節奏。

O屋！

攀登管道階梯真是一件不折不扣的苦差事。

很快地，艾登開始感到他那從小就上了鐵甲鋼釘的脊椎隱隱作痛。奧斯卡氣喘吁吁，目不轉睛地盯著女爵身上巨大的絲綢蝴蝶結：她每走一步，綁在腰後的蝴蝶結就顛顫一下。瓦倫緹娜也緊跟著自己的視線參考點，而伊莉絲則一路咆哮，給每個人扣分，包括大理石採石場的工人和樓梯的發明人。莎莉和摩斯的耐力看來比其他人好多了。莎莉運動神經發達，樂意接受軍團級的軍事訓練，並把一整個菁英部隊遠遠甩在後面。至於摩斯，他超愛炫耀肌肉和優異的體能，有這個機會根本正中下懷。

吊車尾的勞倫斯簡直快要沒氣。他圓滾滾的身材，加上黑帕托利亞人的特質，天生就不是跑步的料，更別說攀爬樓梯了。瓦倫緹娜和奧斯卡不時回頭，擔心地瞄他一眼；可憐的男孩報以慘兮兮的苦笑，騙不了任何人。

「還……還，還好……往上……我……跟上……你們！」他像個機器人似的，一個字一個字地說，滿身大汗，心臟都快跳了出來。

精疲力盡的他最後終於停下腳步。奧斯卡和瓦倫緹娜折返跑下幾階，扶他站起來。奧斯卡想開口喊崙皮尼夫人。

「不。」勞倫斯上氣不接下氣地說，「不……繼續……別管我，不要……浪費……時間。」

「那麼，我留下來陪你。」瓦倫緹娜提議。

勞倫斯搖頭。

「絕……不。錯過這場冒險……妳會……哭死。」

崙皮尼夫人彷彿卡通人物似的，忽然出現在三人身旁：濃妝下的臉蛋紅通通的，整頭髮絲散亂，讓人以為她的手指不小心伸進插座觸電了，而因為微風吹拂，闊步動作，蓬蓬裙也蓬得不能再蓬。不過，她看起來仍活力驚人。

「嘿，年輕人，在黑帕托利亞山區的高溫下生活，比安布里耶雙翼的高海拔來得舒服？我懂！」

勞倫斯沉默了幾秒鐘，調整呼吸。

「你們走吧，我留在這裡……我在這裡等你們……我發誓……我一點也不想離開這級該死的石階！」

「好吧！」女爵說，「反正我們會再經過這裡，只去一下就回來。」

奧斯卡站起身，欣賞下方百花盛開的平原：花海陣陣波動，宛若有人抖動這張絨毛紅毯。從他們的高度望出去，錦繡風景中夾雜著幾處灰色區塊。

「那是建築工地。」崙皮尼夫人頗為感動地說明，「世界上最美麗的工地……」

「建造些什麼呢？」伊莉絲問。她已準備要質問為何突然中止攀登。

「各個小宇宙，親愛的。讓我提醒你們：這片原野的另一個名字是沃產之原。當一切條件都集結於此……這裡建造的是一個人類的五個體內世界。」

男孩們都大笑起來，女孩們只點頭表示聽懂。

「不，哇，我是在作夢嗎？」莎莉瞅著艾登嚷嚷，「聽到生寶寶的事你竟然臉紅！你稍微開放一點好不好？老兄！」

艾登的臉從紅色漲成酒紅色，整個人縮成一團。奧斯卡以責怪的眼神瞪了女孩一眼。其實她沒有錯：在他們這個年紀，女生的確比男生成熟；但是他不喜歡莎莉利用艾登害羞的個性，當著眾人的面貶低他。莎莉聳聳肩走開。

奧斯卡觀察工地，深深著迷。他領悟到：原來，他們大家在一位未來母親的肚子裡。然而，工地看起來似乎荒無人煙。

「怎麼都沒人在工作呢？」莎莉納悶地問。

「因為寧芙族只有一半的材料，少了另一半，她們什麼也建造不出來。」

「那麼，哪裡可以找到另外那一半？」奧斯卡問。

「她們不用自己去找，安布里耶島上的男人會帶過來……這就是受孕懷胎。」她解釋，並眨了眨塗著厚厚睫毛膏的眼睛，「來吧，加油！我們就快到了。」

小隊人馬休息充了電，繼續上路。十分鐘後，他們又停下了腳步——不過，這一次不是因為疲累，而是驚愕得目瞪口呆，動彈不得。

階梯頂端聳立著一座令人聯想到古希臘的廟堂建築。基座的部分列著數不清的廊柱，伸向天際，支撐著一面精雕細琢的三角門楣。奧斯卡湊近觀看門上的浮雕：畫面上有好幾位曲線玲瓏的女子，很奇怪地竟然會動，在綠色岩石上跳著不知名的舞蹈，廊柱頂端的雕像也同樣翩翩起舞。

這裡洋溢感官享受，讓他想到蒂拉：他從沒想像過她的私處會是一片花田和華美的神廟。他湧出一股混雜著欲望和陶醉的感受。

所有人都轉頭望向崙皮尼夫人。

「你們現在位於綠野神廟門前。」她說，「這座建築全部都用翠玉雕成。」

就在這個時候，一陣奇特的樂聲響起——那是豎琴？里拉琴？還是鈴鼓？樂聲瀰漫整個空間，而先前迷住他們的那種煙霧似乎從神妙深處湧生，從廊柱之間飄出，朝平原落下。一個悅耳的聲音，溫柔至極，唱起一首融入每個人心中的歌曲。就連摩斯似乎也對這反覆的吟唱著迷不已。崙皮尼夫人搖晃他們。

「摀住耳朵，跟我來！要不然我們馬上就會被發現！快！」

她跑到第二排廊柱後面躲起來。其他人也跟著仿效，觀察眼前所發生的景象。

神廟中央，一座祭壇上，有一位美麗的熟齡女子，裹著一件白色托加長袍，灰白的長髮如瀑布般披瀉肩上，在一盞擺在三腳立架上的金盃上方伸長雙臂。歌唱的人就是她。她一面唱，一面往聖盃中撒下一把粉末，粉塵隨著從中冒出的煙霧飄散。

「歐毛娜女祭司。」崙皮尼夫人低聲說，「沒有她和她的煙霧，就沒有女性的週期。十五天之中，煙霧滋養原野生長，增建工地。而在第十五天，遊行展開……」

崙皮尼夫人中斷解說：女祭司停止了吟唱，睜開了眼睛——深邃的綠眼，尾端拉長。那聲音再度響起。

「偉大的大地週期，這個月是否沃產與創造之月？神奇的煙霧，呼喚安布里耶島的男人吧！

迷惑他們，讓他們到此來射出聖箭，使原野生機重現！」

這些字句迴盪再三，聽來力道驚人。她一個指示，兩名寧芙小仙子上前，小心翼翼地捧起金盃，擺在廊柱前方。

瓦倫緹娜的視線被伊莉絲古板的髮髻擋住，攀扶在她肩上，伸長脖子，盡力保持平衡：結果在同伴們驚恐的目光下，跌倒在地。在回聲作用下，雜音擴大成一波波撞擊巨響，響徹神廟。

歐毛娜和寧芙小仙們猛然轉身，屋頂下到處碰撞迴盪的怪聲到底從何而來，完全不得而知。女祭司手一揮，派小仙女們去神廟周圍探查。其中一人持著一支細矛，接近醫族少年團。

「小笨蛋！」崙皮尼夫人拿出鍊墜，氣呼呼地低罵，「給我馬上回來！其他人，準備防禦！」

所有人都揮舞自己的M字鍊墜，而瓦倫緹娜把臉埋到地上，試圖隱身到幽暗的地方。可惜，在翠綠玉石上，她橘紅色的吊帶褲實在太顯眼，跟她那頭鮮豔紅髮一樣。她慌亂地抬頭看奧斯卡，他的反應如閃電般迅捷：他解下披風，拋到好友身上。綠色的天鵝絨與翠玉融成一片，好友立即不見蹤影。

寧芙仙子朝這裡走來，虎視眈眈，細查每個角落；醫族們緊貼在岩壁後方，不敢呼吸。腳步聲就在他們身邊回響；莎莉彎腰準備跳出去，崙皮尼夫人伸手強力拉住她。一秒鐘宛如一個世紀那麼漫長。瓦倫緹娜從披風的縫隙中看見一隻腳的倒影，咬緊牙關，努力鎮靜，抑制肢體的任何動作。

眾人保持絕對的靜默，腳步聲終於遠離。

所有人都鬆了一口氣，閉上眼睛。奧斯卡大膽地從廊柱後面再看一眼：那位寧芙仙子已經朝她的族人走去。他伸出亮著微光的鍊墜，披風從靜止不動的好友身上移開。瓦倫緹娜明白這個信號的意思，連忙爬起，幾乎以光速彈跳，躲回廊柱後面。奧斯卡則無聲無息地收回披風。不必等女爵瞪她，瓦倫緹娜已在夥伴們身後縮成一團。

護衛回報無事，女祭司坐進一張翠玉寶座；一雙翅膀展開，形成椅背。

「沃產大地的十五日週期已循環完畢。願土地如每個月那樣將它的酵素賜予我們，願愛神眷顧大地週期！」

在她面前，地面裂開，從神廟漆黑的地底伸出一顆球體，切割出千萬個小表面，在神廟內部和上方照耀出數不清的綠色光點。寧芙仙子們深深鞠躬，歐毛娜站起身，伸出雙臂。球體在輕柔的煙霧中飄浮了一會兒之後，緩緩移動，鑲入女祭司的雙手之間，但完全沒有碰觸到。一圈光暈環繞球體，照映在歐毛娜臉上，使她看起來忽然像一位正值青春年華的少女。

「O屋，請接受神明的祝福！」寧芙仙子們跟著女祭司齊聲誦唸，「願祂們眷顧你，賜你繁殖能力！」

醫族新血們看得入迷，沒聽見崙皮尼女爵說話。她推搖伊莉絲和莎莉。

「女孩們！假如妳們想取得安布里耶的戰利品，就趁現在，機不可失！」

「什麼？！」伊莉絲大喊，「妳要我們去偷那顆球，現在，馬上？但那個女人一定會很不高興的！」

所有人都望著她：伊莉絲這個人從來不會去擔心任何人心情如何，更何況是安布里耶雙翼的一個女祭司。

「而且……我深深覺得，她不會輕易讓我們得逞。」她坦承。

「好吧！」莎莉說得乾脆，「妳要就跟我來，不然我就自己一個人去。」

「自己一個人？」伊莉絲著急尖叫，「想都別想！那是我們的戰利品——話說，是我好心願意跟妳分享。」

「我陪妳們去，女孩們！」娜娜輕聲說，很高興找到機會補償過錯。

崙皮尼夫人攔住她。

「妳來自體內世界，而且不是醫族：所以不能碰到那顆球。另外，男孩子也不行。不過這兩位小姐的確會需要你們幫忙。」

「我？」伊莉絲又嚷起來，不顧可能會驚動偉大的女祭司本人，「才不需要！不必靠別人，我自己可以解決！」

「不要這麼頑固，穿上這件長袍。妳也穿上。」她命令莎莉，「至於你們，各位先生，脫掉你們的披風，把鍊墜藏到衣服裡。」

「我……我也是？」艾登問，既驚喜又滿懷希望。

「當然！幫手不嫌多。」

「一隻笨鳥加一根牙籤，」摩斯斜眼瞪著其他兩人發牢騷，「他們鐵定搞砸一切。還好那個胖呆留在階梯上……」

「好了。但願她們會信。」女爵喃喃自語，一面檢查每個男生的裝扮，「現在，好好聽我說，然後該你們上場：女生能否成功，就看你們了。」

不是他喜歡的類型

「我完全被我所看見的一切弄得神魂顛倒！」薇歐蕾在特羅卡德羅廣場的石板路上大叫。其他代表團員都對這幅景觀投降，不願離開，「所以，顛倒之後又想照相的時候，該怎麼辦呢？」

阿特伍德女士呆愕無措，瞪著她看了一會兒。剛才是她對女孩把事物用照片永久存留的古怪方式提出詢問，結果現在反而要回答她的問題。

「就用您現在的方式：顛倒過來拍照就行了。想想也是，尖端在下的艾菲爾鐵塔，有什麼不可以？」

她背過身去；這個女孩從來沒上過她的課，令人不知該怎麼形容。阿特伍德女士對女孩的精神狀態感到擔憂，無法放心留下她一個人不管。

「藥丸小姐，妳的弟弟呢？說到這個，奇怪，好幾個人都不見了。到底又發生了什麼事？」

薇歐蕾太投入於她的藝術工作，根本沒聽阿特伍德女士說話。老師走向歐馬利兄弟。

「真是一個好主意，對吧？」巴特指著把頭彎低的薇歐蕾對她說，隨時替女孩所有奇怪的行為找藉口。

「對，很好的主意。我說，你們有沒有看見你們的同學？藥丸、兩個女孩、史賓瑟……還有摩斯，他們點名都沒到。」她發現連摩斯也不在，突然更緊張了起來。

「他們去買冰淇淋了。」傑瑞米隨口編了個理由，他從來不怕找不到說法，「幾分鐘後就回來。」

「另外那兩個呢？那個紅頭髮的女孩和臉色像橄欖綠的男孩？」

「大家都愛吃冰淇淋。」傑瑞米硬拗。

「我可不喜歡他們沒告訴我們一聲就自行離開。」阿特伍德女士氣呼呼地說，「嘿，奧里克，您有沒有看見那幾個孩子？得把他們找回來才行。」

魯斯托可夫自己也才剛發現有幾名青少年不見了。他腦海中浮現黑魔君的話：「找出布拉佛的使者是誰。我要你找出那個人……並且把他做掉。這麼一來，布拉佛將別無選擇，一定得走出密林，暴露行蹤。」

魯斯托可夫從一開始就把注意力集中在小藥丸身上，「要是他擁有他父親的特質，」大王曾對他說，「布拉佛一定會選他。」他並沒把這些話當成耳邊風：病族的黑魔君當初可是說得咬牙切齒。但是，這下好了：今天，藥丸並非唯一涉局的醫族，他得知有其他醫族少年也加入這趟旅行。而今天，此時此刻，所有醫族都點名不到。這樣的巧合也太奇怪……今天晚上要更提高警覺才行。大概該採取行動了。

露薏絲深知醫族少年們被徵召的內情，走到阿特伍德女士面前。

「我想我知道他們在哪裡。」她把手機遞給老師。

女老師接過手機，疑惑地看了露薏絲一眼。

「是我父親。」女孩解釋。

「喂？」

「我是法蘭斯瓦・德洛姆。阿特伍德女士，照小女描述的狀況聽起來，原來他們沒通知您……」

「沒有，先生。」

「那幾位年輕人的護照有點問題，我的司機去接走了他們。我們在使館工作的朋友會辦好必要的手續。」

「您的司機總該跟我說一聲吧……」

「您說得對。」德洛姆先生同意，「這些年輕人，腦筋都用到哪裡去了？現在缺失已經改正，您一點也不需要再擔心，他們會直接被送回寄宿家庭。再見，女士。」

阿特伍德夫人把手機還給露薏絲，有點納悶，但總算放心走開。

「謝謝。」傑瑞米悄聲說，「妳用的藉口比我的好多了……」

露薏絲微笑。

「沒什麼，」她對他搖搖手機，「我有一個同夥。」

「好了，大家上車！」阿特伍德女士確認剩下的人數後下令。

露薏絲坐進薇歐蕾旁邊的位子。蒂拉在她面前停下。

「我不是故意要打擊妳，但是，妳不是他喜歡的類型。真的不是。」

露薏絲吃了一驚，瞪著她看。

「奧斯卡。」蒂拉進一步說，「妳想知道他喜歡哪種類型的女孩嗎？」

「讓我猜猜看。」法國少女回答，「纖瘦，深金色長髮，非常有自信的那種？」

蒂拉詭笑了一下。

「沒錯。妳還忘了不少必殺技，不過這也很正常，因為妳一項也沒有。」

露薏絲聳聳肩。

「他精挑細選是對的。」她說，「他很受歡迎。」

「他已經選好了。」蒂拉強調，臉上失去了笑容，「既然知道了，妳就不必太失望。」

露薏絲轉開頭去，不知道該如何回應。薇歐蕾呆呆地望著天空，一句話也沒幫腔。法國少女喉頭發緊，沉默不語。

蒂拉朝遊覽車最後一排走去，坐在遠離其他人的地方。她緊咬下唇，用力深呼吸，不經意被歐馬利兄弟的目光嚇了一跳：他們的座位在露薏絲附近。她挺直上身，再度擺出自信滿滿的姿態，目不轉睛地望著逐漸消失在後方的艾菲爾鐵塔。

新生代寧芙

有一名寧芙仙女來到了距離他們非常近的位置，發現他們的蹤影，立即揮舞長矛。女祭司警覺不對，轉過頭來。一瞬之間，其他寧芙已經在入侵者和O屋之間緊緊排成一列，矛尖全部指著他們。

三名男孩向前走，奧斯卡開口喊話：

「別害怕，我們是和平人士……」

寧芙仙女們瞄準目標，完全不管他在說什麼。

「退下！」

威嚴的聲音響起，列隊散開。歐毛娜女祭司現身。在她身後，O屋懸浮在半空中，不停旋轉，散發無比明亮的光芒。

「來者何人？」

「我們來自安布里耶島。」奧斯卡回答，聲音幾乎同等宏亮，穩定自信，雖然背脊上冷汗直流，「我們來這裡是為了填補O屋。」

寧芙陣營中響起一陣欣喜激動的低語。女祭司疑心不減，手一揮，全場立即安靜下來。她仔細打量每一位少年，就連奧斯卡也難以招架她深邃的綠色目光。

「奇怪，為何未曾感到我們的沃產大地震動，也不見你們的船艦……」

奧斯卡一時沒聽懂她話中的意思。為什麼在看見安布里耶島的使者之前，會先感到震動？漸漸地，他的腦子裡浮現情侶相愛，接近彼此的畫面……於是他寧可沉默不答。

「為什麼攀爬到這裡來？」女祭司接著問，「你們應該在山下的原野裡等待，等O屋的遊行隊伍去找你們。」

男孩們互看了一眼。摩斯率先反應。

「我們在原野裡等錯邊了。」他冷冷地反駁，彷彿對女祭司不信任的態度十分不悅。

奧斯卡當下意會摩斯的策略，於是接著說：

「我們在另一道階梯，另一座綠野神廟的下方等待。等我們發現那裡沒有遊行時，以為已經錯過了這座神廟的隊伍。所以就直接上來了。」

她分別觀察兩名來者的服裝和雙手，顯得很失望。

「你們有把東西帶來嗎？我都沒看見。」

「有。」男孩大膽撒謊，「東西留在夥伴那裡。」

歐毛娜從兩列廊柱之間向前，眺望階梯。在較低的地方，階梯上，艾登已與勞倫斯會合，站得直挺挺的，身旁帶有一個裝得滿滿的箱子，以綠寶石絨布覆蓋。女祭司又猶豫了一下，態度終於軟化。

「好，就讓遊行上路，往他們那裡去吧！」

「不！」

她轉過身來，一臉驚愕，瞪著奧斯卡。

「不。」少年又拒絕了一次，「我想並不需要，路上有幾位寧芙陪我們過來……」

伊莉絲和莎莉裹著布巾現身。莎莉試著模仿寧芙優雅的步伐，結果跟跳探戈的河馬差不多。伊莉絲的動作比平時還要僵硬，多疑地瞪著其他女人。歐毛娜打量她們，深感困惑。

「妳們都還很年輕，已經參加過另一座神廟的遊行了嗎？」

「遊行隊伍是我指揮的。」伊莉絲以一貫的自信說。

一時之間，奧斯卡真怕她命令女祭司和其他寧芙仙子到她身後排隊，不過伊莉絲僅盯著O屋不放，沒有說話。莎莉搶先一步。

「把它給我們，由我們來保管。」她雙臂抱胸，開口大喊，彷彿是來父親的肉鋪拿一包香腸似的。

不等對方回答，她從容地朝球體走去，心中謹記崙皮尼夫人的指示。她在戰利品前方停下，高聲唸誦：

「O屋，伴隨我們，引領我們，朝往你的另一半；與其融合，將為軀體，形成……呃……血肉。」

「形成生命。」伊莉絲毫不留情地糾正她，「又不是正在買牛排！」

「職業病口誤。」莎莉悄聲說，然後重新大聲宣誦：「形成生命！」

她轉身面向O屋，「如果球體拒絕妳，很抱歉，妳馬上就會知道。」不久的剛才，崙皮尼夫人曾這麼告訴她。伊莉絲和她屏住呼吸。她聽見自己的心跳得又急又快，連忙恢復鎮靜。那可能很不好受，但總不會比大冷天裡在泥巴裡做幾百下伏地挺身來得慘，她心想。她高舉雙臂，伸出雙手環住卵子。她感到一股強烈的能量從一隻臂膀傳到另一隻，就好像是球體鎖緊了這個環抱。這一次，一陣舒暢襲來，宛如從頭到腳的肌膚受到輕撫，那是一種她從來沒有過的快感。她備受矛盾煎熬：當眾體驗這樣的歡愉，令她十分難為情；心裡卻又極度渴望不要停。

「妳怎麼了？」伊莉絲不耐煩地問，幾乎沒有遮掩，「妳剛才跟艾登一樣傻笑，簡直有毛病！好了，我們走吧！」

莎莉努力脫離那歡快的感受，跟在伊莉絲身後，穿過神廟。伊莉絲用自己的方式即興演出遊行。

「閃開，閃開！」她強硬地揮手，驅趕擋在路上的寧芙少女，甚至對歐毛娜也毫不客氣。奧斯卡和摩斯看得目瞪口呆，「讓寧芙伊莉絲、O屋和搬運女工通過！」

「搬運女工，」莎莉嘟噥起來，「等等，妳看我要怎麼搬運妳……」

伊莉絲傲慢的行徑效果好得出奇，沒有任何人出面反對阻攔。她們步下幾級石階，朝艾登和勞倫斯走去。兩個男孩捧著奇特的重物，汗如雨下。奧斯卡緊跟在她們身後，迅速地朝右方瞄了一眼：崙皮尼夫人躲在神廟後方，遠遠地跟了上來。

就在距離艾登和勞倫斯只剩幾階的地方，他突然警覺不對，訊息異常強烈。他回頭探看，問題擺在眼前：有人不見了，就是摩斯。他猛然轉過身——與歐毛娜同時動作。

階梯上方，神廟入口，就在女祭司的金盃附近，摩斯停了下來，被歐毛娜的迷魂煙霧團團圍住！面對兩名年輕稚嫩的寧芙仙女，他鼓起胸膛，露出微笑。

「摩斯！」奧斯卡大喊。

少男似乎根本沒聽見——也完全沒聽見伊莉絲跺腳吼他。奧斯卡盡可能鎮定地往回爬上階梯，走到他身邊；而歐毛娜也離開寧芙仙女的行列，面色鐵青。奧斯卡猜到原因：安布里耶島的男人通常會提防安布里耶雙翼的煙霧，大部分人根本對那煙霧無感。摩斯的反應想必讓她起疑了。情勢緊迫，一秒也不能浪費。

奧斯卡抓住夥伴的胳臂，把他拉走。

「我要跟小姐們在一起！」摩斯嚷起來，看著女孩們，飄然陶醉。

「下次吧！來，我們得走了。」

「不要現在走。」他掙脫開來，還是笑容滿面。

奧斯卡轉頭張望。崙皮尼夫人已經走出廊柱的陰影現身。她也看出危險，顧不得躲藏，臉上的表情說明得清清楚楚。

「我們之後再回來。」奧斯卡堅持，把摩斯抓得更牢更緊。

摩斯屈服了，對已開始嬌嗔抱怨的女孩們伸長手臂。

「我必須回庫密德斯會去。」他對她們說，抱歉得不得了，「不過，只要我一甩掉藥丸這個討厭鬼，我就……」

「你說什麼？」

奧斯卡回過頭。在他面前，歐毛娜昂然聳立，威武駭人，眼睛似乎能噴出火來。

「庫密德斯會……騙局！」女祭司怒吼，憤恨欲狂，「他們是醫族！」

花瓣瀑流

寧芙仙女們的反應有如觸電。宛如萬里晴空之下，忽然雷聲大作：吶喊四起，長矛顫動。摩斯遠離煙霧之後恢復清醒，東張西望，驚愕不已。奧斯卡不給他時間發問。

「快！我們快走！」

其他醫族以最快的速度應對。艾登把手中的包裹往空中一扔，所有披風迎著微風展開，朝各自的主人飛去。崙皮尼女爵衝下階梯去保護他們，長嘯一聲，發出恐怖的戰呼，把寧芙族人嚇得不敢動彈。

「快跑！」女爵大喊，「快跑下山！盡快逃離這個地方！」

歐毛娜和其他仙子立即警覺，恢復鎮靜。

「別讓他們跑了！」女祭司下令，「不過別朝那個捧著O屋的女孩發射！」

所有人都盡力衝下山，奧斯卡、瓦倫緹娜和摩斯跑在最前面。為了保護手中的珍貴寶物，莎莉難得落後。

「所有人集合，圍在莎莉身邊！」女爵指示，「她們不會冒險傷害她毀了O屋！」

「總而言之，」伊莉絲上氣不接下氣地發火，「要是她敢弄掉，我第一個殺了她！這項戰利品我要定了！」

可惜，寧芙仙女們展現出不可思議的敏捷，長矛如暴雨朝他們落下，不過總與莎莉保持一段距離。幸好所有人都已把披風變成堅硬的保護殼——但是能撐多久呢？箭雨愈來愈密，追捕他們的寧芙族逐漸趕上。崙皮尼夫人被迫祭出最終絕招：

「停下來，全員轉身！」

「什麼？！」伊莉絲大喊，「可是……」

「不要頂嘴！」女爵吼道，「這邊三個，另外兩個跟我來，這裡！拿出鍊墜，施展防逆流術！」

所有人面面相覷，驚慌失措。魏特斯夫人和她的姊姊帕洛瑪最近曾對他們展示一些新的武器，其中一項就是這一招：建立一道強大的護欄，逼退敵人，可抵抗活體生物，也能擋住化學攻擊，無論多厲害的強酸都不怕。但是，他們之中沒人有機會試用過。

「你們辦得到，我確定。」崙皮尼夫人為他們打氣，「凡事總要有第一次！來吧！眾志成城，一定會成功！」

艾登和奧斯卡各踞蓬裙襯兩旁，穩穩地伸出胳臂，與其他人齊聲唸誦：

防逆流加金字母，
築起護牆，
抵抗強敵，
阻斷四面八方的攻擊！

從每顆鍊墜射出的光束形成閃亮的垂直線。艾登的光束比別人的細，而且搖晃不定。他轉頭探尋奧斯卡的目光。男孩對他露出信任的笑容。艾登也對他微笑，拿出毅力，全神貫注。光束的亮度增強，垂直的線條也逐漸加粗。

伊莉絲、摩斯，就連僅用一隻手維持球體平衡的莎莉也仿照他們的方式一起做，但她只能畫出三條平行線，與其他人的線條交錯。一格窄小的網眼於是成型，而且不斷無限擴張，變出一張極為緊密的網。矛箭都插在網上，隨即折斷。

「收起鍊墜，快下山去，立刻馬上！」崙皮尼夫人命令，「防逆流網已經織好，我可以獨力維持。」

「那您呢？」奧斯卡問。

「別擔心我。」女爵說，同時目不轉睛地盯著光網，「我好像還算有點經驗吧！我會去找你們。」

七名少年成員拔腿狂奔。摩斯朝球體伸出手。

「給我！」他專橫命令，「我跑得比妳快！」

「不准碰！」女爵驚呼，「無論哪個男孩都不准碰，要不然球體會立即爆炸！」

「你的好意大家心領了，摩斯。」瓦倫緹娜插嘴，「走吧！該溜了。」

「還有，別忘了！」崙皮尼夫人在他們身後大喊，「必須盡快離開這裡！你們知道該怎麼做！」

所有人繼續緊張匆忙地下山，衝向平原和花田。奧斯卡回頭看：崙皮尼夫人剛放下了她的鍊墜。防護網在一道閃光後消失，女爵毫不猶豫地衝下階梯，身後跟著一群張牙舞爪的寧芙仙女，女祭司歐毛娜跑在最前頭。

醫族少年團在最下面幾階停下腳步：一朵充滿閃亮光粒的大雲團飄浮在原野上方。他們沒有人能躲過雲霧的迷魂魔力。摩斯先前吃過煙霧效用的苦頭，不等任何指示，直接再度拿起鍊墜猛揮。他的咒語消散在平原中，金字母不成比例地變大，旋轉起來，像一架巨無霸風扇。一股強勁的龍捲風從中滾出，把原野上方的煙霧狠狠掃向大海。

一道光束擊中摩斯的手腕，他痛得叫了出來，鬆開鍊墜，露出猙獰的臉，朝階梯轉身。崙皮尼夫人在距他二十幾階高的地方，放下自己的金字母，嚴厲地瞪視他。

「渾小子，看你做了什麼好事！」

所有人都望向原野，目瞪口呆：花朵全都彎腰萎縮，彷彿有人拚命用瓦斯噴槍肆虐這片色彩斑爛的花田。花瓣如雪花般紛紛落下，大地黯然失色。年輕醫族們抬頭仰望，只聽階梯上的寧芙仙女們哭天喊地，無法動彈，絕望透頂。天空不再蔚藍，沉重的雲靄聚集，遠處傳來雷鳴。奧斯卡緊跟著崙皮尼夫人狂奔，其他人也迅速跟上，只有摩斯仍站在階梯下層，眉頭緊皺，忿忿不平。

「發生了什麼事？」奧斯卡問。

「原野需要歐毛娜的煙霧才能生長，迎接O屋，以及安布里耶島的使者，並容納五個小宇宙的工地。在正常的狀態下，過了第十五天之後，這陣煙霧會在一個星期內自動消散。摩斯驅散雲霧，等於加速了事情的發展。我已經猜到接下來會怎麼樣……可憐的卡洛塔會被嚇一大跳。現在，該離開了！如果不想被寧芙仙女們的矛箭射死……或被淹死的話，趕快在這片田野裡仔細搜尋，找到蛇盃！」

「淹死？！」

奧斯卡沒有立即會意過來，直到大如榛果的第一滴雨從空中落下。少年團一行人尚未完全跑下階梯，暴風雨已驟然降臨。

他們遭到洪水般的雨勢襲擊，不到一會兒，平原已被淹沒，而山坡上的花田則變成瀑布急流，沖走所經之處的一切，載滿虞美人、巴卡拉黑玫瑰、紅雛菊和紅寶石紫苑花的千萬片花瓣。奧斯卡緊攀階梯邊緣，眼睜睜地看著許多機械，甚至整架吊臂，都像麥草一般被拔除掃蕩。艾登盡力穩住平衡：他也在階梯上，躲在崙皮尼夫人身旁。女爵撩起襯裙和蓬裙，大吼大叫地指揮，但她的吼聲根本聽不見。瓦倫緹娜捲入花瓣瀑流中，一下子消失，一下子出現，不斷地咳嗽啐吐。伊莉絲和摩斯在田野中央奮力抵抗，莎莉則盡力用強健的雙腿在泥土中站穩，守護O屋不掉落。

「抓住紫苑花！」勞倫斯抱著粗壯強韌的花莖，對他們大喊，「它們的根插得夠深！」

「紫苑花長什麼樣子？」瓦倫緹娜好不容易露出頭臉，扯開喉嚨喊問。

「像大型的瑪格麗特！」

「這你又是從哪裡學到的？」奧斯卡問他。

「庫密德斯會藏書室裡有一本很讚的植物圖書！」好友大吼，只為蓋過轟隆水流和大雨淅瀝。

所有人都按照勞倫斯的指示去做，除了莎莉以外——她站得太遠，聽不見他們說話——而且手上已有東西，根本也沒辦法。烏雲彷彿傾倒出全世界的水量，氾濫的面積愈來愈大。湍急的水流終於沖走了女孩。O屋從她手中掉了出來，落入水中，濺起一束水花與花瓣。瓦倫緹娜的反應比誰都快，立即扯下伊莉絲背上的披風，朝O屋的方向扔去。伊莉絲幾乎跟她一樣機靈，對著綠寶石色的披風伸出鍊墜。只見長巾沉入水中，過了一會兒之後，裹著濕淋淋的球體破浪而出。大家都鬆了一大口氣。

「太棒了，女孩們！」崙皮尼夫人高聲讚揚。

「在這裡，除了我自己以外，誰也靠不住！」伊莉絲大發脾氣，對女爵的讚美毫無感覺。

「什麼？！」瓦倫緹娜嚷起來，「真是的，妳竟然比我還厚臉皮！」

「你們看！」艾登驚呼一聲，音量只比瀑布般的豪雨大一點，「水面上，剛才撈出披風的地方！」

大家都轉頭望去：在渦流的作用之下，花瓣排出一個奇怪的圖案：一個盃座，纏繞著一條蛇，以及一個M字。奧斯卡把勞倫斯裹進自己的披風裡，瓦倫緹娜則躲進伊莉絲的披風下，並小心不去碰到O屋。一道閃光射在水面上：急流之下，僅剩最後幾朵紫菀花。

避風港

「Mi amore！親愛的！」崙皮尼公爵驚呼，「你們這麼快就回來了！」

「對，沒想到突然下起了暴雨，可以這麼說。」崙皮尼夫人與丈夫貼臉問候。

她彎腰看了畫架一眼，對第二筆線條讚賞地點點頭。男爵趁他們不在時所添加上的這一筆，比第一筆更不像。

「看得出來您頗有進展，親愛的。說到這個，我們小卡洛塔跑到哪裡去了？」她瞪著空蕩蕩的展示台問。

「那孩子很奇怪，」她的丈夫擔心地說，「一如您所知道的，我都準備要替她畫一幅最美麗的畫像了，她卻突然像根竹竿一樣站了起來，彷彿火燒屁股似的。她對我含糊不清地說了幾句道歉的話，『意想不到的臨時不方便』……我想，我必須另外找一個模特兒才行。」

崙皮尼夫人與醫族少年團員們迅速交換了個眼神。

「『臨時不方便』，」女爵重複公爵的話，一副想當然耳的模樣，「我認為可憐的卡洛塔形容得十分貼切。」

大家都笑了起來。

「所以，安布里耶週期，就是……女性生理期？」奧斯卡問。

「煙霧滋養之下，花田盛開十五天，然後展開O屋遊行。」莎莉簡單扼要地說明。

「而如果安布里耶島的使者來了，工地就會開始運作。」奧斯卡接著說，總算對一切恍然大悟。

「如果沒來，兩個星期之後，暴雨和花瓣瀑流會持續幾天。」女爵證實，「現在，你們都明瞭女性體內的神秘構造了，親愛的孩子們。」

「一股花潮，」伊莉絲若有所思地總結，「我覺得這個不錯。好了，這項戰利品該怎麼辦……我是說，我的戰利品，該怎麼辦？」

「是我們的戰利品。」莎莉糾正她，「提醒妳，那是我們大家共同擁有的。」

「把它從水裡救起來的是我，我要保管，不准再有任何人反對！」伊莉絲蠻橫地豎起食指，制止夥伴。

「大家都安靜。」崙皮尼夫人喝令，並拿起包裹在伊莉絲披風裡的O屋，「它不屬於任何單獨個人。首先，的確，因為它是一份共同戰利品；再者，也因為它並不完整。你們跟我來。」

奧斯卡從來沒見過像崙皮尼家有那麼多東西的房子。

威尼斯宮殿非常遼闊，不缺房間，但每個房間都塞得滿滿，以至於家具都堆到走廊上。牆上掛滿版畫、油畫、壁毯和其他來自義大利的雕刻品。這些都不在話下，但另外還有許多來自印度、非洲、俄羅斯或南美洲的物件。奧斯卡想到巴比倫莊園：在那裡，任何國籍的人都有，而且住在同一區，相安無事，大部分的居民甚至感情融洽得不得了。崙皮尼夫人穿著濕答答的禮服奔跑，大家緊跟在後，以免迷失在階梯迷宮與壅塞不堪的廊道之間。

他們來到一扇雙葉門前。門上有好幾個鎖頭，但崙皮尼夫人只拿出鍊墜，貼在中間那道鎖上。鎖的形狀簡單，只有一圈圓環，與金字母鍊墜完美吻合。所有的鎖立即同時解開。女爵推開門扉。

大家都吃了一驚：他們進入了一間空無一物的冰冷房間。

「把披風拉緊。」女爵建議，「這裡只有攝氏零下五度。」

房間中央聳立著一根玻璃圓柱，從地面頂到天花板。圓柱內，一股他們熟悉的煙霧渦流上上下下地滾動。

崙皮尼夫人靠上前去，少男少女們則圍著柱子散開。女爵把鍊墜貼在柱身上的M字刻槽上，柱體分成兩個部分：下方那段陷入地下，上方那截則沒入天花板中。閃亮的長條煙霧飄出，少年們紛紛後退。

「這是歐毛娜的煙霧嗎？」奧斯卡問。

「對。有一天，我帶了一點回來。或者該說，根據我們瓦倫緹娜的微妙說法，我向神聖金盃永久借用了這些煙。」

「借得好！女爵！」瓦倫緹娜開玩笑地說，「自從第一次在庫密德斯會見到戴著紅色假髮的您，我就非常欣賞您。」

「紅棕色，孩子，是紅棕色的。現在，把我們的寶藏安全地收好吧！」

她展開伊莉絲的披風，拿出球體，放在玻璃圓柱的軸心，然後鬆手。彷彿有魔法似的，O屋飄浮在煙霧中，千百個精雕細琢的表面上的每顆光粒都閃閃發亮。女爵拿回鍊墜，上下兩截圓柱分別從地板和天花板中伸出，合起，將戰利品和煙霧一起鎖在其中。

奧斯卡隔著玻璃欣賞寶物。

「現在，有了煙霧，戰利品就完整了吧？」少男問。

「不，其實不是這樣。」女爵狡黠詭笑。

「您這話是什麼意思，崙皮尼夫人？」奧斯卡忍不住又問，著急好奇得不得了。

「意思是這顆O屋並不需要被『補全』，它本身就是完整的。然而，這一次，你們的戰利品需要變形。先生們，該你們上場了。」

她彎身湊近他們，體積龐大的假髮顫巍巍地晃動。

「你們總不想就這麼輕易全身而退吧？」

「什麼時候？」摩斯推開其他兩名夥伴，直截了當地問。

「就等你們的宿主找到個好伴侶。」

「哪個宿主？什麼伴侶？這些神秘兮兮的玩意兒，我真有點受夠了。」摩斯嘟噥起來。

就在這時候，房門開啟，魏特斯夫人出現在門口。她只迅速地朝圓柱望了一眼，浮起一抹微笑，顯然很滿意。

「很快啦！」她說，「很快。反正不快也不行了。」

離星星更近的地方

等醫族少年們回到馬恩河河畔，下午已過了一大半。迷你廂型車把他們一個個載回各自的寄宿家庭。奧斯卡、瓦倫緹娜和勞倫斯又渴又累地回到德洛姆家的私宅。露薏絲焦急不安地等著他們。

「怎麼樣了？」她衝下樓梯，「大家都在問你們發生了什麼事，直到我爸爸打電話給阿特伍德女士才解決。」

「她一定很擔心。」奧斯卡附和，「妳爸爸怎麼跟她說的？」

「說你們的護照有問題，他會負責處理。」

奧斯卡呵呵一笑。

「要去我們去的地方，不需要護照。」他亮出金字母，開玩笑地說。

「你們拿到它了嗎？」露薏絲問。

前一天晚上，她拗不過薇歐蕾和瓦倫緹娜的盛情邀約，跟她們一起天南地北地聊了兩個多小時，包括奧斯卡的醫族之路。因此，露薏絲知道，取得第三項戰利品是刻不容緩的任務。

「當然。」瓦倫緹娜說，「妳以為我們是什麼人？業餘外行？我們帶回了一顆O屋，但說到O屋，妳想都想不到，我從來沒看過像那樣的一顆。」

「其實妳根本從來沒看過O屋。」勞倫斯挑明了說。

「沒錯。」女孩妥協承認，「但它比其他O屋漂亮，因為那是奧斯卡的。這樣說你滿意了嗎？」

「能進入體內旅行是多麼幸運的一件事！」露薏絲嘆了口氣，眼中閃著羨慕的亮光。

「妳剛剛的嘻哈舞才更令我驚豔呢！」奧斯卡對她坦承。

她露出無敵燦爛的笑容感謝他，臉頰緋紅。

「只要受過一點訓練，那其實很簡單。」她謙卑地說，「我多希望自己是醫族啊！可惜那是學也學不來的事……」

「妳確定妳不是嗎？」奧斯卡問，「假如妳願意，我們可以找薇歐蕾做個測試，或者找奧利維也可以，如果他肯的話。」

「已經做過了。」露薏絲回答，「我曾借爸爸的鍊墜來用。」她誠實地說。

「然後咧？」

「然後，嘗試施行體內入侵術三次之後，我的額頭上撞出了好大一片瘀青，奧利維也是。於是我得到結論：爸爸說得對，我沒繼承到他的特異能力。」

奧斯卡想到了姊姊，她的狀況跟露薏絲一樣。

「說到這個，」他突然憂心，「薇歐蕾人呢？」

露薏絲請他安心。

「她跟我一起回來了。我想，她甚至沒發現你們在參觀途中不見。」

她瞄了手錶一眼。

「艾略特剛從大使館打了電話來。今天晚上，我們受邀去戰神廣場，艾菲爾鐵塔下方。」

「就我們五個嗎？」奧斯卡問，暗暗期盼晚間能再跟蒂拉見面。

他還記得當露薏絲在遊覽車上的舞蹈大受歡迎時，蒂拉那副受到重挫的狼狽模樣。他知道蒂拉多麼喜歡出風頭，現在一心只想讓她明白：在他眼中，沒有任何人能遮蔽她的光芒。

露薏絲似乎猜到了他的想法，笑容消失了一下下，隨即又振作活力，安慰奧斯卡。

「不，整個代表團都會去。事實上，應該說是：所有代表團都會去……」

「什麼？！」奧斯卡驚呼，「今天晚上會有兩千人？這樣要怎麼全部擠進一個廳？」

「秘密驚喜。」露薏絲僅這麼回應，「我去換衣服，一個小時後回到這裡集合出發。房間裡準備了點心。」她眨眨眼說，「旅行很累人的，不是嗎？」

一個小時之後，大家都聚在玄關，梳洗打扮了一番，換了乾淨衣裳。露薏絲最晚到，穿著一件名牌無袖花背心，搭一條低腰牛仔褲和鮮豔亮麗的平底軟鞋，看上去清新可愛。這身穿著凸顯她的好身材。她才十四歲，不需要化妝，寧可展現自然面貌；這樣很適合她。薇歐蕾則只在眼皮上貼了亮片，並戴上一條會變色的閃光項鍊——「為了搭配鐵塔」。至於瓦倫緹娜，她大部分的時間都被關在庫密德斯會裡，幾乎從來沒有實際嘗試過化妝的樂趣。

「我這一頭酒紅色的頭髮已經夠花俏了，不是嗎？」先前，在遊覽車裡，當蒂拉指著她大驚小怪時，她乾脆地回答。

「妳好漂亮。」勞倫斯鼓起勇氣對露薏絲說，卻不敢抬頭看她。

「我嗎？」露薏絲訝異地問，卻絲毫沒有矯揉做作的謙虛，「喔，呃……好吧！就說我今晚的確很漂亮吧！謝謝！」她說著迅速地瞄了奧斯卡一眼。男孩只淺淺微笑點頭，心不在焉。

「我們走吧？」

七月第一個星期日的晚上，奧利維的車在交通幹道上鑽行。路上擠滿尚未離城度假的巴黎人和已經湧入的觀光客。

墨鏡永不離身的司機——不是架在鼻梁上就是框在額頭上——載他們到戰神廣場前下車，就在雄偉的金屬建築下方。

他們抬頭仰望，深受震撼；然後又凝視那壯觀的場面。

艾菲爾鐵塔之下，四座巨大支柱所形成的方塊內，逐漸聚集來自世界各國的年輕人，隨個人的喜好和語言交談相處。大家都玩起猜謎遊戲：從外型、態度和用字遣詞判斷誰代表哪個項目。方塊中央設有自助佳餚，另有一座講台。講台上，艾略特一身淺藍套裝，配上深黑藍色的口袋帕巾，認真努力地用麥克風廣播訊息，但根本沒有人在聽。在四根支柱之間，一排又一排的桌子封住了方塊區，擺放了餐具，提供兩千人使用。男女服務生在歡笑、叫喊和人群之間來回穿梭。

奇蹟般地，他們這一行人找到其他美國代表團的成員。沉默寡言的隨行教官奧里克．魯斯托可夫朝他們走來。

「你們的座位在曼哈頓桌。」他詳細強調，「支柱旁邊就是鐵塔。注意，半夜十二點，在同一張桌旁集合，準備回程。」

「半夜十二點！」傑瑞米大喊，「也太早了吧！」

「企鵝先生人呢？」奧斯卡問，訝異為何沒看見校長。

「他生病了。」魯斯托可夫回答，沒有多作解釋，「好了，保持團隊行動，我要去逛一圈。」他說，一面朝酒吧的方向斜睨。

奧斯卡等他走遠後，用眼神探詢朋友們的意見。

「那傢伙怪怪的。」他斷言，「平常幾乎沒看到他，只有今天晚上出現，還下令指揮我們。」

「他一定嫌企鵝校長生病很麻煩。」艾登猜測，「他因此不得不工作。」

「他說保持團隊行動，可是我們是來這裡交流的耶！」莎莉雙手大拇指插進腰上的寬皮帶裡，也感到詫異。「亂七八糟！我可不管，我要去危機重重的國際叢林裡冒險了，掰掰！」

「她說得對。」露薏絲也贊成，「我希望能一邊吃飯，一邊認識其他代表團的成員。我真的很高興能跟你們到這裡來！」

伊莉絲雙手背在背後，雙腿併攏站直，表情無比刻板嚴肅。她抬頭戒備地朝向天空無盡延伸的鏤空金屬塔望了一眼。

「我呢，我寧願去別的地方，而不想待在這下面。要是斷了怎麼辦？但願他們全部仔細檢查過。」

露薏絲轉頭看奧斯卡。他幾乎沒聽大家你一言我一語地說，臉色驟然黯淡下來。她順著他的目光望去，立即明白：蒂拉，距離他們二十公尺左右。

蒂拉穿著一件牛仔窄短裙，Converse球鞋，棗紅色上衣裸露美背和小巧的肩頭，衣服上用人造鑽貼出，「Just Love Me」。露薏絲觀察奧斯卡：訊息再清楚也不過。

奧斯卡沒花時間去讀那行字，反而十分在意圍繞在美女蒂拉身旁的人們。其中包括摩斯：黑色牛仔褲配皮夾克，假掰又自大。有個女孩在他身邊，只要他一開口，她就扯開喉嚨大笑。不過，他尤其在意的是，緊挨著蒂拉的那個傢伙。奧斯卡不認識他，但已非常討厭他。他大概有十五歲了，或許更大。他的眼睛非常淺亮，與披在頸子上的中長黑捲髮，以及黝黑的肌膚，形成鮮明對比，微笑起來露出兩排潔白無瑕的牙齒。他的襯衫袖子捲起，敞開的胸肌令人遐想運動員的好體格。

周旋在這群優異的追求者之間，蒂拉顯得如魚得水——對那個男孩的耍帥更是特別有感覺。彷彿感受到背上奧斯卡的灼熱目光似的，她回過頭，嫣然一笑，十分滿意這樣的狀況。

露薏絲並不是容易上當的傻瓜。她鬆開綁住高馬尾的髮圈，甩了甩頭。

「來到這裡，有一種很自由的感覺：與這些來自世界各地的年輕人在一起，彷彿所有疆界都被打破了——你不覺得嗎？奧斯卡？實在叫人想暫且拋開自己的國家和朋友，去認識他們每一個人。」

奧斯卡聳聳肩。以露薏絲的年紀，看不出來她這個女孩的見解其實頗成熟。

「對，妳說的有道理。」他深表同意，公然靠近她身邊。

蒂拉是調情遊戲的高手，沒那麼容易就吃醋。她對身邊的追求者說了句悄悄話，然後朝奧斯卡走來。

「嗨！」她說，「你們來晚了。我在這段時間認識了好多人。」

她朝那個南美洲少男轉過頭去。男孩跟他的代表團員在一起，貪婪放肆地注視著她。

「赫拉西歐是巴西人。」她強調，「媽媽是俄國人，爸爸是里約人。妳對這樣的混血有什麼看法，露薏絲？」

露薏絲低調地偷偷觀察男孩。

「很帥……不過我覺得還不夠。」

蒂拉哈哈笑了一下，大剌剌地瞪著她。

「妳竟然希望他更帥？還真難伺候啊！妳這種女孩，不過就是……」

她故意不把話說完。勞倫斯本來站在後面，忽然挺身插話。

「是什麼？」他問，意想不到地咄咄逼人。

蒂拉輕蔑地瞥了他一眼。

「是她自己那種德性。」她頂回去，沒再多說，「而且，妳不該把頭髮放下來，露薏絲，一點都不適合妳……」

露薏絲臉紅了一下，隨即恢復冷靜。

「沒有這條髮圈綁著，我比較自在。我剛才想跟妳說：對我來說，男孩光是俊帥不夠，還必須要有趣、聰明，並且也要有點在意我。俊美的人通常只在意自己。妳沒注意到嗎？」說完後，她輕輕微笑了一下。

「沒有，一點也沒注意到。」蒂拉回答，撇過頭去。

艾略特帶勁的聲音再次透過麥克風響起，而這一次，他終於蓋過嘈雜的人聲鼎沸。

「各位女士、小姐、先生，現在，離開艾菲爾鐵塔下方的時間到了……這是為了抵達鐵塔頂端！請各位朝電梯前進，每一部電梯都在等著帶各位踏上世界的屋頂！請不要推擠：你們有一整晚的時間……」

來自每個角落的歡呼聲此起彼落。蒂拉插進露薏絲和奧斯卡之間，輕聲對少男說：

「那上面，應該……很浪漫。我們跟著第一批上去好不好？」

一如既往，一旦不需在眾人面前表現得完美無缺，蒂拉的語氣就變得不一樣：聽起來比任何時候都溫柔、真誠，有戀愛的感覺。奧斯卡好想告訴她，說他知道她不是長得非常美麗卻只在意自己的那種人，而且這樣的她，讓他多喜歡好幾千倍。

「好啊！」他說，「我們上去吧！」

蒂拉高興極了，挽起他的胳臂，朝鐵塔西邊的支柱走。那裡已經聚集了不少人。露薏絲目送他們走遠，沒有流露出任何氣惱不快。這一幕，傑瑞米都看在眼裡，於是推著她往同一個方向走。

「我們也現在就去怎麼樣？」他對整個美國代表團提議，「再等下去會擠成一團！」

薇歐蕾開心得不得了，挽起巴特的手臂。

「來，我們會離天空、星星和雲朵更近！」她對他說，「這樣你就知道我的地盤大概是什麼樣子！」

於是大家都跟著露薏絲和傑瑞米往前趕去。

失控

奧里克．魯斯托可夫假裝拿著酒杯喝酒，幾秒鐘後，確定代表團已經看不見他，就立即放下杯子。接著，確認美國代表團員都在西邊支柱前方排隊等電梯之後，他也往那根支柱走去：那是唯一可以通往龐然鐵塔地下層的入口。

他繞過擁擠的人群，接近機械室門前。可惜，門上了鎖——不過，這也是意料中事。他蹲下來，仔細在地面搜尋，終於找到要找的東西：一隻螞蟻，就在門邊的碎石子路上快爬。魯斯托可夫露出詭笑。

操作室內，尚．米歐爾．拜格勒緊盯著電腦螢幕，一面吃著他的第四包薯片。他實在擋不住誘惑：薯片是他最愛的罪惡零嘴，就算一天中沒有其他東西可以吃也無所謂（這事從來沒在他身上發生過：其他食物跟這些薯片小惡魔，他都一樣愛吃）。他朝螢幕望了最後一眼，確定這兩千名年輕人在他心愛的鐵塔下方，也就是在他的頭頂上，慶祝全體大會，安全無虞；於是起身去找第五包薯片。

不過，這一次，在充當食物櫃的衣櫥與他之間，竟站著一個男人，雙腿強健結實，雙臂肌肉發達，抱在胸前。那人的塊頭幾乎跟櫥櫃一樣寬闊，容貌冷酷，小平頭，方下巴，看起來一點也不好惹。對他的薯片和他本人來說都不是好事。

「您在這裡做什麼？」尚．米歇爾忐忑地問。

「我來找您幫個忙。」奧里克．魯斯托可夫回答。

「幫忙？找我？這究竟是怎麼一回事？」

「對，找您。這裡，在這一層樓，您必須中斷電梯運作，幾分鐘就好。」

「您瘋了嗎？！」技師工頭驚呼，「我不知道您是怎麼進來的，不過，請您馬上出去，否則我要叫警衛了。」

魯斯托可夫嘆了口氣，顯得很失望。

「每次都這樣，好好拜託，卻落得這種下場。」

他伸出一隻戴著手套的手，掌心對著尚．米歇爾。技師僅來得及看清手套上繡著的紅色P字，就被一道同樣的紅光閃得睜不開眼，彷彿有一陣猛烈強風灌入操控室似的，整個人被壓制在牆上。等他張開眼睛，卻發現房間裡只有他一個人。他嚇呆了，連忙撲向電話。但就在這個時候，他的手卻拒絕聽從指揮，垂落身側。

「這……這是什麼……」

他想大叫，喊救命，但一切努力都白費了：他的叫喊都淹沒在電腦和機具的轟隆聲中。意想不到的是，他的左手臂慢慢抬了起來。尚．米歇爾有種詭異、恐怖的感覺，覺得自己像一個木偶，繫在看不見的線上，由專家操控。最慘的是，他覺得自己的腦子也發生了相同的狀況：可以說是有人為了找到什麼東西而在他的記憶中翻攪搜尋。很快地，一股念頭強壓過他的想法，彷彿內心被下令指揮：在眼前的螢幕上，指出把西方支柱的電梯降到機具室的操控鍵。綠色按鈕。

尚・米歇爾心裡說，然而其實他根本沒說出口。儘管他努力抗拒，他的手仍接著做了剩下的步驟：伸出食指，按下按鍵。

電梯開始從鐵塔二樓緩緩下降。

尚・米歇爾惶恐不已，汗如雨下，再也無法控制自己的思想和行動，卻朝機房走去。他打開門，經過架著鋼纜的平行滑輪推車，走下液壓千斤頂上方的樓梯，繞過調節器，像個機器人似的走到剛停在地下層的大車廂下方。同樣地，像個機器人似的，他拿起一支鉗子，破壞了車廂的第一道安全煞車系統。接著，他又破壞了第二道以及第三道。當他靠近第四道時，一陣刺耳的鈴聲大作，電梯車廂上升。

尚・米歇爾鬆了口氣，但其實他本人一點也不放心。至少，他沒破壞第四道煞車系統。但他沒時間為此慶幸：他的雙腿不聽使喚，自行折返，朝平行滑輪推車走去。

當本來停在地面層的滿載電梯往鐵塔深處下降時，一名電梯公司的員工罵了起來：

「搞什麼鬼？我明明按上，怎麼會往下呢？」

奧斯卡和同伴們互望了一眼，深感不安；周圍其他少年們也一樣。

「我覺得出去比較好。」蒂拉坦白表示。

「這沒什麼啦！」奧斯卡低聲對她說，對於現狀滿意極了，只祈禱一切都不要變：因為蒂拉緊靠在他身上，「一定是那個人按錯按鍵了。」

但是，顯然地，對於就站在職員旁邊的伊莉絲而言，事情可沒那麼簡單。

「在放我們進來之前，您確認過整個機組的狀況了嗎？」

她的語氣嚴厲，那可憐的傢伙還以為面對的是他的上司主管。

「當然，每天……」

「當然是對誰說的？！」伊莉絲的眼睛幾乎噴出火來。

「當然，小姐。」

「一定有詳細的操作程序。」女孩豎起食指，窮追不捨，「我敢說一定沒做好。嚴謹，您懂這兩個字嗎？」

「夠了。」莎莉悄聲對她說，「再說下去他就要哭了，然後跟媽媽說他不要上學了，因為老師狠狠罵了他一頓。」

電梯職員啞口無言，拿出一把鑰匙。

「現在強迫它往上。」他做出決定，焦躁地把鑰匙插進按鍵區上方的鎖孔裡。

好險（對他來說），這項操作立即見效：車廂發出一陣刺耳的警鳴，重新上升。少年少女們低聲用各種語言交談，針對伊莉絲剛才嚴峻的斥責開玩笑，但心裡還是不太踏實。伊莉絲目不轉睛地監視電梯職員。蒂拉依舊擔心，又更貼近奧斯卡一點。

「你真的還是想上去嗎？我改變主意了。」

「沒什麼好怕的，幾百萬觀光客都搭乘過這部電梯！而且，妳自己也說了，」他把音量壓得更低，「那上面應該很浪漫……」

「我不想再耍浪漫了。總之，我不想在這裡。我想下去。」

奧斯卡失望透頂，沉默不語。反正，電梯也不會為她一個人停下，到了上面，他一定會想辦法讓她忘記恐懼。

車廂緩緩上升，城市的面貌一點一滴地顯露出來。巴黎市似乎一直延伸到地平線——總之，放眼望去的範圍皆是——沉浸在夜晚燦爛的燈火中。蒂拉逐漸忘卻擔憂。

「好漂亮！奧斯卡，你看，我真希望能住在一間像那樣的宮殿裡，像那樣的圓頂！」華麗的夜景令人眼花撩亂，她連連驚嘆。

露薏絲嘴角浮起微笑插話。

「啊，想要住進萬神殿，」她語中似乎透著一絲諷刺，「必須等上好幾年，還要有些非常偉大的事蹟。我想，憑著美貌是無法入住的……」

蒂拉惱羞成怒，挺起胸膛。奧斯卡幫她說話：

「我也覺得那座宮殿很漂亮。」

露薏絲沒再多說，悄悄離開這一對，朝艾登、薇歐蕾和巴特靠攏。瓦倫緹娜則聽到傑瑞米用他沸騰的想像力對這幅風景做了一番非常獨特的解讀。

「那麼這裡呢，妳知道的，是香榭大道。它直通愛麗榭宮。法國總統就住在那裡，我跟他很熟。」

露薏絲聽了好笑，跑來插一腳。

「你確定香榭大道直通愛麗榭宮？」

傑瑞米對她眨眨眼。

「唉！這些法國人……別人絕對不能知道的比你們多就對了。」

「我想你說得沒錯，應該是我弄錯街道了。」她笑著回應。

勞倫斯鼓起好大的勇氣，彎身靠向她。

「妳知道，在美國，並非人人都跟奧斯卡及傑瑞米一樣。還是有人知道誰埋在萬神殿，愛麗榭宮又在哪裡。」

出發之前，他猛K了好幾本關於巴黎和巴黎歷史的書。

「人嘛，怎麼可能什麼都知道。」她悄悄看了奧斯卡一眼；男孩完全被蒂拉的呢喃迷惑。

勞倫斯漲紅了臉，沒再多說。

電梯距離地面已有三百多公尺高。就在車廂幾乎對上四樓的自動閘門時，又突然靜止不動，所有乘客都被晃得東倒西歪。奧斯卡攀住牆壁，蒂拉被甩到他身上——難得這次不是故意的——而露薏絲則摔進一個膚色雪白，身材高大的金髮男孩懷裡，贏得她燦爛一笑。她向他道謝，站起身，而奧斯卡只顧著安撫那個從晚會一開始就纏著他不放的臭臉婆。

「發生了什麼事？」醫族少年問電梯公司的員工。

「我不知道。」那傢伙心中祈禱，但願別引來那個學生女暴君雷霆暴怒。

傑瑞米彎身朝車廂上方觀看。

「就快到了。」他說，「只剩一公尺。」

生死一線間

機房裡，尚．米歇爾奮力抵抗，拒絕讓手臂去做未經他的意志允許的事。可惜，再怎麼努力仍徒勞無功。

他駭然覺得自己受到遙控，回到電梯的控制面板前方，等到車廂幾乎抵達四樓，也就是鐵塔的最後一層，按下紅色按鈕。這一次，電梯車廂在距離目的地一公尺之處停下不動。

然後，他又走回機房，無視意志的抵死不從，拿起一把圓電鋸，架上一片能切割所有金屬的圓盤，走向平行滑輪推車。他啟動電鋸，心驚膽跳地壓在支撐車廂的纜繩上。

當圓盤碰觸纜線，噴出火花時，尚．米歇爾覺得電鋸彷彿切在自己的心上。他寧可切斷自己的胳臂、雙腿，甚至斷頭都好，也不想完成「某人」施惡魔之法，操控他現在正在做的事。他的臉部皺成一團，流下憤怒的淚水。他真想吶喊，驅除那個附在他體內操控他的魔鬼──不是魔鬼是什麼！──但是，沒辦法，一點辦法也沒有，他完全無法阻擋悲劇發生──他破壞了他心愛的電梯，他多年來特別仔細費心，維護得盡善盡美的機具，即將同時殺害幾十個人。

圓盤愈來愈深入，切割鋼纜，很快地，只剩百分之二十就斷了。就算他能停止自己的犯罪行為，但是假如電梯載滿了人──他知道，狀況的確如此──纜繩也絕對無法支撐那樣的重量。絕對不可能。他的手更稍微用力地往下壓，火星四濺，淹沒整個機房，最後幾絡金屬纖維終於投降。尚．米歇爾憤恨又絕望地張大了嘴，卻一點聲音也發不出來。

在緊張沉默的氛圍中，所有青少年等候電梯走完抵達自動門之前的一公尺；但就在這個時候，車廂反而又往下滑落了一公尺，然後突然停下。尖叫聲四起，有的趴在地上，有的緊抓側邊的把手。

「怎麼一回事？」蒂拉驚問，一面爬起身，面無血色。

「好像……好像要掉下去了。」達拉揉著肩膀，喃喃地說。

電梯公司的員工撞上了附近的玻璃窗，但他不顧頭上腫了一個大包，連忙按下警鈴。但什麼也沒發生，一點動靜都沒有。

「讓開！」莎莉用手肘頂開人群，走到他旁邊。

她無比冷靜地拿起連接車廂和機房的緊急電話。通話鈴聲大作，響個不停。

「電話沒人接。」她說出實情，聲音發顫。

「你們看！」傑瑞米大喊，「纜繩！」

奧斯卡衝到玻璃窗邊，推開好友：他們頭頂上方，散開的鋼纜細繩在空中飄蕩。

「纜繩斷了！我們失去支撐了！」

低聲喊痛與害怕的呢喃變成驚恐呼號。蒂拉尖叫一聲，躲進奧斯卡懷裡。露薏絲一臉蒼白，轉身看他。

「是不是能做點什麼？」女孩問他，盡量保持冷靜。

奧斯卡聽懂了她話中的意思，把手按在鍊墜上。必須找到什麼能用的東西才行。而且要快。

勞倫斯的膚色呈現前所未有的蠟黃，試圖安慰他們。

「別擔心。」他說，卻也不是十分有把握，「車廂是在金屬條上滑行，而且備有機械煞車系統，發生沒被纜繩撐吊住而下降的情形時，系統會自動啟動，並……」

他的話還來不及說完，車廂一陣顫動，又下滑了三十公分。

「……並且，原則上，」勞倫斯又說，幾乎發不出聲音，「車廂還是會卡在金屬條上……不過，這是在運作正常的狀況下。」

奧斯卡靠近車廂門，用力敲打。

「平台上有人嗎？」他問電梯職員。

「沒有。」那傢伙回答，心灰意冷，「鐵塔被今晚的活動包下，而你們是第一批上去的乘客。照理說，我上去之後，就是要留在那裡的。」

有兩個女孩哭了起來。蒂拉也加入她們的行列。露薏絲想安慰她，卻被粗魯地一把推開。

「妳沒看見我們就快死了嗎？」女孩大吼。

奧斯卡走向巴特，把他拉到門邊。

「你覺得你能不能把門撐開？」奧斯卡問。

巴特點點頭，開始動手。在奧斯卡的協助下，他弄出一點縫隙，把兩隻大手伸了進去；然後繃緊肌肉，靠著另外兩個強壯男孩的幫忙，把金屬門朝兩側推開，看見了四樓平台安全門的下側。

「如果那上面的門也能打開，就有足夠的空間可以鑽出去，離開這輛車廂。」奧斯卡研判。

就在這個時候，車廂又下滑了十到十五公分，並開始傾斜。所有乘客都跌倒。擠壓效應之下，兩片窗玻璃脫落，爆裂開來。碎片往外掉落，墜入電梯間。

奧斯卡向對技術說明永遠有一套的勞倫斯求助。黑帕托利亞少年試著壓過絕望的哭喊，回答好友的問題。

「在左方金屬條上攔阻車廂的煞車器應該是壞了。我想，我們……只剩右方的煞車器在支撐，而且撐不了多久了，車廂太重了。」

距離他最近的幾個人聽見了他這番分析，但不敢傳話，只紛紛閉上眼睛，或互相依偎得更緊。

「巴特，你還有力氣打開那扇門嗎？」奧斯卡指著平台上的安全門問。

車廂距離平台及安全門下側部分僅一公尺左右：車廂如果再向下滑，不久之後，就算巴特能撐開那兩扇門板，也不可能出得去了。

肌肉少男和另兩名夥伴使出全力。儘管如此奮力，外面的門板連一公釐也沒動。

「門被堵住了。」鐵塔員工說，「這是安全措施，避免有人在車廂還沒來的時候，從最高樓層的平台上掉進電梯間。」

彷彿要提醒他們情況危急似的，車廂又下沉幾公分。勞倫斯走到奧斯卡身邊。

「一定得做點什麼應對才行：剩下的煞車系統隨時會擋不住。」

就在這個時候，安全門的另一側傳來一陣聲響。

「好像是狗叫聲！」薇歐蕾十分驚訝，「噢！可憐的狗狗，被關在外面……」

「牠的處境不見得比我們差喔！」瓦倫緹娜反駁，「我現在倒是很想被關在這輛該死的電梯外面。」

「是札克！」鐵塔職員大嚷，「我的狗！下來接你們之前，我把牠留在塔上！」

「要怎麼解開外面安全門的預防措施？」奧斯卡詢問。

「電梯左上方有一個黑色把手。」

奧斯卡走向車廂另一端。從那裡，他能看見，他們頭頂上方一公尺半之處，充作平台地面的鐵柵網。他瞥見了狗狗尾部的身軀。那是一頭傑克羅素犬，在門前不停躁動，想必是嗅到了車廂的氣味和裡面的乘客。奧斯卡轉身望向傑瑞米。

「你身上有沒有帶吃的？」他問好友。

「我的口袋裡永遠有雜貨鋪的產品。」傑瑞米點頭，臉色蒼白地拿出一支詭異的螢光色棒棒糖。

奧斯卡伸手接過來。

「沒得選了。」他不放心地瞥了糖果一眼，「就用它吧！你們盡可能地掩護我，不能讓別人看見。」他悄聲補上一句。

轉眼之間，莎莉、艾登、露薏絲和瓦倫緹娜加入，在他身邊圍成一道屏障。他把手伸出窗外，伸長手臂。

「札克！過來這裡！乖狗狗，快來！」

他在平台鐵網下方搖動大棒棒糖，狗狗好奇，很快就靠了過來。

「行了！我看見牠的頭了！」奧斯卡喊，鬆了一口氣。

他抓起鍊墜，轉身面對朋友們。

「要不要我跟你一起去？」艾登問。他剛領悟奧斯卡的計畫。

「不，留下來。萬一我失敗了，他們還需要你……」

「你不會失敗的。」露薏絲輕聲對他說，眼中閃著光芒，「我對你有信心。」

奧斯卡對她微笑，深呼吸，直視狗兒的臉孔，向前衝出。

主人的聲音

站起來之後，他立刻認出自己在哪裡：札克的一號小宇宙正中央，黑帕托利亞。這裡位於地底幾十公尺深，周圍都是穿著皮毛連身工作服的個體。他們的面貌跟札克相像，身上的皮毛和右眼上那圈暗色花紋也如出一轍。奧斯卡落在食物儲存工廠，工人們集中在生產線旁忙碌。札克的主人一定把愛犬的食物盤裝得滿滿的：新鮮的狗餅乾堆滿推車以及輸送帶上的盆桶，運往儲存槽室。

奧斯卡走了幾步，避免被軌道上數不清的手推貨車撞上。他尋找醫族蛇盃的蹤跡，以便離開札克的身體，打開平台上的安全門。但是遍尋不著，周圍不見那個符號的蹤影。

「汪！汪！汪！」

附近的擴音器傳來犬吠聲。奧斯卡直起身，睜大眼睛，仰望凌駕遼闊工廠上方的落地窗，揮動手中的金字母。一個女人探出頭。

「一名醫族，這裡！」她嚷起來，這一次，說的是人話。

「您是碧昂卡．小白嗎？」奧斯卡問。

碧昂卡．小白是物流部的負責人，最初幾次施展入侵術，進入布拉佛先生的寵物勞斯和萊斯的體內時，魏特斯夫人曾為他介紹。在所有犬隻的身體內，應該都有一位碧昂卡．小白；而很顯然地，札克正是一隻狗。

「是的。」那位女士回答，「但您是什麼人？在這裡做什麼？」

「拜託您，我需要您——我們全都需要您的幫忙！」

碧昂卡消失了一會兒，隨後又出現在一道階梯上。

「來。」

奧斯卡急忙跟著她，爬上樓梯，來到掌管黑帕托利亞各單位，超先進的操控室。

「發生了什麼事？」

「札克必須救我們脫離一個恐怖的緊急狀況！拜託您，一定要馬上解決：人命關天！」

碧昂卡滑了滑面前的觸控螢幕。

「告訴我您期待札克做什麼，我們會聯絡第五世界，賽瑞布拉。」

假如還來得及的話。奧斯卡心想。

幾秒鐘後，札克不再抓撓安全門：兩扇門板後面，下方一公尺半之處，牠的主人和一群青少年正處於生死關頭，驚惶失措。牠轉向電梯旁的金屬板，用兩隻後腿站起，然後用一隻前腳按住金屬板，另一隻腳則無助地想要搆到一個黑色把手，離牠的爪子就只有幾公分。

在黑帕托利亞，奧斯卡幾乎停止了呼吸。

「您不認為應該重新再來一遍嗎？」男孩探問，整個人焦慮不堪，同時到處尋找怎麼樣都找不到的蛇盃，害他無法自己行動。

薇歐蕾縮在巴特身邊，蒂拉瀕臨崩潰，蜷成一團躲在車廂最後面，還有其他好友們，奧斯卡試著把這些畫面從腦海中驅除。

「給牠一點時間去——」

「但是我們沒時間了！」奧斯卡失控地大喊起來。

就在這個時候，螢幕上顯示一則訊息：「指令執行中。」

碧昂卡轉頭看奧斯卡，只見他緊閉雙眼，滿懷希望。

「但願能成功。」他喃喃自語。

「現在，事態已經不在我們的能力控制範圍了：札克必須夠靈巧才行。」

平台上，狗狗盡可能地跳到最高，頂多也只能搆到把手。牠嗚咽起來，繞圈打轉，慌亂無助，這副把手彷彿成了牠生命中最重要的目標。牠回頭爬上一級台階。就在這個時候，車廂又下滑了二十公分，尖叫聲鑽刺狗兒的耳朵。這刺耳的叫喊在牠身上產生了電擊般的效果。札克從台階上奮力衝出，躍上了牠從未曾達到的高度；前腿伸得直直的，終於抓住把手，隨即落下，用全身的重量往下壓。

一片歡呼聲中，安全門總算開啟。

傑瑞米抬頭仰望：平台和車廂之間僅剩一道大約六十公分的窄縫，剛好夠一個中等身材的人鑽過，爬出這被詛咒了的電梯。如果車廂再向下滑，就絕不可能脫逃了。

「巴特，到這裡來就位，先當其他人的踏腳板。快！」他對全體青少年說，「車廂隨時都會鬆脫！」

一個德國女孩噙著淚水，試著表達：

「假……假如車廂剛好在我鑽進窄縫時滑落呢？」

「呃，那妳就會斷成兩半，而不會墜落三百公尺摔死！好了，別再囉嗦，快爬！」

所有人似乎都因為恐懼而裹足不前，沒有人敢踏出第一步。莎莉撥開人群，走到巴特面前。

「好，我上去！」她英勇地宣布，「出去之後，我會幫忙你們爬上來。」

她一鼓作氣，踩在巴特交互緊握的雙手上，將頭深入窄縫中，自己的雙手也用力，吆喝一聲，聚集力量，撐起身體。她的上半身已經出去，雙腿還在車廂內；好不容易，膝蓋終於跪上鐵網，總算把整個身軀都拉了出來。

「成功了！」她大叫，「下一個！」

巴特站起身，伸手把薇歐蕾拉過來。

「上去吧，薇歐蕾。」

「那你呢？」女孩問，「大家都爬上去之後，誰來替你當踩腳板？」

「我自己撐得上去，別擔心。我希望……我真的希望我們兩個都能逃出這輛車廂，所以，我一定會做到。」

她露出笑容，但眼神中仍滿是驚恐。

「你也會出來，約定好了喔？」

「對啦，對啦，他跟妳約定好了。」傑瑞米把她往前推，「快點，上去，薇歐蕾。」

女孩的腳踩上巴特的手。他用目光鼓勵她，眼神充滿無盡的溫柔。她脫離了地面。當她的手攀上平台邊緣時，莎莉緊緊抓住，像撿起一根羽毛似的，一下就把薇歐蕾拉了上來。巴特看著她的雙腿從窄縫消失，閉上眼睛，鬆了一口氣。在那一瞬間，他覺得，現在，他死而無憾。

薇歐蕾的聲音把他拉回正軌。

「我等你！」她對他大喊，彷彿這座地獄鐵塔的頂端只有他們兩個人：他困在裡面，她身在外面，隔著那條縫隙，彼此凝望。

「來，大家排隊，不要慌張。」伊莉絲命令。她發揮性格特質，一絲不茍地掌管組織起來，「要是被我看見誰沒排好，我就把他留在車廂裡！」女孩用無比尖銳的聲音大吼。

輪到蒂拉了，接著是露薏絲，瓦倫緹娜殿後。勞倫斯從未如此恐慌，終於也下定了決心。當他的上半身鑽過去之後，車廂再度下滑了幾公分，發出刺耳的金屬摩擦聲。所有少男少女都害怕得閉上眼睛不敢看。莎莉在兩名夥伴的協力之下，使出全力拉住勞倫斯的手臂，終於把他拉了上來。

兩輛直升機在他們周圍盤旋，幾名套著裝備繩索的救難人員小心翼翼地垂降，接近四樓平台，來接他們。

傑瑞米是倒數第二個出來的。他身材瘦小，毫不費力地就鑽出來。

「該你了，老兄。」他人還躺在鐵塔四樓平台上，就立刻為哥哥打氣，「你能不能跳高一點，抓住邊緣？然後，我們所有人一起抓住你的手臂把你拉上來，你什麼都不必做。」

巴特一個人待在車廂裡，滿身大汗，連串努力下來，早已精疲力盡。電梯稍微往左偏斜，他失去平衡，撞上車廂壁板，跌倒在地，動彈不得。

「巴特！」弟弟面無血色，著急大喊，「回答我，巴特！聽見了嗎？快站起來！」

傑瑞米一心只顧救哥哥，正準備鑽進窄縫，回到電梯中，只見一道眩目的閃光照亮車廂。下一個瞬間，奧斯卡出現。在慌亂之中，其他人早就忘了他剛才不見。蒂拉稍微平復了驚恐的情緒，停止朝直升機胡亂揮手，回到縫隙旁邊。

「奧斯卡！奧斯卡！」她狂吼，整張臉皺成一團，「快出來！」

她的聲音喑啞哽咽，哭成了淚人兒。

露薏絲撲到地上，探看下方的車廂內部，發現醫族少年。

「奧斯卡！」她驚呼，「但這是為什麼……」

話沒說完，她已經明白：回到體外世界時，他希望先回到車廂確認大家都已逃出。醫族少年急忙奔向巴特，扶他站起來。

「巴特，你一定要凝聚全身最後的力氣，知道嗎？」

巴特茫然點頭，半昏半醒。朦朧迷霧之中，薇歐蕾的聲音傳入他的耳中：

「你……你說過你希望我們兩個都能逃出這輛車廂，你是這麼說的。」女孩重複他剛才的話，悲傷不已。

大個兒男孩從這番話中汲取最後一絲能量，終於抬腳踩上奧斯卡為他交握的雙手，艱辛地撐起身體，伸長肌肉健壯的胳臂，手指終於搆到上方的金屬突邊。好幾隻手抓住他的手腕，緩緩地把他壯碩的身軀拉出車廂外。

「該你了，奧斯卡！」傑瑞米大喊。

奧斯卡奮力衝跳，沒抓到縫隙下緣，重重落下。他抬眼望向開口。蒂拉絕望的臉龐出現。她希望能開口說幾句話為他打氣，但一個聲音也發不出來。她朝他伸出顫抖的手。他站起身，為了這隻手，為了與心愛的人重聚，他什麼都願意。

而就在這個時候，第四道煞車終於撐不住了。

墜落

一切似乎僅發生在一秒之間。

蒂拉睜圓的雙眼，露薏絲的悲鳴，傑瑞米的慘叫，薇歐蕾被巴特用手遮住的臉。

然後是墜落——而墜落則無止無盡。

久到奧斯卡有時間辨認到身旁有樣什麼東西，沿著一根淹沒在鋼纜斷線中的長條移動。不過，無論如何，一切都太遲了。

接著，一片漆黑，絕對的黑暗。

車廂從三百公尺的高空，穿越兩層樓，宛如一枚砲彈炸落，墜毀在地面，方圓幾百公尺都聽得見轟隆巨響，整座鐵塔似乎都震動搖晃。

人群趕往事發地點，不敢相信自己的眼睛。遠處，救護車和警車的警笛劃破巴黎夜空。慘劇宣布之後，首都已陷入哀悼氣氛。有誰在這輛車廂裡？到底發生了什麼事？沒有人敢做不吉利的推測。有人哭泣，有人焦急，各代表團四處奔走，要確認所有團員都在。只要聽見有人點名沒到，現場就響起絕望的呼喊。直到直升機降落戰神廣場，看見他們驚魂甫定地下機，才總算都鬆了一口氣。

除了奧斯卡的親友之外。

就連摩斯——他沒跟其他團員一起上塔，留在塔下，目睹了這場悲劇——當他看見美國代表團憔悴的神色時，也說不出話來。消息如一陣粉塵，迅速傳開：有一名團員，就是代表自由的那位（諷刺到了極點！），沒能及時逃出車廂。好幾組專家湧入艾菲爾鐵塔底部，警察拉起黃色封鎖線，界定安全範圍。少年們被帶往設有心理諮詢和醫護人員的隔間。

只有美國代表團和露薏絲婉拒前往。薇歐蕾縮成一團，遁入一首聽不清的歌謠；巴特輕撫她的臉，試著講些溫柔的話語安慰她。有人默默流淚，有人盯著地面，哀傷悲慟，對於周遭的混亂嘈雜與可能的談話，已完全無感。有人一手搭上傑瑞米的肩頭。

「有人死了嗎？」一個聲音問，聽起來擔心不已。

「噢！夠了，奧斯卡，現在不是說……」

男孩抬起頭，不敢置信，彷彿衣服著了火似的，倏地轉身。奧斯卡站在他面前，一副真的很擔心的樣子。

「這個渾蛋！你沒死！」傑瑞米大叫，抓住他的肩膀搖晃，然後緊緊抱住。

薇歐蕾睜開眼睛，彷彿從冥想中醒了過來。她轉過頭來，看見弟弟快步朝自己走來。

「薇歐蕾！」奧斯卡大喊，「妳沒事吧？」

女孩握住他的手，轉身看巴特，欣喜若狂。

「巴特，我們所有人都逃離車廂了？」

「對！」大男孩哈哈笑了起來，「所有人！」

艾登紅著雙眼，加入興高采烈的行列。莎莉走向奧斯卡，大力從他背後拍下。

「你真的嚇死我們了！上次看見你的時候，你正在一輛電梯車廂裡表演跳下高台的特技……」

奧斯卡小心翼翼地攤開掌心，伸長手臂，給好友們看一隻瓢蟲。

「容我向各位介紹我的守護天使。」他宣布，「當車廂開始墜落時，牠就在我身邊，我剛好來得及躲進去……」

「太不可思議了！你一定要送我一個你們那種鍊墜，我好愛你們的魔法！」傑瑞米嚷起來。

奧斯卡正想回應，但沒說出話，卻聽見T恤下傳來小狗尖細的叫聲。薇歐蕾好奇地湊近弟弟。

「奧斯卡，你在札克的身體裡學會說狗話了？我也很想上那種課。」她問，深感著迷。

奧斯卡拉開棉衫領口，睜圓了眼睛。他拉起衣服：皺摺之中，縮藏著一隻拳頭般大小的迷你幼犬，一身雪白，右眼尚有一圈漂亮的栗色斑點。

「噢！好可愛！」薇歐蕾把牠抱在手上，整顆心都融化了，「你是怎麼把他生出來的？」

奧斯卡的鍊墜突然閃爍起來，而小狗的黑色鼻頭，隨之變成琥珀色，並開始發亮。

「嗯哼，這個顏色讓我想起某一個小宇宙內的某一座山裡出產的某種漿液……」勞倫斯說。

「噢不……」奧斯卡哀嘆了一聲，「牠應該是在我進入札克的黑帕托利亞時鑽進我的衣服裡的。」

「我非常能體會。」瓦倫緹娜感同身受地說，「換成是我，為了逃離那些體內小宇宙，我也會這麼做。」

「不開玩笑。」勞倫斯更進一步強調，「好了，奧斯卡，我想，你剛領養了一隻黑帕托利亞的小狗。」

「或者該說是牠認養了你。」莎莉評斷。

小狗尖聲叫了起來，舔舔薇歐蕾的臉，跳回奧斯卡的肩膀上。

「怎麼可以這樣！」醫族少年抗議，「我馬上把牠帶回去，然後——」

「應該給牠取個名字。」薇歐蕾打斷他。

「妳是藝術家，」巴特插話，「由妳來取最恰當。」

薇歐蕾一刻也不猶豫。

「啪嗒。」她說

「啪嗒？」傑瑞米重複這個名字，「為什麼叫啪嗒？好奇怪喔！啪嗒！」

「我倒覺得很好玩。」巴特表示，一面搔搔來自體內世界的這隻傑克羅素犬的頭。

「啪嗒是潑水的聲音。」薇歐蕾解釋，「感覺上，好像有人用栗色顏料潑在牠的右眼上，真是魔法般的神來一筆！」

「說到魔法，」艾登描述，「我剛聽說有一名技師好像發瘋了。他再三告訴警方，說有一個男人進入他的體內，操控他的動作和思想……你們沒聯想到什麼嗎？」

醫族新血們擔心地互望一眼。

「一場恐怖攻擊……」一有機會見到魏特斯夫人就立刻告訴她，然後再看下一步該怎麼辦。」

奧斯卡裁決。啪嗒鑽進他的領口，又從一邊的袖口跑出來，把他弄得狼狽尷尬。

「啊！你們在這裡！」他們背後傳來一個陰沉的聲音。

大家都回過頭去：奧里克．魯斯托可夫用一種奇怪的神情打量著他們。

「我猜電梯好像出了點問題。知道你們在這裡就好。」他指著出事地點說。

平時他看起來就一點也不可靠，此時此刻，顯得更加不真誠。

「您現在才擔心未免也太晚了。」奧斯卡回敬，「而且，假如您有陪在我們身邊，就會知道我們有沒有乘坐那部電梯。」

奧里克故意忽略這項指控。

「那是什麼？」他指著帕嗒的尖鼻子問。狗狗剛從連帽T的帽子冒出來。

「是我的狗。」奧斯卡回答，「人家剛剛……送我的。」醫族少年說，並抬頭望了望鐵塔頂端。

「你打算怎麼帶牠過海關？」

少年聳聳肩。

「帶在我的口袋裡。牠這麼小一隻……」

魯斯托可夫把小狗的事拋在腦後，打算離開。

「我去開小巴士過來，」他解釋，「你們留在這裡。」

「奧斯卡！」

露薏絲原本待在聽到消息立即趕來的父親身邊，激動地撲進奧斯卡懷裡。

「你還活著！」女孩不敢相信自己的話，不斷喃喃地說：「你還活著！」

奧斯卡覺得很不好意思，輕輕把她推開。她也一樣尷尬，後退了幾步。

「看到你沒事我太高興了，所以……」

她的話說到一半就停下，注視奧斯卡。男孩的表情剛起了變化，臉上終於流露出感情。不過，他的目光似乎越過了她，投向她後方。不需轉身，她毫不費力地猜到是誰出現了。

蒂拉靠了過來，不敢置信。

「奧斯卡？是……是你？這，我不懂，我……」

她顯得茫然失措。奧斯卡對她微笑。

「重要的是我們都脫離了險境，不是嗎？」他說，阻斷她所有疑問。

女孩點頭，閉上眼睛。或許，這是她生平第一次不在乎揭露情感和公開示弱，緊緊依偎在他胸前。他擁她入懷，她不再抵抗。

「對，」她回答，「這是最重要的。」

一聲愉悅的汪汪叫彷彿是她幸福的回響；小狗音樂家跳到她身上。她笑起來，撫摸把臉鑽進她脖子裡的啪嗒。頑皮的小傢伙似乎故意阻撓她抬起頭。她吃了一驚，乾脆聽牠的，金色的目光深深望著奧斯卡藍色的雙眼。傑瑞米雙手插在口袋裡，吹著口哨走開，嘴角浮起微笑。其他人也紛紛照做。

其實他們留下來也沒關係：奧斯卡的眼中早已看不見別人。他已把一切拋到九霄雲外，忘了鐵塔、人群、啪嗒，以及剛才所克服的生死關頭。他低下頭，蒂拉則仰起臉，兩人雙唇接合。起初，輕輕拂觸；然後，奧斯卡的嘴唇稍微用力壓下——有點過頭了，以致蒂拉後退了一步，睜開眼睛，對他微笑，重新吻他。奧斯卡真希望這個吻永遠不要結束。一股難以形容的能量從他體內深處湧出，凝聚在他的唇邊，傳到蒂拉的唇上；而同時，他覺得彷彿吸取到了女伴的精華之氣，初次體認到一項私密的事實。他為她而生，而她不可能跟別人在一起。他經歷了極致歡享與和諧的一刻。當他們的舌尖彼此探索，交纏，他的腹部興起一股漩渦，強烈得發痛。他縮回舌頭，但沒有中斷唇瓣交觸。他的雙手在蒂拉的背上游移，沒入她絲綢般的秀髮中。

只有一個人，被這一幕催眠，站在這對戀人面前，惆悵失措，無法動彈。過了如同天長地久的幾秒鐘，露薏絲終於垂下眼簾，漸漸後退。她的血管中彷彿流著冰冷的液體，滲入全身，猛烈地衝擊她的心臟。她覺得呼吸不到空氣。她試著把奧斯卡的面孔從腦海中抹去，只專注披瀉在蒂拉光裸背上的長髮。生平第一次，她感受到了恨。她什麼也沒做，沒去消除這種古怪感受。

一個聲音把她從突如其來的孤單痛苦中拯救出來。

「我們回家吧，親愛的？奧利維會負責把妳的朋友們送回去。」

德洛姆先生迅速地朝奧斯卡和蒂拉瞄了一眼，然後又看看女兒，握緊她的手，不再多說。露薏絲接觸到他的眼神，對他露出絕望的苦笑。

「好，我們回家。」

國家圖書館出版品預行編目(CIP)資料

藥丸奧斯卡. 第五部, 男女之間 / 艾力.安德森作 ; 陳太乙譯. -- 初版. -- 臺北市 : 春天出版國際, 2019.08
面 ; 公分. -- (D小說 ; 24)
譯自 : Le secret des Eternels
ISBN 978-957-741-231-7(平裝)

876.57

D小說 24

藥丸奧斯卡 第五部 男女之間

Le secret des Eternels

作　　者　艾力・安德森 Eli Anderson
譯　　者　陳太乙
總 編 輯　莊宜勳
主　　編　鍾靈
出 版 者　春天出版國際文化有限公司
地　　址　台北市信義路四段458號3樓
電　　話　02-7718-0898
傳　　眞　02-7718-2388
E－mail　frank.spring@msa.hinet.net
網　　址　http://www.bookspring.com.tw
部 落 格　http://blog.pixnet.net/bookspring
郵政帳號　19705538
戶　　名　春天出版國際文化有限公司
法律顧問　蕭顯忠律師事務所
出版日期　二〇一九年八月初版
定　　價　280元

總 經 銷　楨德圖書事業有限公司
地　　址　新北市新店區寶興路45巷6弄6號5樓
電　　話　02-8919-3186
傳　　眞　02-8914-5524
香港總代理　一代匯集
地　　址　九龍旺角塘尾道64號 龍駒企業大廈10 B&D室
電　　話　852-2783-8102
傳　　眞　852-2396-0050

ISBN 978-957-741-231-7　Printed in Taiwan